...ENGIN

EVLİLİĞE GİDEN YOL

Sonsuza kadar.
Fatmanın aşkıyla
yan!
Yusuf'a

and

Evliliğe Giden Yol © 1. Baskı 2013

ISBN: 978-9944-224-48-2

Kapak Tasarım:
Utku Lomlu

Arka Kapak Fotoğrafı:
Cem Talu

Matbaa:
İklim Matbaacılık
0 212 613 40 41

AND
Yayıncılık Sertifika No: 12441
0 212 325 01 50
www.andkitap.com
info@andkitap.com

Hayatımdaki muhteşem beş kadına;
Annem, Banu, Ceren, Fatma ve Nilgün.
Sizi çok seviyorum...

1

Bitti işte, her şey bitti…

Ne yapacağım ben şimdi? Oysa bir dakika önce hayatım ne kadar da mükemmeldi. Yani mükemmelmiş. Hatta şu anla kıyasladığımda mükemmel ötesiymiş. Nasıl fark edemedim, nasıl?

Ee? Ne yapacağım ben şimdi? İlk olarak, çığlık atıp ağlamalıyım:

Hayırrrrrrrrrr! *(Çığlık tamam.)*

Şimdi de gözlerimi kıstım, ağzım yamuldu, nefesim ses tellerime ıhı ıhı vuruyor. Ama gözyaşı yok. Kurudum, daha ilk anda. İyiye işaret değil bu. Demek ki kalbim şokun etkisiyle taşa döndü. Ve bir daha asla eskisi gibi atmayacak. Bir şeyler yapmalıyım ama ne? O piç kurusuyla ilk tanıştığımız anı gözümde canlandırayım…

Sene 2007, Temmuz 16: O zamanlar daha 27 yaşında, gencecik, tecrübesiz güzel bir kızım. *(Hiç toplama çıkarmayla uğraşmayın, yaşım 32. Yani sınır yaş. Yani insanların: "Ee, yani artık çocuk sahibi olmak istiyorsan elini çabuk tut, ma-*

lum her geçen gün risk," dediği yaş. Bir de bunu öyle bir rahatlıkla söylüyorlar ki sanki dölleyen var da biz nazlanıyoruz. Neyse, nerede kalmıştım?) Yer İstanbul, Ortaköy civarı. Sıcak bir temmuz akşamı. Gökte dolunay tabak gibi parıldıyor. Gökyüzü alabildiğine parlak. Muhteşem bir gece. Ceren, Fatma ve ben. Yani Banu. Banu ben oluyorum. Mesaimiz bitmiş, mağazadan çıkmışız. Mesaimiz derken, mağazada çalışan sadece benim. Ceren ve Fatma çalıştığım mağazanın -sağ olsunlar- daimi müşterileri. Öğleden sonra saat üç-dört civarı gelirler, mağaza kapanana kadar da ağızları kapanmaz.

"Ay bu ayakkabıya bayıldım alsam mı ki; alayım alayım. Kızım bu iç çamaşırları yıkılıyor, bugün mü geldi? Senin indirimin %20'ydi değil mi? %50 de indirim var. Ay sudan ucuz, Banu ya ne şanslısın ne zevkli işin var," diye konuşup dururlar.

Tabi ben bu arada tüm gün ayakta durmaktan şişmiş ayaklarımla, yorgunluktan bitmiş halde söylenmekteyim "ya çok zevkli, ne demezsiniz, hadi ya hadi yürüyün, bitti mesai."

Neyse, o akşam Ceren'in eşi Şahan'ın iş seyahati için İzmir'e gitmesinden istifade ederek, *(Gerçi pek bana iş seyahati gibi gelmedi ama. On beş yıllık arkadaşıma da "Bence adamcağız senden bunaldı kafasını dinlemek için işi bahane ediyor," diyemem elbette)* eski günlerdeki gibi üç kafadar kendimizi sokaklara atmışız. Romantik komedi kızları gibi şıkız, salına salına yürüyoruz. Ceren evli ve mantıklı olduğu için Zeynep, Fatma çılgın olduğu için Didem, bende saftorik olduğum için Esra havalarındayız. Planımız şu: Birkaç duble bir şeyler içip eğleneceğiz ve gece yarısı olmadan edebimizle evimize döneceğiz.

Elbette öyle olmadı. Aslında olabilirdi. Ben çıkarayak,

üzerimde gezen bir çift ela gözü hissetmeseydim. Ama ne bakmak. O bana bakıyor, ben ona bakıyorum, belki yarım saat. En sonunda dayanamadım ve emin olmakta fayda var diyerek Fatma'yı dürttüm:

"Şşşt Fatma, şu çocuk bana mı bakıyor, yoksa sana mı?"

"Sana," (*Soruyu sorduğum kişi Fatma ama cevap veren Ceren bu arada.*)

Ceren'in radarlar sürekli açık: Aman bir şey olmasın, aman başımıza bir iş gelmesin. Çocuğun bana baktığını o da fark etmiş yani.

Tabii ben Ceren'in cevabını duyar duymaz hemen mutlu olup sırıttım, elbette sırıtırken çocuğa yandan, hafif cilveli bir bakış atmayı ihmal etmedim. Çocuğa sırıtmamla Ceren'in kolumu sıkması bir oldu.

"Sırıtma hemen, saracaksın şimdi başımıza."

"Bırak da biri sarsın artık ya! Tam iki sene yedi ay oldu Ceren, farkındasın değil mi?"

Olan da şu; iki sene yedi ay önce, yani Ceren ve Şahan'ın düğünlerinde, bir çocukla tanıştım. Tabii Ceren evleniyor diye duygusalım, hassasım, ben ne zaman evleneceğim, yoksa evde mi kalacağım korkusu sarmış dört bir yanımı, duygusal çöküntüdeyim, ne içsem çarpıyor. Düğünden sonra bir baktım, çocuk beni evime bırakmak için arabasına almış. Bir baktım arabayı sağa çekmiş öpüşüyoruz. Bir uyandım yatağımda çıplağım ve yastığımın yanında bir not; "Belki bir ara tekrarlarız."

Belki mi? Bir ara mı? Son seksim: Hiçbir şey hatırlamadığım ve sonunda aşağılandığım.

Tabii Ceren vakit kaybetmeden lafı yapıştırdı:

"Evet canım, farkındayım. Yastığında yine bir notla

uyanmak istemiyorsan sırıtmayı kes ve önüne bak. O çocuktan bir bok olmaz."

"Bence çok karizmatik, ayrıca işi gücü gayet yerinde gibi. " (*Ağzını yiyeyim Fatma, konuş ya...)*

"Hayır dedim, hadi yürüyün çıkıyoruz."

"Ya lütfen beş dakika daha. Tamam. Bak söz, tanışmayacağım. Bakışayım bari. Kan akışım değişsin, yüzüme bir renk gelsin. Şöyle bir havaya girip saçlarımı savurayım, lütfen 5 dakika ya." (*Yazarken düşündüm de ne acınası diyaloglar . Bu nasıl bir kaşınma durumudur arkadaş ya. Lütfen beş dakika falan. Ezik! -iç hesaplaşma önemli-)*

"Tamam ama 5 dakika. Ben de bu arada Şahan'ı arayayım bari. Aloo hayatım, Aloo Şahan. Sen müzikli bir yerde misin? Ooo, iyiymiş. Hayır, anlamıyorum. O kadar gürültüde nasıl iş konuşabiliyorsunuz? Ne? Birazdan kalkacak mısınız? Sorumun cevabı bu mu? Şahan!.."

Ve Ceren bir hışımla yanımızdan uzaklaştı. Bu konuşmanın süresi takribi 25 dakika, aslında Ceren iki saat daha konuyu uzatabilir ama zavallım Şahan muhtemelen, "Tamam hayatım, haklısın hayatım" tarzı cevaplar vereceği için 25 dakikayı geçmesi imkansız.

"Hadi tuvalete git,"

"Tuvalete mi gideyim? Niye?" *(Saf mıyım ben acaba?)*

"Kızım saf mısın? Bakalım peşinden gelecek mi? Hadi ama, zamanımız az."

"Haklısın."

Fatma'nın erkekleri tavlama konusunda müthiş bir yeteneği, engin bir tecrübesi var. Her şartta, her şekilde: Yaşlı, genç, evli, bekar, zengin, fakir hiç fark etmez. Bir adamı gözüne kestirmesiyle kendisine aşık etmesi arasında geçen süre sadece iki dakikadır. Şip şak. Onun da derdi, sıkılması.

"Ya kızım bunaldım, bir dakika dibimden ayrılmıyor," ya da, "Çüş artık, daha üçüncü buluşmamızda bana seni seviyorum dedi. Kesin bir dahaki buluşmamızda da evlenme teklif eder. Soğudum, bundan da soğudum,"

Fatma'nın yanından ayrılıp kendimden emin adımlarla insanları nazik bir şekilde aşarak tuvalete doğru yürümeye başladım. Omuzlar dik, göğüsler dışarıda, popoda hafif rakkas figürleri, yüzümde 'ben dünyanın en güzel kadınıyım' ifadesi.

(Aa! Ne kadar da zayıfmışım. Saçlarım da uzunken daha güzelmiş. Kestirmemem gerektiğini biliyordum. Acaba ondan mı oldu? Bu yaşadıklarımın sebebi aldığım sekiz kilo ve saçlarımı 15 cm kestirmem olabilir mi? Her şey aslında bu kadar basit olabilir mi? Neyse bunları değerlendirmek için önümde uzun bir zaman var. Acı dolu, yalnız, uzun bir zaman.. Aaa, evet gözlerim biraz olsun yaşardı. O zaman devam edelim.)

Hissediyorum, şu an tam arkamda. Off Allah'ım, aramızda inanılmaz bir çekim var. Acaba şöyle bir yan gözle bakıp hafif gülümsesem mi? Konuşması için cesaretlendirmem lazım, öyle değil mi? Kesinlikle. Yan gözle baktım ama gülümseyemedim. Neden? Çünkü o değilmiş. Eee gelmedi mi bu şimdi peşimden? Tabii ben, onun beni izlediğinden habersiz, salak salak sağa sola bakarken şöyle bir cümleyle kocaman bir göt şeklini aldım.

"Beni mi arıyorsun?"

"Yo, hayır" diyorum. Ama içimden. Bir insanın sesi içine kaçar mı? Kaçar. Bari uzaklaşsana salak! Ne bakıyorsun boş boş çocuğun suratına? Sallamıyormuş gibi bir hava takınayım bari. Yani, 'konuşuyorsun ama kimsin ki sen' der gibi. Bir an önce yanından uzaklaşmak için adım atmamla, kendimi iki seksen yerde bulmam bir oldu. Düştüm, evet düştüm. Güzel haber, yere kapaklanmamla birlikte, güçlü kollarıyla beni yerden kaldırması bir oldu.

"İyi misin?"

Sence? Nasıl iyi olabilirim ki! Peşimden geleni sen sanıp havaya girdim (göt oluş 1), neredesin diye bakınırken yakalandım (göt oluş 2), sesim içime kaçtı ve cevap veremedim (göt oluş 3), daha fazla göt olmayayım diye yanından cool bir ifadeyle uzaklaşayım derken yere kapaklandım (göt oluş 4). Tabii bunların hiçbirini söyleyemedim ama içimden geçirdim. Yani o süre zarfında, çocuğun suratına cevap vermeden bakmaya devam ettim. (Hah, işte bu da 5.)

"Herhangi bir yerini sakatlamadın değil mi?"

"Hayır, hayır. İyiyim, teşekkürler" (*Ve nihayet dile geldim. Ya ama böyle bakma gözlerimin içine içine.)*

"Soner."

"Banu."

Adın batsın, tanışmaz olaydım seninle...

Neden ama, ya neden, neden?

Nedennnnnnn!

***

Evet başardım.

Takriben son üç saattir aralıksız ağlıyorum. Arada şiddetlenerek böğürtü şeklinde yükselen seslerin benden çıkabildiğine şaşırarak... Hadi ama nerede kaldılar? Öleceğim ya ağlarken. Başımı okşayacak bir eli, sarılacak bir omzu, "Aman canım, zaten sen ona çok fazlaydın, şerefsizin tekiydi," laflarını bir an önce hak etmiyor muyum?

Nihayet kapı çaldı. Kızların kapıda olduğu düşüncesi bile beni rahatlatmaya yetti. İyi ki varlar. Bir daha, bir erkek için onları asla ekmeyeceğim.

"Şerefsiz!" Fatma büyük bir hışımla burnundan soluyarak eve girdi. "Viski getirdim."

Hemen arkasından da Ceren.

"Zaten sen ona çok fazlaydın, başından beri söylüyorum." Bana sıkıca sarıldıktan sonra elindeki poşetleri uzattı. "Dondurma ve çikolata. Yalvarsam bile sakın yememe izin vermeyin. Aldığım turuncu elbisenin içine giremedim bu sabah."

"Sana o elbise dar demiştim, inatla aldın."

"Darsa, denediğimde içine nasıl girdim?"

"Girdin de içinden sayemde çıktın. "

"Heyy aloo, hu huu" *(Bu seslenen benim, ilgi bekleyen zavallı...)*

"Pardon tatlım" Fatma hemen yanıma gelip saçlarımı okşadı ve karşı taarruzu başlatacak cümleyi haykırdı:

"Bence arayıp bir güzel ağzına sıç."

"Yok artık Fatma, daha neler. Bu yaptığından sonra bir de onunla muhatap mı olacak, asla olmaz!"

"Kızcağızın içinde mi patlasın Ceren? Onunla konuşup içini boşaltması şart."

"Ayrıca konuşacak durumda mı? Kızcağızın halini görmüyor musun?"

Kızcağız ben oluyorum. Bir anda en yakın arkadaşlarım tarafından, cinsiyetimin sonuna "cağız" eki alarak acınacak insan konumuna getirilen ben. Beş sene! Dile kolay, beş sene. Bir anda uçup gidiyor. Açıklama yok, herhangi bir özür ya da bir veda konuşması ya da her neyse işte! Bir insan piç gibi ortada bırakılır mı ya? Sadece bir aydır ayrıyız, sadece bir ay. Hangi arada o kızı buldun, hangi arada aşık oldun, hangi arada evlenmeye karar verdin? Benimle beş senedir karar veremediğin şeylere bir ayda nasıl karar verdin? Bir dakika ya! Yoksa, yoksa benimle birlikteyken, bir taraftan da o kızı mı idare ediyordu?

"Aldattı beni! Kesin aldattı!"

Bu cümleyi haykırırken yüzümde beliren, 'çok akıllıyım nasıl da anladım' ifadesine bir daha rastlarsam, kesin kafamı gözümü duvarlara vurup dağıtacağım. Normal bir insanın olayları değerlendirip anlama süresi birkaç dakikayken benimkisi saatler alıyor.

"Herhalde kızım, yeni mi anladın? Kim bilir o kızla ne zamandır görüşüyor? Ben aslında hissetmiştim ya neyse."

Ceren ise sadece anlamakla yetinmeyip bir de hissedebiliyor. Sonra o evli, ben niye bekarım. Hak ediyorum ben her şeyi. Niye? Çünkü salağım.

"Facebook'a kızla fotoğraflarını koymuş öyle mi? Hem de nişan fotoğraflarını? Hani bu tarz şeylerden nefret ediyordu? Hani insanın özel hayatını bu şekilde sergilemesi çok sığ bir hareketti? "

Ceren'in söylenmeleri eşliğinde şiddetli bir ağlama krizine daha girmiş bulunmaktayım. Bir adam nasıl oluyor da sadece bir ayda bu kadar değişebiliyor. Ömrümün son beş senesini, facebook arkadaşlarımın sevgilileriyle çektirdikleri fotoğraflarına beğen tıkı yapmakla geçirdim, hem de hiçbir karşılık beklemeden. Özendiğim anlar oldu, hava atmak istediğim, herkes bizi görsün, kıskansın dediğim anlar. Ama ne yaptım? Sırf o piç kurusu sevmiyor diye ona saygı duydum. Yani saygı duyuyormuş gibi yaptım. Sanki ona hak veriyormuş, sanki ben de onun gibiymişim gibi.

"Çok haklısın aşkım. Ne o öyle, mıç mıç, birbirimizi çok seviyoruz, mutluyuz fotoğrafları sergilemek. Mahremiyet diye bir şey kalmadı." Kafama sıçayım ben kafama. Elin kızı gelmiş, benim beş senede yapamadığım şeyi bir ayda yapmış. Tabii bir ay, resmi olmayan rakam.

Hayatımı kabusa çeviren bilgisayar ekranının etrafına toplandık. Belki fotoğrafı kaldırmıştır? Kaldırmamış. Facebook yasaklanmalı. Eskiden böyle miydi? Sevgilimizden ayrılırdık, sonra ne haber var, ne gören. Ayda yılda bir takıldığı yerlere gideceksin de aynı anda denk gelip karşılaşacaksın da... Unutup giderdik. Şimdi öyle mi? Çat diye tek hareketle adam tüm çıplaklığıyla karşında. Yazıklar olsun. Sayfasına girip baksan olmaz, bakmasan içindeki şeytan razı değil.

"Bak bir ya, bak..."

Hemen bir viski shot. Üstüne bir tane daha. Iıyyy, iyi geldi. Şimdi söndürdüm ama hemen bir sigara daha. Derin bir nefes çek, ver, bir derin nefes daha ve başım döndü. Süper.

Ceren ve Fatma, önce merakla fotoğrafa, sonra yok artık der gibi şok ifadesiyle birbirlerine, sonra da yüzlerindeki acıma hissini gizlemeye çalışarak bana bakıp mırıldanır bir tonla;

"Yani çok da şey durmuyorlar"

"Ne durmuyorlar?"

"Yani, birbirlerine aşıkmış gibi."

"Evet, evet bence de." İlk defa Ceren, Fatma'yla aynı fikirde. Yalan söylediklerine şüphe yok yani.

"Saçmalamayın, daha ne kadar aşık gibi olabilirler ki!"

Piç kurusu, nasıl da dolamış kollarını kızın beline. Kız da maşallah ahtapot sanki, bir eli bizimkinin boynunda öbürü belinde. Yazıklar olsun. Yazın sarılmaya kalkarım, çok terliyim; kışın sarılmaya kalkarım, ellerin buz gibi.

"Kolundaki senin aldığın saat değil mi?"

Aferin Ceren, fotoğrafta küçük ama anlam olarak büyük bir ayrıntı.

"Evet." Ve yine ağlamaya başladım. Bu seferki ağlama sebebim üzüntüden değil, hırstan. Daha ödemem gereken 8 taksiti var o saatin. 8 taksit, sekiz ay demek. Yani bu demek oluyor ki önümüzdeki sekiz ayımı, kredi kartı borcumu her ödeyişimde, kendime salak, ona ise orospu çocuğu diyerek geçireceğim. Senin neyine pahalı hediye almak ha, neyine? Al bir gömlek, tişört. Çok bile. Senin etin ne, budun ne? On beş senedir çalışıyorsun, kendine milyarlık saat (eski para değerine göre) aldın mı? Ha, aldın mı? O sana ne aldı peki? Koskoca beş senede; ıvır zıvır çer çöp. Yok ama bir daha yok.

"Kızın yaşı da var. Senden genç falan değil yani. Büyüt bakayım fotoğrafı, göz çevresine doğru yaklaştır. Hımm, evet. Hatta kesin senden yaşlı."

"Yüzü çok kemikli, kaşları da düşük. Çirkin bu be. Vücudu da bir garip. Kıçı yere yakın, kolları da boyuna göre kısa. Şekilsiz."

Yorum sırasına göre önce Fatma sonra Ceren, kızın benden yaşça büyük, çirkin ve şekilsiz olmasının, aslında beni daha fazla yaralayacağını anlar anlamaz, söylediklerinden pişman bir ifadeyle yüzüme baktılar. Öyle bakmaz olaydılar. O ana kadar kızı aşağılamalarından zevk duyan, havaya giren ben, acı gerçeğin farkına vardım: Beş yıllık sevgilimi, kendimden yaşça büyük, çirkin ve şekilsiz bir kadına kaptırmıştım. Daha kötüsü olabilir mi? Nasıl teselli edeceğim şimdi kendimi?

"Kız genç tabii, etkilenmesi normal," ya da, "Allah için güzel kız, yani ben de erkek olsam bakardım," veya, "taş gibi hatun, bu fizikle elimden alması çok normal." Ne yani bu cümlelerin birini bile kurup kendimi rahatlatamayacak mıyım?

Hayırrrrrr!

***

"Nefes al, nefes ver. Nefes al, nefes ver. Ver dedim sana. Banu nefesini ver!"

"Vermeyeceğim işte. Boğacağım kendimi." *(Kaşlarımı yukarı kaldırıp dudaklarımı büzerek cevap veriyorum. Çünkü konuşursam nefesimi tutamam, öyle değil mi?)*

"Çocukluğundan beri böyle. Ne zaman çok üzülse nefesini tutar. Otuz iki yaşına geldi, çilem hala dolmadı. Ben gözümden bile sakınıp üstüne titreyeyim, elin adamı gelsin, kızımı bu hale getirsin. Ama ben, o heriften bir halt olmaz dedim, değil mi?

"Dediniz Emel Teyzeciğim." *(Hah, Ceren aferin, annemi başıma çağırdığın yetmiyormuş gibi bir de ver gazı.)* Bu arada acil servisteyiz. Ve kolumda, içinde sakinleştirici ilaç olan bir serum takılı. Evet, hastanelik oldum. Şimdi o piç kurusu nişanlısıyla düğün alışverişindedir. Ya da, acaba sevişiyorlar mı? Yok canım, Soner ve gündüz vakti sevişmek. Gece bile zar zor. İlla ben yanaşacağım. Güdüsüz herif. Bir erkek, iki saatlik filmi arada sevgilisiyle sevişmeden bitirir mi ya! Filme ayıp. Haa, sinemadasınızdır, tamam. (*Yine de insan gizli gizli iki oynaşmak istiyor.*) Yanınızda insanlar vardır, o da tamam. (*Yine de insan gizli gizli iki oynaşmak istiyor.*) Hadi uyusa, diyeceğim ki adam yorgun. Cin gibi bir de. Sonunda da demez mi, "Filmi pek beğenmedim." Sık gırtlağını. Madem beğenmedin, ne diye pür dikkat izliyorsun? Saçlarında dolanan ellerimi, popomu hafif hafif sana doğru yasladığımı hiç mi hissetmiyorsun? Yazıklar olsun. Çabuk unuttu tabii benimle beş dakika yalnız kalmak için kıçımdan ayrılmadığı günleri. Ama yine kimde kabahat? Bende. Adama her istediğinde bacaklarını, aman kollarını açarsan olacağı bu. "Tabii tatlım. Gel tatlım. Evdeyim tatlım. Hayatımda senden önemli hiç kimse yok tatlım." Böyle olursan tabii, o tatlın da gelip senin kafana sıçar.

Ama bir daha mı? Bir daha mı? Asla! Süründüreceksin bunları. Peşinde köpek edeceksin, köpek! Tırnağının ucuna dokunmak, seni bir dakika daha görmek için yalvaracak.

Ay çok hırslandım. Nereden geldim şimdi ben bu konuya? Hah, "acaba sevişiyorlar mı?" düşüncesinin özellikle son bir yıldır düşüşte olan seks hayatıma parmak basmasından hemen sonra Soner'e güdüsüz herif dememle. Bir dakika. Acaba adam bana karşı mı güdüsüzdü? Sevişip sevişip geliyordu belki benimle buluşmaya? Ah, olabilir mi? Yok canım, o kadar da değil, öyle olsa anlardım herhalde. *(Şimdiki aklımdan not: Nereye anlıyorsun, nereye?)* Ayrıca tamam, güdüsüz olabilir ama yine de kendimizce düzenli bir seks hayatımız vardı. Düşünelim: En son ne zaman seks yaptık? Son bir ayı saymazsak (ayrıyız ya, o sebepten) hımm, en son, en son? Yok artık! O piç kurusunu Fatma'nın banyosunda kıstırıp sevişmeye zorlamamın üzerinden neredeyse iki buçuk ay geçmiş. Yani tam olarak 72 gün. Bundan nasıl eminim? Çünkü o gece Fatma'nın doğum günüydü. Rakı ve fasıl eşliğinde başlayan gecemiz, ilerleyen saatlerde tekilaya dönmüş ve ben kafayı bulmuştum. Tabii hormonlar ayakta, çılgınım, vahşiyim, dünya yansa umurumda değil. Hop, eğlenelim coşalım. Tabii tek coşan benim. 72 gün ya! Yazıktır günahtır. *(Ya Banu sen harbi salaksın, adam seninle 72 gün önce -son bir ayı saymıyoruz- senin zorlamanla seks yapıyor ve sen de adamın, başka biriyle olma ihtimalini aklına bile getirmiyorsun. Bakma suratıma saf saf. Aç gözünü, akıllan biraz.)*

"Bir kere dinlese beni, sadece bir kere. Ama nerede. Verin şu şerefsizin telefonunu bana."

Fatma hemen: "0532…"

"Hayır ya, daha neler. Anne saçmalama ya!"

"Saçmalamaymış. Çocuğun olduğunda anlarsın beni. Ah, o günleri bir görsen" (*Annem son cümleyi bana acıyan bakışlarla, saçımı okşayarak söylüyor bu arada.)*

O günleri göremiyorum işte, göremiyorum. Ayrıca nedir bu baskı? Çocuk! Çocuk! Çocuk! Doğduğumuz andan beri sadece bunun için programlanıyoruz gibi. İlk oyuncağımız ne? Bebek. Biz neyiz? Bebeğin annesi. Bir oğlanla oynadığımız ilk oyun ne? Evcilik. "Hadi Ali, sen şimdi benim kocam ol, ben de senin karın olayım, öpüşüp bebek yapalım." Hoop anne oldum. Hani bu kadar kolaydı? Kandırdılar bizi ya! İsyan üstüne isyan. Nefes falan almayacağım ben. İyice nefesimi tuttum.

Nefes alsam ne olacak, ne için? Ali ne yapıyor acaba? Onu mu arasam? Aşıktı bana çocukken, belki hala aşıktır, olamaz mı? Aman ne saçmalıyorum ben, aradan geçmiş yirmi beş sene. Yine de facebooktan bir bakayım, belki bulurum. Bir merhaba demenin bana ne zararı olabilir? Hele ki bu son yaşadığım tecrübeden sonra. Belki de kısmetim o. Belki de tüm bu yaşananlar, onu aklıma tekrar getirmek için tezgahlanmış büyülü bir oyun.

Olamaz mı? Olabilir.

Bugün ne öğrendim?

- Sevgilinle ayrıldığın gibi, onu facebooktan sil. Sevgilinin ekli olduğu arkadaşlarının sayfalarından da girip bakma tabii ki de. Yok illa bakacağım, dayanamıyorum diyorsan da her türlü sonuca hazırlıklı ol. Yani: Kızları ara, içki sigara stoğunu sağlam tut.
- Kızlar, sevgilinin yeni sevgilisini aşağılayıp eleştirirken havaya girme. Unutma ki o, yeni sevgilisiyle senden daha iyi olduğunu düşündüğü için birlikte.
- Sevgilin olduğunda daha ilk aydan, facebook olsun twitter olsun ilişkini duyur, en güzel fotoğraflarınızı sergile. En azından içinde kalmaz.
- Sevgilin seninle 72 gündür seks yapmıyorsa, hayatında başka biri olabilir. Tabii salak gibi 72 gün geçmesini beklemeden 10. günün sonunda şüphelenmeye başla.
- Acil serviste yakışıklı doktor görme şansın sadece filmlerde. Bu fanteziden vazgeç yani.
- Çocukken bile olsa sana aşık birini hatırlamak kırılan egoya iyi geliyor. Tabii bu kadar zavallı olmasan iyi olur.

2

İnsanın işi, her şeyi.

Erkekmiş, aşkmış bunlar boş, fani şeyler. Hem hayatımı yeteri kadar harcamadım mı bu uğurda? Orta okulda Ömer'in peşinden koş, lisede Tolga'nın. Karnede üçer beşer kırık. Herkes teşekkür takdir alırken, sıranın en arkasında yaşlı gözlerle ben. Bu arada ağlama sebebim de koskoca yaz onları göremeyecek olmam. Tabii zavallı annem bu durumdan habersiz, "Üzülme kızım, bir dahaki seneye daha çok çalışırsın," diye beni teselli etme derdinde. Ay yazık anneme, ne fenaymışım. Kadıncağız bir gururlanamadı benimle. Merak etme anneciğim artık değiştim. Kıçıma tekmeyi, sırtıma hançeri yiyince nihayet otuz iki yaşımda akıllandım. Bugünden itibaren anneme layık, akıllı, ne istediğini bilen, idealist, mantıklı, erkeklere asla taviz vermeyen, kariyerinde yükselmek için elinden geleni yapmaya kararlı, hırslı bir genç kadınım. *(Yürü be!..)*

Yüzümde ne istediğini bilen hırslı kadın ifadesi, üzerimde dizüstü mini dar bir elbise, çıkıdı çıkıdı mağazaya girdim.

Öncelikle güler yüz çok önemli; gerek iş arkadaşlarıma karşı, gerekse müşterilere. Koca ağzımı yayarak gülümsedim.

"Günaydın arkadaşlar."

"Ay, duyduklarım doğru mu?"

Hah, işte dakika bir, gol bir: Şebnem, mağazanın kozmetik reyonundan. Aptalın teki. Tabii bana göre aptal. Erkeklere göre hiç öyle değil. Kız daha işe başlayalı üç ay oldu ve hemen kendine koca buldu. Hem de bulduğu adam öyle böyle değil. Mağazanın hemen yanındaki mücevher dükkanının sahibi. Önümüzdeki ay evleniyorlar. Kafam kadar tek taş takıyor karı o yamuk yumuk parmağına. Adam yıllardır müşterimiz, bir aralar bana sarmıştı. Ama sevgilimiz var ya, namusluyuz ya, yan gözle bile bakmadık herife. Tabii adam beni bekleyecek değil. Hoop, Şebnem görür görmez adama taktı kancayı ve üç ayda paket. Biz (biz derken mağazada çalışan tüm kızlar) bu arada Şebnem'in işi bırakacağını sanıyoruz. Kız çakal tabii, işini bırakıp kendini eve hapseder mi? Etmez. Aksine, kariyerim diyor başka bir şey demiyor. Adam tüm gün mağazada ağaç. Zavallım, bir de aşırı kıskanç. Bunu gözetleyeceğim diye tüm gün mağazada alışverişte. Şebnem tabii, en yüksek satışla ayın elemanı. Aman niçin zavallım diyorum ki? Erkek değil mi beter olsun. Böyle yapınca kıymetli olunuyor. Benim piç kurusu bir çöp bile almadı mağazadan. Aman neyse.

"Ne duydun Şebnem?" *(Salağa yatıyorum elbette.)*

"Seninki evleniyormuş. Çok üzüldüm bebeğim. Demek o yüzden iki gündür işe gelmiyorsun. Sadri Bey'e cenazemiz var demişsin, şimdi anlıyorum altında yatan anlamı. Senin için öldü, öyle değil mi? Benimki de soru yani. Beş senelik ilişkinizin hemen ardından nişanlanmasından daha ağır ne olabilir ki? Çok yazık çok. Ama iyi görünüyorsun. Ben seni daha perişan bir halde bekliyordum. Aferin, güçlü kadınsın valla. Aa, bak ne diyeceğim, iş çıkışı gelinlik provam var. Benimle gelsene, kafan dağılır biraz."

"Senin ağzına sıçarım kaltak," diyemedim elbette. Onun yerine " Yok, başka bir programım var," diyebildim.

"Neyse tatlım sen bilirsin. Az kalsın unutuyordum, dün yeni bir ürün geldi. Kırışıklıklar için. Harika bir şey. Senin göz kenarlarını bile kapatır. O kadar iyi yani. Bir ara yanıma uğra da sana tester'ını vereyim."

"Uğramaya çalışırım." *(Sürtük işte, sürtük!)*

"Senin bile" diyeceği kadar kırışıklığım gerçekten var mı benim? Yani, var tabii biraz. Ama senin bile denecek kadar mı? Daha kaç yaşımdayım ki? Yaşımdan önce yaşlanıyorum. Birkaç seneye kadar yüzüm pörsümüş bir şeftaliye dönecek. Daha saçımda çıkan beyazlara alışamamışken. Ee, ne yapacağım? Yüzümü mü gerdirsem ya da botoks mu yaptırsam? Gerdirmeye param yetmez. Ama botoks olabilir. Zor durumlar için biriktirdiğim 500 lira yeter herhalde. Daha zor bir durumda olamam öyle değil mi? Ceren'in bildiği bir yer mutlaka vardır. Şimdi sorsam, "Hiç botoks yaptırmadım ama," diye cümleye başlar tabii ki. Ama Fatma'yla ben, yaptırdığını biliyoruz. Saklıyor bizden. Geçen sene liposuction yaptırdığını da söylememişti ama Şahan ağzından kaçırdı.

"Sabah sabah laklak başlamış. Kahve de söyleyeyim içer misiniz Banu Hanım?"

Iyy Sadri Bey'in en az kendisi kadar itici sesi tam ensemde gürlüyor. Sadri Bey, mağaza müdürümüz. Tam bir uyuz. Hatta ötesi.

"Sadri Bey günaydınlar. Kravatınız çok hoş."

"Teşekkürler Şebnem Hanım. Sizi fark etmedim."

Pislik. Onu fark etseydin söylenmeyecektin yani öyle mi? Böyle bir herifi mağaza müdürü yapan zihniyetin ben ta...

"Aa, demek koordinatörlüğe terfi ettiniz. Ee, hiç şaşırmadım. Geç bile kaldılar. Tebrikler."

"İlk size söylüyorum Şebnem Hanım. Henüz kimsenin haberi yok"

Ben yanlarındayım bu arada. Adam beni yok sayıyor resmen.

"Tebrikler Sadri Bey, çok sevindim." (*Biraz yalakalıktan kimseye zarar gelmez. İş hayatı malum.)*

"Öyle mi?" *(Verdiği cevaba bak.)*

"Ee, siz koordinatör olduğunuza göre, mağazanın yeni müdürü kim olacak?"

Doğru ya! Mağazaya yeni bir müdür atanacak. Acaba bu ben olabilir miyim? Neden olmayayım ki? Sadri Bey'den sonra en eski benim. Hay Allahım ya, sana şükürler olsun. Kıyamadın tabii bana. Acıdın halime. Ee, hayatta her şey dört dörtlük olmuyor tabii ki. Aşk inişe geçince kariyer otomatik olarak yükseliveriyor. Müthiş bir denge.

"Mağazadan birini düşünüyorlar öyle değil mi? Bence kesinlikle öyle olmalı." *(Ay ağzını yiyeyim Şebnem. Resmen beni kastediyor. Bu kız aslında iyi biri ya. Saflığından öyle abuk subuk konuşuyor bazen. Allahım sana söz veriyorum, bugünden sonra insanlara karşı daha az ön yargılı ve anlayışlı olacağım. İçimden dahi olsa kimseye küfür etmeyeceğim. Şebnem'in parmaklarına yamuk yumuk dediğim için de ayrıca özür dilerim. Amin.)*

"Bence de Şebnem Hanım. Müdürün kim olacağına karar verdiler bile. Ama yarına kadar bu bir sır."

Sır derken bana bakıp yan gözle sırıttı. Evet evet, sır benim. Beni kastetti. Yarına kadar çatlarım ben ya.

"Neyse kızlar, işimize dönelim."

"Elbette Sadri Beyciğim. Tekrar tebrikler." *(Yalakalık olsun diye değil. Adamcağız hak ediyor.)*

Sadri bey ilk defa bana gülümseyerek baktı ve "Teşekkürler," diyerek Şebnem'in peşine takılıp yanımdan uzaklaştı.

Tam altı senedir mesai arkadaşıyız. Sadri'nin (artık ismiyle de hitap edebilirim. Ne de olsa artık müdür oldum) yanağında küçük şirin gamzeleri olduğunu fark etmemişim. Aslında sevimli biriymiş. Pozitif düşünce pozitif sonuç doğurur. İşte en büyük ispatı. İşime sarılıyorum, pat terfi ediyorum. Sadri'ye yakın davranıyorum, pat gamzelerini fark ediyorum. Müthiş bir gün.

"Alo anne, ne olduğuna inanmazsın? Hayır anne, Soner aramadı." *(Ayrıca Soner'in beni araması neden inanılmayacak bir şey olsun ki? Elbet arayacak. Anlayacak hatasını.)* "Mağaza müdürlüğüne terfi ettim. Yani resmi olarak henüz değil ama kesin beni düşünüyorlar. Sadri Bey'le Şebnem konuşurken yanlarındaydım, resmen beni kastetti."

Sessizlik...

"Alo anne! Aloo.. Anne, ağlama lütfen ya! Tamam biliyorum, mutluluktan ama... Yine de... Ben de seni seviyorum. Tamam, şimdi kapatmam lazım. Yine ararım."

Ay canım ya. Kadıncağız alışık değil tabii benden müjdeli haberler duymaya, şoka girdi.

Elbette aynı konuşmayı önce Ceren sonra da Fatma'yla yaptım. İlk tepkileri, "Ay çok sevindik müthiş haber," ikinci tepkileri "Mağaza indirimin %20 olarak kalacak mı yoksa müdür oldun diye artacak mı?" şeklinde oldu.

Akşama kutlama yemeği yapıyoruz. Yaşasın, ilk defa doğum günlerim dışında bana özel bir kutlama organize ediliyor. Süperrr!

***

Kırmızı da bana pek bir yakışıyormuş canım. Az önce aldığım straplez dizüstü elbisemden bahsediyorum. Yeni sezon. Biliyorum, fiyatı sadece üç hafta sonra yarıya inecek ve ben kendimi enayi gibi hissedeceğim. Olsun, bu akşam için değer. Kıydım paraya. Ne de olsa müdür olunca maaşıma zam yapacaklar. Elbisenin altına şu siyah ince topuklu süet ayakkabıları da mı alsam acaba? Alayım, alayım. Şık görünmem lazım artık, öyle değil mi? Ne de olsa koskoca mağazanın müdürüyüm. Ayy düşüncesi bile heyecanlı: Banu Öztürk, Mağaza Müdürü. Çok havalıyım.

O piç kurusuna kesinlikle bunu duyurmam lazım. Kendisi çalıştığı firmada on yıldır bir adım ilerleyemedi. Salak. Ha ha ha. Fazla geldim ona ben tabii. Kaldıramadı. Güzelim, akıllıyım, başarılıyım, sosyalim. Oh be, resmen kendime geldim.

Benim için düzenlenen kutlama yemeğine (kendime bile tekrar etmek hoşuma gidiyor) 20 dakika geç kalarak varmış bulunmaktayım. Kıyafetimden dolayı metroya binmek yerine taksiye binmeyi tercih ettim çünkü. Bir de metroyla 2 liraya gideceğim yol için taksiye 28 lira ödedim. Üstüne aptal taksici, "Yol sıkışık bu saatte, bu caddeye girersem iki saatte çıkamam. Üç adım yürüyüverirsin" diyerek beni resmen taksiden sepetledi. Tabii ben de altta kalır mıyım, taksiciye ödediğim 30 liranın üstünü vermesini bekledim. Üç adım dediği yolu da yürümem on beş dakikamı aldı. Bu arada terledim, ayakkabımın arkası vurmaya başladı ve bir grup gencin sözlü tacizine uğradım. *Çok güzelmişim.* Elbette peşime takılmasınlar diye onlara ters ters baktım ama hoşuma gitmedi de değil.

Mutluluğum ne yazık ki her zaman olduğu gibi uzun sürmedi. Çok değil, on adım sonra, benim yaşlarımda hatta büyük bile olabilir, bir herifin, "Abla, Şişli'ye buradan otobüs var mı?" cümlesiyle, moralim yine yerle bir oldu. Elbette üzerime alınıp cevap vermedim. Ablaymış! Saygısız.

"Neredesin Banu?"

"İnanılmaz bir trafik vardı Ceren'ciğim, pardon."

"Fatma da gecikti. Bir daha asla zamanında gelen ben olmayacağım. Her seferinde bekletiyorsunuz."

"Sakin ol hayatım." *(Konuşan Şahan. Hatırlarsınız, Ceren'in kocası. Ben hayatımda onun kadar pozitif, anlayışlı, sakin, idareci bir insan tanımadım. İnsan denemez aslında ona. Tam bir melek. Ama böyle bir kocam olsun ister miyim? Bilmem, yani ne bileyim. Erkek dediğin biraz ağır olur. Kilo bakımından değil elbette. Tabii çok zayıf da istemem. Kemik kemik olmasın yani. Kuru bir kıçı olmasın mesela, hiç sevmem. Tavrıyla, duruşuyla, gerek ses tonu gerekse mimikleriyle, şöyle erkek erkek olsun isterim. Hafif adamdan tırsayım yani. Yanında kendimi güvende hissedebileyim. Ah ah, Soner aslında öyle biriydi. Niye bunu bana yaptı ya, niye? Şerefsiz, en mutlu günümde bile düşüncelerime sinsice sızmayı başarıp kendini özletebiliyor.)*

Ceren, "Fatma da geldi," diye seslenmesiydi gözlerim yaşarabilirdi. Evet, herkes toplandığına göre günün anket sorusunu sorabilirim.

"Sizce yaşımdan büyük mü gösteriyorum?"

"Saçmalama o da nereden çıktı?"

"Kesinlikle hayır."

Fatma ve Ceren yine aynı fikirdeler. Böylesi, kesinlikle bir sorun olduğunu gösterir.

"Banu senden küçüktü, değil mi hayatım?"

Hepimiz aynı anda soruyu soran Şahan'a döndük. Benim için güzel ama Şahan için kabus anlar başlamıştı. Şahan özellikle Ceren'in ateş çıkartan gözlerini görür görmez yaptığı gafın farkına vardı ama iş işten geçmişti. Ne Fatma, ne de ben, cesaret edip Ceren'den iki yaş büyük olduğumu söyleyemedik. Lafı nasıl değiştirsek, Ceren'in Şahan'ı yolmasına nasıl engel olsak diye düşünürken, Fatma'nın yeni manitası masamıza yaklaştı. Fatma havanın değişmesine sevinerek yerinden fırladı ve manitasının boynuna sarıldı. Sonra bize dönerek, "Aykut. Kick box hocam. Ceren, eşi Şahan ve Banu," diyerek hepimizi tanıştırdı.

Memnun oldumlar, nasılsınlardan sonra durum değerlendirmesi yapmak için, üçümüz tuvaletin yolunu tuttuk.

"Kızım sen ne zaman kick box'a başladın?" diye sordum tuvalete daha varmadan.

"Aykut'u gördükten hemen sonra," diye cevap verdi Fatma, şuh bir kahkaha patlatarak. Bu arada Ceren hala burnundan soluyordu:

"Bir kere de adam gibi biriyle tanıştırsan bizi," dedi söylenerek.

"Valla ben gayet memnunum. Bugün spor salonunun tuvaletinde yaptık. Muhteşemdi."

"Ne yaptınız?" (*3 saniye sonra*) "Yok artık. Seks mi yaptınız?" *(Konuşan benim.)*

"Aferin. İlk günden yine herife verdin değil mi? Üç gün

sonra da sepetlersin. Nasıl aile kuracaksın, nasıl anne olacaksın sen?" *(Bu da Ceren.)*

"Amaan, olmak isteyen kim? Memnunum ben hayatımdan."

Evlenip çoluk çocuğa sahip olmak istemeyen tanıdığım tek kadın Fatma. Aslında eskiden böyle değildi. Yani lise zamanlarında. O zamanlar aşık olduğu Volkan adında bir çocuk vardı. Bizim okulun en yakışıklısı. Bütün kızlar Volkan'ın peşindeydi, ben ve Ceren hariç. Önce Fatma gördüğü için, o kapmıştı çünkü Volkan'ı. Neyse Fatma ve Volkan bir süre çıktılar. Fatma, Volkan'la evlilik hayalleri kurmakta, Volkan da Fatma'yı, okul bittikten sonra hemen evleniriz yalanlarıyla kandırmakta. Tüm engel olma çabalarımıza rağmen Fatma, Volkan'a bekaretini verdi. Bir de üstüne hamile kaldı. Tabii Volkan durumu öğrenir öğrenmez pırrr, arkasına bakmadan kaçtı. Zavallı Fatma ne üzülmüştü o zamanlar. Aldırdığı bebeği aklına geldikçe hala ağlar. Aman nereden aklıma geldi şimdi tüm bunlar. Neyse, masaya geri dönelim.

Yemek siparişlerimizi verdik, Şahan en pahalısından bir şişe şampanya söyledi. Bana kadeh kaldırdık. Ceren, yemeklerimizi yerken Şahan'a, Aykut'un fit vücudunu işaret ederek, "Ne kadar hoş bir fiziği var. Komplekse girmiş olmalısın," diyerek laf soktu. Şahan yaptığı gaftan dolayı Ceren'in kendisine hala kızgın olduğunu anladı ve durumu düzeltmek için, "Hayatım, ben Banu'nun morali düzelsin diye öyle söyledim, elbette senin Banu'dan küçük olduğunu biliyorum," dedi. Tabii Ceren buna daha çok sinirlendi. "Konuştukça daha çok batıyorsun. Sus Şahan!" dedi. Şahan gece boyunca bir daha ağzını açmadı. Bunların dışında yemek boyuca içtik, sohbet ettik.

Sıkıldım. Neden? Çünkü yalnızım. İnsan, samimi dostlarıyla birlikte olsa bile, yine de gecenin sonunda sevişebileceği ya da en azından başını göğsüne yaslayıp sarılabileceği biri olsun istiyor yanında. Ne kadar güzel (*bu arada kızlar elbiseme ve ayakkabılarıma bayıldılar*) ya da iş hayatımda başarılı olsam da yine de mutlu olmama yetmiyor. Ben tam anlamıyla bir aşk kadınıyım. Aldatılmış, terk edilmiş bir aşk kadını.

Evet, işte yine ağlıyorum. Allahtan evdeyim. Özellikle Ceren, o piç kurusu için hala ağladığımı görseydi ağzıma sıçardı. "Hiç mi gurur yok sende Banu? Adam seni göt gibi ortada bıraktı, sen hala... Sana inanamıyorum," derdi.

Ben de kendime inanamıyorum ama ne yapayım. Tüm yaşananlara rağmen içimde, tekrar Soner'le birlikte olacakmışız gibi bir his var. Biliyorum, beni hala seviyor. Sadece aklı karışık o kadar. Hem acı çekmeden aşk olmaz ki. *(Biraz daha Gülşen dinlersem intihar edeceğim.)*

Kapı çaldı. Üst katımda oturan moruk gelmiştir. Kesin homurdanarak, "Müziğin sesini biraz kısar mısın?" diyecektir.

"Kısamam, ben senin sabaha kadar osuruk sesini dinliyorum ya. Saat daha on bir, bu saatte şikayet mi olur?" diye söylene söylene kapıyı açtım. Ve karşımda Soner. *(Hayır, yanlış okumadınız ama şaşırmakta haklısınız. Çünkü Soner'i görmemle, gerçekten o olduğunu kavramam takriben üç dört dakikamı aldı.*

"Girebilir miyim? Müsait misin?" *(Aman Allah'ım döndü, hatasını anladı ve bana geri döndü. Hemen havaya girmeyeyim, belki de kalan eşyalarını almaya geldi. Yok canım, buraya kadar niye gelsin, kargoya ver diyebilirdi.)*

"Tabii." *(Salak, nereye tabii, salonu bok götürüyor. Üs-*

tün başın saçların da iğrenç.)

Soner'le birlikte evimin salonuna geçmem ve onu içeri aldığım için pişman olmam bir oldu. Ama artık yapacak bir şey yok elbette. Koltuğun üzerinde duran sümüklü mendilleri, çikolata, dondurma ambalajlarını seri halde topladım ve oturmasını işaret ettim.

"Ne vardı?" *(Üzgünüm, mutsuzum ama hala gururum var bakışları eşliğinde.)*

"Nasılsın?"

"Görmüyor musun nasıl olduğumu geri zekalı," diyemedim elbette. "İyiyim, sen?"

Bir süre sessizce gözlerimin içine baktı;

"Fena değil," *(Ay, bu kesin af dilemeye gelmiş ya. Bu bakışları, bu ses tonunu tanıyorum ben. Ee, dile kolay, beş sene. Az şey mi yaşadık. Kolay değil bir Banu daha bulmak. Kesinlikle hemen üstüne atlamamam lazım. Sürünsün biraz. Yok öyle hemen affetmek falan.)*

"Seni özlemişim." *(Özlersin tabii, ne sanmıştın. Beni bir çırpıda unutabileceğini mi? Kolay mı, bak ben unutabildim mi? Yumuşamak yok Banu, sakın.)*

Hiçbir yorum yapmadığım gibi, yüz ifademdeki 'üzgünüm, mutsuzum ama hala gururum var' bakışlarımı da korudum.

"Bir kadeh de ben alabilir miyim?" dedi, sehpanın üzerinde duran Jack şişesini işaret ederek. *(Hımm rahat konuşabilmek için içmek istiyor. Doğal olarak gergin. Alışık değil tabii özür dilemeye. En hatalı olduğunda bile bir tebessüm, iki çift güzel sözle beni kandırabildiği için, beyefendi şimdiye kadar hiç benden özür dilemek zorunda kalmadı ki. Ama bu sefer yalvaracak. Köpek olacak bana köpek.)*

Kendime ve ona birer kadeh Jack koydum. İçkilerimizden aynı anda birer yudum aldık. Sonrasında, aramızda uzun bir sessizlik. Bakıyor suratıma. Dikmiş o çakmak çakmak ela gözlerini, gözlerimden ayırmadan bakıyor. Biliyor tabii dayanamayacağımı şerefsiz. Titriyorum. Hem de zangır zangır. Nefes alışım da hızlandı. Anladı kesin. Kalk Banu yerinden, hemen bir elini yüzünü yıka. Yerimden kalkmamla kolumdan kavrayıp beni kendisine doğru çekmesi bir oldu. Evet, dudaklarıma yapıştı. Evet, hayvan gibi öpüşüyoruz. Of, bacaklarım kıl içinde, acaba banyoya geçip 2 dakikada jiletle alsam mı? Ama artık çok geç, bacaklarımı okşuyor. Ben salak mıyım peki? Bana yaptıklarından sonra onunla hemen sevişecek miyim? Yok yok, çok yanlış biliyorum ama kendimi dudaklarından alamıyorum ki. Sadece biraz öpüşsem, ileri gitmesine izin vermesem derken, sütyenim mi o elindeki? Sütyenimi hangi arada çıkardı diye anlamaya çalışırken, çırılçıplağım. Ve evet, sevişiyoruz..

(*8 dakika sonra*) Kısa ama nitelikli bir seksti. Boşalamadım ama inanılmaz bir oyunculuk performansı sergiledim. Şimdi de Soner'in kollarında sigaramı tüttürüyorum. Biraz mutlu, biraz yorgun, biraz şaşkın ve düşünceli.

Yazık kıza, benim yüzümden nişanlarını atmışlar. İnsan üzülüyor elbette. Ama anlamalıydı, beş senelik ilişkiden çıkmış bir adamın bir ay sonra nişanlanması normal değil. Yani ben olsam, bu ilişkinin biteceğini, adamın diğer o çok sevdiği kadına, yani bana, tekrar döneceğini anlardım. *(Şimdiki aklımdan not: Nerede anlıyorsun, nerede?)* Neyse, sonuçta altı üstü, en fazla bir aydır beraberlerdi, çabuk unutur. Kızı düşüneceğime kendimi düşünsem ya. Akıllı olup bu fırsatı iyi değerlendirmeliyim. Seviştik, aslında sevişmeseydik iyiydi ama neyse. En azından bugünden sonra istediklerim olmazsa, yani benimle evlenmezse neler kaybedeceğini hatırlamış oldu. Yapamıyor işte bensiz, döndü dolaştı kürkçü dükkanına döndü, hem de çok değil, sadece bir ayda. Açık açık konuşacağım. "Benimle tekrar birlikte olmak istiyorsan, ki istiyorsun ve buradasın, o halde nikah tarihimizi belirleyelim lütfen." diyeceğim. Nasıl? Gayet iyi, kısa ve net.

Derken Soner, "Aslında ben seninle bir şey konuşmak için gelmiştim ama nasıl olduysa..." diye söylenerek yanımdan hızla kalkıp boxer'ını giymeye başladı.

"Konuşalım, ben de seninle konuşmak istiyorum," dedim ben de hemen arkasından kalkarak. Kilodum nerede? Ha, salonda kaldı. Çarşafa sarınarak pıtır pıtır salona geçtim. Soner giyinmiş, bir sigara yakmış düşünceli bir ifadeyle oturmakta. Ne oluyor ya?

"Ben nişanlandım," dedi bir çırpıda.

"Biliyorum. Onunla konuştun mu, yoksa konuşacak mısın?"

"Neyi?"

"Neyi olabilir. Tabii ki tekrar barıştığımızı"

Sessizlik.

"Yanlış anladın. Ben önümüzdeki ay evleniyorum."

"Nasıl ya! Nasıl yanlış anladım. Daha az önce seviştik."

"Nasıl oldu ben de anlamadım. Ama tek sorumlu ben değilim. İstemediğini söyleyebilirdin."

"Hay senin Allah belanı versin. Buraya evleneceğini mi söylemeye geldin yani?"

"Aslında sadece o değil. Hatırlarsan bu evi birlikte tutmuştuk. Yani demek istediğim, evi ben bulmuştum ve kontrat da benim üzerime. Bu fiyatlara güzel bir ev bulmak çok zor.

Seda hamile, bir an önce evi boşaltabilirsen. Bu ev zaten sana büyük."

***

"İnanamıyorum Banu, sana yaptıklarından sonra onunla nasıl yatarsın? "

"Ceren yeter, söylenip durma görmüyor musun kızcağızın halini."

Evet, kızcağız yine benim. Soner'e evi en kısa zamanda boşaltacağımı söyleyip gidişini koca bir göt şeklinde izledikten hemen sonra kızları aradım. Işık hızıyla geldiler. Fatma her zamanki gibi tedarikli, elinde bir şişe viski, söylenerek servis yapmakta.

"Evi boşaltacağını niye söylüyorsun ki? Bu zamanda ev bulmak kolay mı?

"Ay valla tam şerefsizmiş bu ya. Diyetimi bozduracak bana pislik. Bir kadeh viski de bana verin"

"Sen bana şişeyi ver Fatma, anca keser," dedim ve viski şişesini ağzıma dayadım.

"Demek kız hamile diye hemen evleniyorlar? Aslında ben tahmin ettim ama sana söylemeye dilim varmadı," dedi Ceren. Fatma hemen lafa atladı;

"Ee, o şerefsiz, baba olmak bana çok uzak falan demiyor muydu sana? Ne olmuş birden?"

"Şerefsiz işte, şerefsiz!"

Neye içeyim, neye ağlayayım ben ha? O piç kurusunun bana döndüğünü sanıp verdiğime mi, karşısında göt olduğuma mı? Beş senenin sonunda o pisliğin başkasıyla evlenmesine mi? Bir de üstüne kızın hamile olmasına mı? Evsiz kalmama mı? Neye, hangisine ağlayayım? İçinde zerre kadar beyin olmayan şu kafamı nerelere vurayım?

Sonuç: Sarhoşum, ağlamaktan sesim kısıldı ve kusuyorum.

Bugün ne öğrendim?

- Katıksız bir geri zekalı olduğumu.
- Ayrıldığım sevgilimle ilk olarak evde görüşmemem gerektiğini. Dolayısıyla gurursuz ve kaşıntılı olduğumu.
- Ayrıldığım sevgilime vermeden önce tekrar barıştığımızdan emin olmam gerektiğini. Dolayısıyla salak ve gevşek olduğumu.
- Ev tutarken kira kontratını kendi üzerime yapmam gerektiğini.
- Ayrıldığım sevgilim evime gelip benimle seviştikten sonra, hiçbir şey yaşanmamış gibi evi boşaltmamı istediğinde, aptal aptal bakmak yerine suratına sıkı bir yumruk patlatmam gerektiğini.
- Mutsuzken içilen alkolün kısa sürede insanın kafasını taşak gibi yaptığını. Gerçi bunu zaten biliyordum ama bu seferki fenaydı. Saygılar.

3

Bütün erkeklerden nefret ediyorum.

Hepsi biz kadınların kanını emmek için yaratılmış sülükler. Evet sülükler. Doğru benzetme bu. Önce bizi kendilerine aşık edip yapışıyor, sonra da başlıyorlar kanımızı emmeye. Biz de salak gibi bunu yapmalarına izin veriyoruz. Neden? Çünkü aşk fedakarlık ister, özveri ister. Aman idare et, aman anlayış göster, aman üzerine gitme, aman sabret. Sonuç ne? KOCA BİR SIFIR. Ama yok artık. Resmen aydım. Bundan sonra ERKEKLERE ÖLÜM!

Bu arada metrodayım ve işe tam 25 dakika geç kaldım. Hem de terfi edeceğim gün. Of, of. Umarım sırf bu yüzden vazgeçmezler. Yok canım, daha neler.

Hmm, İtalyanca dil eğitimi. (*Metroda gözüme çarpan ilandan bahsediyorum.)* Neden olmasın? Artık hayatımda sülüklere yer olmadığına göre, enerjimi kendimi geliştirmek için harcayabilirim. Bu arada, "İtalyan erkekleri de pek bir yakışıklı oluyor. Yazın bir İtalya seyahati fena olmaz," diyen iç sesimi hemen susturduktan sonra kursun telefonunu not ettim. Spora da başlıyorum. Sigarayı ve alkolü de bıraktım mı tamamdır. Sağlıklı ve mutlu bir yaşam. Artık sadece ben önemliyim. Ailem, arkadaşlarım, işim ve ben. Tabii hala bir işim varsa. Kahretsin, Sadri Bey mağazanın kapısında ve uyuz bir ifadeyle bana doğru bakıyor. Hemen adımlarımı hızlandırıp yüzüme telaşlı ama sevimli bir ifade yerleştirdim. Mağazadan içeri girerken, "Metro bozuldu Sadri Bey, tam 35 dakika beklemek zorunda kaldık," dedim. *(Kesin yalanımı yemedi.)*

"Metrolarda da sorun olmaya başladı. Ne olacak bu İstanbul'un hali?" *(Yedi salak.)*

"Ya, hiç sormayın. Neyse, ben işimin başına geçeyim hemen."

"Biraz odamda görüşebilir miyiz?"

"Elbette," dedim heyecanla. Geç kalmama tepki göstermemesinden anlamalıydım. Terfi ettiğimi söyleyecek.

Hemen Sadri'nin peşine takıldım. Odasındayız. Yani bugünden sonra, artık benim olacak odada. Mobilyaların hepsini bir an önce değiştirmeliyim. Kahverengi, hiç sevmem. Bembeyaz olmalı. Mesai bitiminde Ikea'ya gideyim bari, birkaç tablo, masam için aksesuar... Botoks yaptırmaktan vazgeçtiğime göre acil durum paramı odam için harcayabilirim. Fark ettim de resmen para bana batıyor. İlla harcayacağım. Maaşım ne kadar olur acaba? En az üç bin- üç bin beş yüz olması lazım. Şimdi bir de ev taşıma masrafı çıktı başımıza. Bir dakika. Ben niye taşıma masrafını karşılayacakmışım ki? Ödesin piç kurusu. Şerefsiz, adi pezevenk. Ay resmen kendimi durduramıyorum. Nasıl patlatmadım ben onun suratına, nasıl? Orospu çocuğu!

"Banu, iyi misin? Banu!"

Sadri Beyin ses tonundan anladığım kadarıyla bana defalardır sesleniyordu ve kendi kendime söylenmemi duymuş olacak ki suratıma telaşla bakıyordu.

"İyiyim, iyim."

"Emin misin?" *(Hatta hafif tırsmış gibi de bakışları.)*

"Evet, evet iyiyim."

Farkında olmadan sürekli salladığım bacağıma dikkatle bakmasından anladığım kadarıyla, Sadri Bey her geçen an benden daha da tırsıyordu. Elimle destek vererek bacağımın sallanmasına engel olmaya çalıştım, Sadri Bey'i daha fazla korkutmamak için de gülümsedim.

"Zor zamanlar geçiyorum da o yüzden," dedim, sanki kendi kendime küfürler savurmamdan belli olmuyormuş gibi.

"Yani, sevgilimden ayrıldım. Aslında tek problem bu değil. O evleniyor, hem de evleneceği kadın hamile. Hamile derken, başkasından değil ondan hamile. Hem de sadece bir aydır ayrıyız. Hangi arada hamile bıraktın, öyle değil mi? Aaa, şimdi size anlatırken fark ettim. Bir ayda olmaz. Kesin bunlar daha önceden beri birlikteler. Yani o piç kurusu beni kesin aldattı." Allah kahretsin. Ağlama krizine giriyorum. "Pardon, peçete var mı acaba?"

Sadri Bey telaşla masasının çekmecesinden bir paket peçete çıkarttı ve bana uzattı. Yahu ben harbi salağım. Niye anlattım şimdi bunları? Sanki adam sordu. Hem sorsa da anlatılır mı? Ayrıca sırası mı yani? Hemen gözyaşlarımı ve burnumu sildim. Sanki az önce ağlama krizi geçiren ben değilmişim gibi tekrar gülümsedim.

"Pardon, siz ne söyleyecektiniz bana?"

"Sen bir sakinleş daha sonra konuşuruz. Hatta sen istersen bugün izin kullan." *(Adamın tırsmış bakışlarına tırsmış ses tonu da eklendi. Resmen ucubeymişim gibi suratıma bakıyor. Aptal mıdır nedir? Aa, kesin burnumu silerken yüzüme sümük bulaştırdım. O yüzden suratıma iğrençmişim gibi bakıyor. Kahretsin!)*

Hemen seri bir hareketle çantamdan aynamı çıkartıp yüzüme yapışan sümüğü aramaya başladım. Bir taraftan da Sadri Bey'in daha fazla tırsmasını engellemek için sırıtmaya çalışarak, "Yo iyiyim, ben iyiyim. İzin yapmama hiç gerek yok," diyordum ki, aynayı biraz yukarı kaldırmamla yanağımın gözüme doğru hızla attığını görmem bir oldu.

Yok artık! Sanki yanağıma bağlı görünmez bir ipi gözüme doğru çekip bırakıyorlar. Gözümü hızla kırpmam da cabası. Daha iğrenç görünemem. İzin isteyerek Sadri Bey'in odasından hızla fırladım ve yüzümü kimsenin görmemesi için kendimi tuvalete kilitledim.

"Alo Ceren!"

"Müdür oldun mu?" *(Mutlu bir telaş içinde olduğumu sanıyor.)*

"Bilmiyorum. Ama tik sahibi olduğumdan eminim."

"Ne tiki?"

"Yanağım gözüme doğru atıyor, durduramıyorum."

"En kötüsü. Belliydi böyle olacağın. Çok gerdin tabii kendini. Mağazada mısın?"

"Evet, kendimi tuvalete kilitledim."

"Tamam, geliyorum hemen."

Kapı çalıyor. Tık tık tık..

"Meşgul."

"Banu?"

"Efendim Şebnem?"

"İyi misin?"

"İyiyim."

"Emin misin? Sadri Bey'in odasından çıkıp koşarak tuvalete girdiğini görünce... Neyse, tamam canım, üzerine gelmiyorum. Ama üzülmekte haklısın. Müdürlük senin hakkındı."

"Nasıl yani?" diyerek tuvaletten fırladım. "Müdürlük senin hakkındı derken?"

"Sadri Bey söylemedi mi?" diye sormasıyla beraber, dehşetle tikimi fark ederek çığlık atması bir oldu. "Ay, ne oldu sana böyle?"

"Boş ver şimdi bana ne olduğunu. Başka birini mi müdür yaptılar?"

"Ay evet. Sevil'i."

"Sevil'i mi? O daha işe gireli bir yıl bile olmadı. Onu nasıl müdür yaparlar? Nasıl, nasıl?" Bu arada Şebnem'in yakasına yapışıp hırsla salladığımın farkında değilim elbette.

***

"Evet, gözlerini araladı."

"Size birazdan kendine gelir demiştim."

"Harikasınız doktor bey. Sizin sayenizde. Kızım, güzel kızım, iyi misin?"

"Anne," diye seslenerek gözlerimi iyice açtım. Flu olan görüntü yavaş yavaş netleşmeye başlayınca, annemin yanında bana bakan bir çift göz daha gördüm. Gerçek olamayacak derecede güzel bir çift göz ve hemen onun arkasında bekleyen Fatma'yla Ceren. İkisi birden yakışıklı doktorun arkasından bana, adamı beğendiklerini ima eden kaş göz işaretleri yapmaktalar.

Ne yapıyorsunuz, der gibi gözlerimi patlatarak onlara baktıktan sonra kurtarıcıma gülümsedim.

"Annenizin anlattığına göre gergin günler geçiyormuşsunuz, dilerseniz hastanemizin psikiyatri bölümünden randevu alabilirsiniz. Geçmiş olsun." *(O da bana gülümsedi.)*

"Teşekkürler."

"En yakın zamanda size uğrayacağım doktor bey," dedi annem kırıtarak. Kurtarıcım da kibarca gülümseyerek, "Ne zaman isterseniz," dedi ve odadan çıktı. Annem şen şakrak bir ifadeyle, "Ay ay, ne şanslısın Banu. Çok hoş çocuk. Çok da kibar. Ayrıca da yüzde yüz bekar," diyerek yanıma yaklaştı.

"Bence de," diyen Fatma annemi desteklerken Ceren, "Bana evli gibi geldi. Böyle bir adamı boş bırakırlar mı Emel teyzeciğim," diyerek hemen karşı görüşünü ortaya koydu.

"Benimle aynı fikirde olsan şaşardım zaten."

"Ne alakası var Fatma. Kabul et artık kızım, tabakta leblebiler kaldı. Antep fıstıkları, bademler çoktan kapıldı. "

"Sen öyle zannet. Kesin bekar, bak görürsün."

"Hu hu" *(Bu arada anladığınız üzere, ben yine acil serviste, kolumda serumla yatmaktayım.)*

Annem pinpon maçı izlermiş gibi bir Fatma'ya bir Ceren'e çevirdiği başını nihayet bana döndürmeyi akıl etti.

"Ah benim güzel kızım, daha iyi misin?"

"İyiyim de... Son hatırladığımda mağazanın tuvaletindeydim. Buraya nasıl geldim?"

"Ah kızım, Şebnem'e ne yapmışsın sen öyle?"

"Ne yapmışım?"

"Kızın yakasına yapışıp hırpalamışsın. Elinden zor almışlar. Sonra da mağazanın orta yerinde bayılmışsın. Az önceki doktor bey getirmiş seni buraya?"

"Nasıl yani ya?"

***

Hem bekar olsa ne olacak ki? Eminim manyak olduğumu düşünmüştür. Haksız da sayılmaz. Kızın yakasına yapışıp hırpalamak da ne artık? Delirmişim resmen. Bir de üstüne, bayılmam da cabası. Yüz göz ağlamaktan maymuna dönmüş, onu saymıyorum bile. Ha, bir de annemin benim hakkımda anlattıkları var. Evet. Sevgilimin beş sene sonunda beni terk edip başka biriyle evlenmek üzere olduğunu falan anlatmış. Allahtan, barıştığımızı zannedip dün gece o piç kurusuna verdiğimi bilmiyor, yoksa onu da anlatırdı. Kızlar da söylememiştir herhalde. Yok canım, daha neler. Bu arada annem, sanırım beni hala bakire sanıyor. O kadar da saf olamaz diye düşünüyorum ama bazen öyle cümleler kuruyor ki. Örnek: "İmzayı atana kadar Banu. Hem inan, böylesi erkekler için daha kıymetli." Bazen annem böyle konuştuğunda, "Anne sen hangi zamanda yaşadığımızın farkında mısın? Artık erkekler en fazla üç yemek sonra yatağa atamadıkları kızları bir daha aramıyorlar. On sekizlik çıtırlar cirit atıyor, kusura bakma valla" demek dilimin ucuna kadar geliyor ama yemiyor tabii. Neyse, yani sonuç olarak, başta da söylediğim gibi, bekar olsa ne olacak?

Allahtan tikim geçmiş. Tabii bir dahaki sinir krizime kadar. Bu arada yakışıklı kurtarıcımın tavsiyesini dinledim ve hastanenin psikiyatri bölümünden randevu aldım. Yarın saat 13:30'da, Doktor Akif Selvi. Umarım iyidir. Neyse, hastaneden sonra Ceren'in dişçisiyle, Fatma'nın da Aykut'la randevusu olduğu için onlarla vedalaştım. Gerçi Fatma, Aykut'la randevusunu iptal edebileceğini söyledi ama kıyamadım. Bıraktım, gençler sevişsin. Kaldık annemle baş başa.

Tabii ben o gün mağazaya dönemedim. Sadri Beyi arayıp

yarın için izin istedim. Ne dese beğenirsiniz? Şebnem orospusu, bugünden sonra benimle aynı ortamda çalışamayacağını söyleyerek istifa etmek istemiş, Sadri Bey de kusurlu taraf ben olduğum için benim istifa etmemim daha uygun olacağını düşünmüş. Yani nazikçe kovuldum. Elbette anneme ve kızlara kovulduğumu söylemedim, bir hafta izin verdiler dedim. Bu arada nasıl olsa yeni bir iş bulurum. İş bulunca da benim hakkım olan müdürlüğü Sevil'e verdikleri için istifa ettiğimi söylerim. Böylelikle benim, hakkını savunan, gururlu biri olduğumu düşünürler. Müdür olacağıma inanıp sevindiler, en azından onlara bunu borçluyum.

Annem bir hafta izinli olduğuma inanıp plan program yapmaya başladı.

"Akşama Betül Teyzenlere yemeğe gidecektik," dedi. "Sen de gelirsin kızım, değişiklik olur."

Betül Teyzelere gitmek nasıl bir değişiklik yaratabilirdi acaba ruh halimde? Annem de bir tuhaf.

"Ben bir eve gidip dinleneyim, akşama haberleşiriz," diyerek geçiştirmeye çalıştım.

İyi halimi fırsat bilen annem hemen arkasından cümlesine şöyle başladı:

"Yalnız kalman pek içime sinmiyor, acaba bundan sonra bizimle mi yaşasan?"

Bizimle derken, eşiyle yaşadığı evden bahsediyor. "Sokakta kalsam yaşamam," diye aklımdan geçirirken evimi boşaltmam gerektiği aklıma geldi, ayrıca da hemen iş bulamayabileceğimi düşünerek büyük konuşmamam gerektiğine kanaat getirdim ve anneme bunu düşüneceğimi söyledim. Yani açık kapı bıraktım. Ama elbette yanlarına gitmemek için her şartı zorlayacağım.

Aslında iyi adam Hamdi, yani annemin eşi, yani cici babam. Hamdi, emekli opera sanatçısı. Eğlenceli bir tip ama çok konuşuyor. Ayrıca da fazlasıyla titiz. Ben bizzat tanık olmadım elbette ama annemin anlattığına göre, tuvalete soyunarak giriyormuş. Ya kıyafetlerine çiş sıçrarsaymış. Affedersiniz, sıçtıktan sonra da banyo yapıyormuş. Özellikle yaz aylarında günde dört, kış aylarında ise iki defa duş alması hariç. Annemi de kendine benzetmiş. İkisi sürekli banyoda. Geçen yaz onlarla Bodrum'daki yazlıklarına (*yazlık Hamdi'nindi, düğün hediyesi olarak annemin üzerine yaptı, bonkör anlayacağınız. Annem zavallı, ellisinden sonra yüzü güldü. Erkek konusunda umarım ona benzemem, 18 sene daha bekleyemem yani*) iki gün gitme gafletinde bulundum. *(Piç kurusunu yalnız bırakmayacağım ya, sadece iki gün kalmıştım. Yazıklar olsun! Haram zıkkım olsun.)* Bir annem başlar, "Ah, çok terledim bir duş alayım," arkasından Hamdi, "Çok terledim bir duş alayım." Yüzlerini görmedim neredeyse. Hijyenden ölecekler.

Bir dakika ya. Yok canım, o kadar seks yapıyor olamazlar. Hatta seks yapıyor olamazlar. Yani annem seks yapıyor olamaz. Bir an için ikisini hayal ettim de. Çok fena ya. Hemen konuyu dağıtmam lazım, ikisini sevişirken kafamda kurmam, zaten harap olan ruh halimde düzelmez yaralar açabilir. Hem nereden geldim ki ben şimdi bu konuya? Ha, evi boşaltmam gerekiyor, ne bok yiyeceğim ben ya? Ayrıca da işsizim.

"Efendim anne?" *(Bu arada telefon çaldı).*

"Hadi, gelmiyor musun?"

"Yok anne, dinleneyim biraz."

"Peki, ısrar etmiyorum. Yanımıza yerleşme planını Hamdi'ye anlattım, çok sevindi."

"Anne tamam demedim ki daha. Niye hemen söylüyorsun? "

" Ay ne var yani?"

"Tamam anneciğim tamam. Konuşuruz sonra."

"Banu, bak ne diyeceğim. Yarın psikiyatri randevundan sonra Serdar Bey'in de yanına uğrasan, tekrar bir teşekkür etsen?"

"Serdar Bey kim?"

"Seni hastaneye getiren doktor. "

"Teşekkür ettim ya anne. Bir daha niye gideyim yanına?"

"Of Banu! Kime çektin sen böyle? Kime olacak, benimki de soru mu? Elbette babana. O da aynı böyleydi. Çıldırtırdı beni. Pratik zeka sıfırdı adamda. Neyse, sen şimdi yarın sabah, önce kuaföre git."

"Anne! Onun yanına falan uğrayamam."

"Kızım çok hoş bir çocuktu, bakarsın aranızda bir elektriklenme olur."

"Adam beni bir kızın yakasına yapışmış halde gördü, biliyorsun değil mi anne?"

"Olabilir, yarın da başka bir şekilde görsün işte. Çocuğu ben biraz araştırdım, 1972 Ankara doğumlu. Hacettepe'den mezun, uzmanlığını kadın-doğum üzerine yapmış. Hamilelik ve lohusa dönemleriyle ilgili kitapları var. Yazar yani, ne hoş değil mi? Ayrıca üç dil biliyor. Üstelik temmuz doğumlu, yani yengeç burcu. Yengeç erkeği çok iyi olur."

"Anne tüm bunları ne zaman öğrendin? Adamı sorguya mı çektin yoksa?"

"Hayır canım, olur mu öyle şey? Google diye bir şey var herhalde. İnternet çağı, müthiş. Ah benim gençliğimde böyle şeyler olacaktı. Neyse, diyorum ki acaba görüşmeye gitmeden saçlarına hafif ışıltı mı attırsan? İfadeni yumuşatır."

"Anne, müsaade edersen uyumak istiyorum. Yarın konuşuruz olur mu?"

"Tamam, yarın sabahtan uğrarım sana, kahvaltıyı birlikte yaparız. Hadi öptüm kızım."

Adamın yanına uğrayacakmışım. "Merhaba, ben dünkü manyak, nasılsınız?" Yok artık, daha neler.

"Efendim" *(Bu sefer arayan Fatma.)*

"Nasıl oldun canım? Aklım sende kaldı."

"Daha iyiyim."

"Ne düşündüm, yarın psikiyatriden sonra senin şu yakışıklı doktora mı uğrasan?"

"Annem aradı değil mi?" *(Kesin aramış.)*

"Yok canım, o da nereden çıktı? Aaa, yoksa Emel Teyze de mi aynı şeyi söyledi? Akıllı, tecrübeli kadın tabii. Ee, ne diyorsun?" *(Belki de aramadı, Fatma da aynı şeyi düşünmüş olabilir.)*

"Kızım saçmalama, hayatta olmaz."

"Ay Banu, ne kaybedeceksin? Bakarsın aranızda bir elektriklenme olur" *(Hah, işte annemin cümlesi. Kesin aradı.)*

"Tamam, tamam. Uğramaya çalışırım," *(Fatma'yla tartışılmayacağını öğreneli çok oldu. Fikrini kabul ettirene kadar ısrar eder.)*

"Kesin uğra bak. Hadi öptüm."

"Ben de."

Off ya, bir rahat yok. Sanki hiç derdim yokmuş gibi bir de bu doktor çıktı başımıza. Yanına uğrasam ne olacak ki? Sanki adam açmış kollarını beni bekliyor. Ne iş yapıyorsun? İşsizim. Nerede oturuyorsun? Evsizim. Daha kötü ne olabilir ki? Allah'ım bana ne yapmaya çalışıyorsun böyle? Kusura bakma ama hiç komik değilsin.

Televizyonda ne var acaba? Ya da DVD'de film mi izlesem? Yarın sabah erken kalkmayacağıma göre birkaç romantik komedi filmi izleyip kafamı dağıtabilirim. Hmm, bakalım hangi filmler varmış. "Teklif"i izledim, bir daha izler miyim? Cıkk. "Kadın Aklı Erkek Aklı"? O piç kurusuyla izlemiştim. Bütün film boyunca Katherine Heigl'e ağzının suyu akarak bakmıştı pislik. Tabii ben altta kalır mıyım, Gerard Butler'a iltifat üzerine iltifat. Ama adam öküz, gram kıskanmamıştı. Ertesi gün tabii ki benim koyu kumral saçlar, hop diye sarıya döndü. Pislik herif beğenmedi bir de. Efendim o koyu renk saç severmiş. Yazıklar olsun. Neyse bunu da izlemeyeyim. "Kasımda Aşk Başkadır", ay ne filmdi ya. Filmi izlerken uyumuştu piç kurusu. Hem de sevgililer günüydü. "Aman efendim, sevgililer günü de neymiş. Para tuzağı." Tam beş sevgililer günü aynı cümle. Dile kolay. Çiçeksiz, romantik yemeksiz, çikolatasız, hediyesiz geçen tam beş sevgililer günü.

Ya, ben bu pisliğin nesine aşık oldum acaba? Kesin tuhaflık bende. Niye böyleyim ben. Neden gidip en pisliğine aşık oluyorum ki? Neden? Ya onca erkek arasından sadece orospu çocuklarını seçebilmek gibi bir yeteneğim var ya da dokunduğum her erkeği orospu çocuğuna dönüştürüyorum. Böyle bir yetenek olamaz mı? Olabilir. Öyleyse bundan sonra ne yapacağım ben? Hiç şansım yok mu yani? 32 yaşındayım, çok değil sadece dört ay sonra 33. Yolun yarısına, kalır sadece 2 yıl. Neredeyse, menopoza bir şey kalmıyor. Tıp o zamana kadar gelişir mi? 60 yaşında hamile kalan bir kadın okumuştum gazetede. Olabiliyor demek ki. 60 yaşından sonra çocuğu ne yapacağım? Saçmaladım. *(Yat uyu artık Banu!)*

Bugün ne öğrendim?

- Bir bok öğrenmedim.

4

Denemekten ne çıkar?

Evet yanılmıyorsunuz, kuafördeyim ve annemin istediği gibi saçlarıma ışıltılar attırıyorum. Sabah saat 10'da Ceren'in telefonuyla uyandım. Konuşmamızı aynen aktarıyorum:

"Canım düşündüm de, belki de doktor bekar. Neden bugün ona uğramıyorsun? Nasıl olsa hastaneye gideceksin."

"Yok artık, annem seni de mi aradı?"

"Fatma'yı da mı aramış?"

Yani anlayacağınız, annem doktora fena sarmış durumda. Sabah daha eve girer girmez, (*seçtiği hassas kelimelerden belli, konuşma için hazırlanmış*) "Bugüne kadar birlikte olduğun kimseyi sevmediğimi biliyorsun," diye başladı. "Haksız da çıkmadım. Bir kere de beni dinlesen ne olur. Anneler böyle şeyleri hisseder, göreceksin bak, bu o."

"Göreceksin bak, bu o," diyerek size hayatınızın erkeğini hissettiğini iddia eden birine, hele ki bu annenizse, ne diyebilirsiniz? Elbette denemekten ne çıkar?

Saçlar tamam, skinny kotum, üzerimde beyaz gömleğim, yüzümde de 'aslında ben sandığın kadar manyak biri değilim' tebessümü. Hazırım. Elbette önce psikiyatri randevuma gitmek zorundayım. Aman niye randevu aldım ki sanki. İyiyim ben. Tikim de geçti. İptal mi etsem acaba? Hem 200 lira da cebimde kalır. Ay, para deyince aklıma taşınmam gerektiği geldi. Nasıl ev bulacağım ben ya. Hadi evi buldum diyelim. Nakliyesidir, depozitosudur üç aylık peşin kirasıdır, nereden baksan en az yedi bin eder. Annemden de isteyemem, yanımıza taşın diye iyice diretir. Fatma'yla Ceren'den de isteyemem, daha geçen seneden aldığım borçlar duruyor. Eline para geçtikçe öde, değil mi? Yok. Salaksın işte salak. 32 yaşına geldin, kenarda köşede üç kuruş paran yok. O piç kurusunu arasam, "Öde taşınma masraflarımı," desem? Yok yok, onu da yediremem kendime. Kredi çeksem? Olur mu acaba? Salak, işin mi var, sana kim kredi verir? Buldum! Hamdi'den isteyeceğim. Para nasılsa bok gibi adamda, benimle de baba kız gibi olmak istiyor. İşte ona bir fırsat. Önce yakışıklı kurtarıcıma gider, teşekkür bahanesiyle iki fingirderim, sonra da Hamdi'yle görüşüp ev aramaya başlarım. Yeni sevgili *(evrenden çağırıyorum)*, yeni ev. Hayatım değişiyor mu ne?

Jinekolog Op. Dr. Serdar Yiğit, Kadın Hastalıkları ve Doğum Uzmanı. Vay be, hoşuma gitti. Soyadı da Yiğit. Banu Yiğit. Başarılı. "Doktor Serdar Yiğit ve güzel eşi Banu Yiğit, katıldıkları davette göz doldurdular." Gayet iyi uyuyor. Hımm bayağı da bekleyen hastası var. Belli ki iyi bir doktor. Aylık kazancı ne kadar acaba? Otuz-kırk bin vardır en az. Günde iki yüz liradan on hastaya baksa, iki bin eder. Benim bir aylık maaşımı bir günde kazanıyor. Adaletin bu mu dünya? Salak salak konuşma Banu. Adam tıp okumuş. Sen aval aval erkek peşinde koşarken, adam kasmış çalışmış. Senden fazla kazanacak tabii. (Günlük ikinci iç hesaplaşmamı da yaptım. İlki kenara para koymam ve borçlarımı zamanında ödemem hakkındaydı.)

Olaya bir de iyi tarafından bakalım: Evlenirsek çalışmama gerek yok. Zaten işim de yok. Tüm gün, o alışveriş merkezi senin, o spor salonu benim, kuafördü, arkadaşlarla beş çayıydı, oh ne tatlı hayat! Altımda son model arabam (Range Rover olsa fena olmaz, çok özeniyorum), cebimde ek kartlarım. Kira derdi yok, su faturası mı gelmiş, elektriğin günü mü geçmiş, kimin umurunda. Dünya kime güzel? Bana. Yok yok, yine de çalışayım ben. Bir kadının, az da olsa maddi özgürlüğü olması önemli.

Belki adam psikopat çıkacak. Belki pinti, kıl ya da çapkın. Ayrıca kendisine bağımlı olduğumu düşünmemeli. Hayatımda sen olmasan da ayakta kalırım duygusunu hissetmeli erkek. Hımm, akıllanmaya başlıyorum sanırım. Belki kendi mağazamı açarım. Ay müthiş olur.

"Hanımefendi randevunuz var mı?"

Kızın ses tonundan anladığım kadarıyla bana beşinciye falan sesleniyor. *(Ne bağırıyorsun iki hayal kuruyoruz şurada.)*

"Yok hayır. Ben Serdar Beyi ziyarete gelmiştim. Hastası değilim yani."

"Kim diyelim?"

"Banu Yiğit. Aman, Banu Öztürk" *(Yok artık. Allah mı söyletti ne!)*

"Nereden?"

"İstanbul."

"Nereden derken bir firma ismi falan var mı yani?" *(An-*

ladık herhalde, bir an şaşırdık, salak değiliz. O alaylı sırıtışını da fark etmedim zannetme.)

"Hayır. Kendisine dün acile götürdüğünüz bayan geldi derseniz tanır." *(Tanımamazlıktan gelmez herhalde.)*

"Peki, biraz bekleyin lütfen. Doktor beyin hastası var şu an, müsait olur olmaz haber vereceğim."

Cevap vermeden sadece sırıttım ve beklemeye başladım. Sağım solum hamile kadınla dolu, hepsinin de yanlarında eşleri. Aman aman ne kadar da mutlu ve heyecanlılar. Evet, kıskandım. Evet, kendimi salak gibi hissettim. Şu an çevremde bulunan her kadın, eşe ve yakında doğuracağı bebeğe sahip, peki ben neye sahibim? *Acaba benden etkilenir mi* umuduna. Daha ezik olamam. Bu psikolojinin üzerine bir de Serdar, "Ee, yani teşekkür etmiştin bir daha gelmene ne gerek vardı," gibi imalarda bulunursa hepten dağılırım. Ki o şekilde düşünmesi çok normal. Gidiyorum.

"Efendim anne?" Annem hissetmiş gibi, tam bekleme salonundan çıkmıştım ki aradı.

"Psikiyatri randevuna gitmemişsin Banu."

"Ben seni sonra arasam anne."

"Tamam ama Serdar Bey'in yanına mutlaka uğra. Bak, sakın vazgeçeyim deme."

"Tamam anne. Hadi görüşürüz." *(Sanırım bu, beklememem gerektiğine dair bir işaret. Dönüyorum.)*

Tüm olumsuz duygularımı bir kenara bıraktım ve her şeyin güzel olacağına dair, kendimi motive ederek bekleme salonuna tekrar girdim. Girmez olaydım. Salona girmemle muayene odasının kapısı açıldı ve içeriden kim çıktı bilin bakalım? Evet o. Piç kurusu. Ve elbette yanında sevgilisi. Yani müstakbel eşi, yani çocuğunun anası. Hayallerimi çalan kadın. Kaltak, pis sürtük. Hmm, boyu uzunmuş. Ama ayakkabıları iğrenç. Gladyatör sandaletler iki sene önce modaydı, hatta üç. Ama hiç şaşırmadım. Birbirlerini bulmuşlar işte. Benim piç kurusu da giyinmeyi hiç bilmezdi. Sayemde çıkarttı üzerinden çizgili, kısa kollu gömlekleri. Harvey Nichols'u benden önce motosiklet markası zannediyordu, düşünün yani. Sayemde o yağlı pis şişko vücudu Alexander McQueen gömlekle temas etti, götü Calvin Klein don gördü. Giymedim giydirdim. Yazıklar olsun, haram zıkkım olsun.

Neyse olay anına dönelim: Tabii ki ben, "Allah'ım lütfen beni fark etmemiş olsun," diye panikle kendimi salondan dışarı atmaya çalışırken cam kapıyı açık zannettim ve tahmin edebileceğiniz gibi koca kafamı cama çarptım. Bütün gözler üzerimde.

"Banu!"

Mecburen sesin geldiği tarafa doğru, onu gördüğüme şaşırmış gibi bakmak zorunda kaldım. Elbette bu arada yan gözle yanındaki kızı, yani sevgilisini, yani müstakbel eşini, yani çocuğunun anasını, hayallerimi çalan kadını, kaltak pis sürtüğü incelemeyi ihmal etmedim. Karnı nereden baksanız en az üç-dört aylık var. Böylelikle, aldatıldığım resmiyet kazanmış oluyor yani. Yazıklar olsun.

"Çok kötü çarptın başını, iyi misin?"

"Sana ne orospu çocuğu, şerefsiz, pislik, şahsiyetsiz" diyemedim elbette. Onun yerine, suratına sanki boka bakarmış gibi baktım.

"İyi misiniz?" *(Sesin sahibi yakışıklı doktor. Bu sefer de beni cama kafa atarken gördü. Yani manyak olduğuma şüphesi kalmamıştır. Ne hoş.)*

"Evet, evet iyiyim." *Tabii bu arada o piç kurusunun suratına hiç bakmıyorum.*

"Sanırım başınız kanıyor." *(Eliyle çenemden tuttu ve başımı hafifçe, görebileceği şekilde kaldırdı. Göz göze geldik. Beni tanıdı. Güzel haber, yine mi sen, manyak, der gibi bakmadı.)*

"Ufak bir kesik. Bir iki dikişle hallolur." *(Dikiş mi!)*

Gözlerimi panikle patlatmış olmalıyım ki, "Korkacak bir şey yok" diye gülümseyerek açıklama gereği duydu. "Gelin benimle."

Elbette ben koşar adımlarla yakışıklı kurtarıcımın peşine takıldım. Arkamdaki piç kurusu göt gibi kaldı tabii. Acaba doktor benimle ilgilendi diye kıskanmış mıdır? Beter olsun. Neyse, yakışıklı doktorcuğumla birlikte acil servise indik ve başıma dikiş attırdık. Benimle ilgilendi ya, ben bir mutluyum bir mutluyum, sırıtmaktan bir hal oldum. Tüm vücudumu kesip biçseler gıkım çıkmayacak. Nasıl bir ilgi açlığındaysam artık.

"Dün benimle ilgilendiğiniz için teşekkür etmek için uğramıştım. Ama sizi yine uğraştırdım."

"Hiç sorun değil. İyisiniz ya, önemli olan o." *(Ah ben senin ağzını yerim. Hem yakışıklı, hem kibar, hem de doktor. Yani gerçek olamayacak kadar mükemmel ve benden kesinlikle hoşlandı. Allah'ım sen ne kadar büyüksün ya. "Bir gün karşınıza biri çıkacak ve eski sevgililerinizle neden olmadığını anlayacaksınız" gibi bir şey okudum bugün twitter'da ve hop gerçek oldu.)*

"Ben şimdi hastalarımın yanına dönmek zorundayım. Tekrar geçmiş olsun." *(Bu mu yani? Bu kadar mı?)*

"Tabii tabii, tekrar teşekkürler." *(O anki halimi merak ediyorsanız, suratımı al al yanakları olan koca bir göt şeklinde düşünün, üstüne de titreyen bir ses ve ağlamamak için dudaklarını kemirerek gülümsemeye çalışan bir ifade ekleyin. Yazıkkk!)*

Yalandan bir tebessüm ve gitti. Ne bekliyordum ki! Benden hoşlandığını düşündüğüme inanamıyorum. Benim gibi zavallı birinden kim hoşlanır ki? Hiç kimse!

Evet ağlıyorum, evet psikiyatri için ayırdığım 200 lirayı 3 şişe şaraba, altı paket sigaraya, 2 paket Carte d'Or çikolatalı Maraş usulü kesme dondurmaya *(bir alana ikincisi %50 indirimliydi, bu tarz kampanyalara hiç dayanamam. Bir bok alana bir bok bedava deseler onu bile alırım, o derece yani)* yatırdım. On iki liram kaldı. Yarına açım yani. Aman, gebereyim zaten. Evet, öldüreyim ben kendimi. Alkol komasına girip öleyim, on tane sigarayı üst üste içip kendimi zehirleyeyim. Belki o zaman o piç kurusunun biraz olsun vicdanı sızlar. Bana verdiği acıyı biraz olsun hisseder. Niye bana bunu yaptı, niye? Allah'ım hadi bunu yapmasına izin verdin, niye annemi kullanarak gözüme gözüme sokturuyorsun. Annem, "Hissediyorum, bu o," demeseydi, geri zekalı gibi adamı görmeye gider miydim hiç? Her şey sanki sırf o piç kurusunu göreyim diye planlanmış. Yanındaki kızı, yani sevgilisini, yani müstakbel eşini, yani çocuğunun anasını, hayallerimi çalan kadını, kaltak, pis sürtüğü hamile halde görebileyim ve aldatıldığımı anlayayım diye. Zaten beni aldattığından şüphelenmiştim. (Bkz. sayfa 36) Sadri salağının karşısında ağlama krizine girmemden hemen önce. Yani görmeme ne gerek vardı?

Koca bir şişe şarabı bitirdim ama şeytan gibiyim. Ne bir çakırkeyif hali, ne bir ağız kayması, baş ağrısı veya dönmesi, hiçbir şey yok. Neden? Komaya girmek istiyorum ya, o yüzden. Hani ne istersem tersi oluyor ya, o sebepten. Üç günde isyankar oldum.

Bu arada, telefonun niye çalmıyor, annen, Fatma ya da Ceren niye aramıyor diye merak edenlere: Telefonumu kapattım. Kapattım derken, 7585'e yönlendirdim. Yani ben arayanları görüyorum ama onlar görmedim sanıyorlar. Bir nevi kandırma, hava yapma, trip atma servisi yani. Bakarsınız o piç kurusu başımı sormak için arar ve telefonumun kapalı olduğunu görür. Telefonum kapalı olduğu için de yakışıklı doktorla olduğumu düşünüp kıskanabilir. Kadın beyni işte. Böyle yaratıldık, yani bizim suçumuz değil. Annem 16, Fatma 4, Ceren ise sadece 1 kere aradı. Ve dayanamayıp o piç kurusu ararsa açmam ve böylece daha çok kıskanır diye düşünerek telefonumdaki yönlendirmeyi kaldırdım. Hemen telefonum çaldı.

"Efendim anne?"

"Meraktan çatladım, şimdi sana gelmek için evden çıkıyordum. Neredesin Banu?" *(İyi ki açmışım telefonumu.)*

"Evdeyim, uyuyakalmışım anne. O arada şarjım bitmiş"

"Ee, nasıl geçti doktorla?"

"Nasıl geçecek anne? Elbette bir şey olmadı."

"Kesin adama mesafeli davranmışsındır. Cesaret edememiştir adım atmaya."

"Anne adamın ayağına kadar gittim, teşekkür ettim. Daha ne yapsaydım yani, kendimi kucağına mı atsaydım?"

"Ben seni biliyorum. Adam serseri değil, ipsiz sapsız değil ya, beğenmedin sen onu. Benim zorlamamla olmaz tabii. İçinden gelecek. Yoksa gitmedin mi görüşmeye?"

"Of anne of! Gittim, samimi davrandım ama bir şey olmadı işte."

"Tamam Banu, tamam. Kapıları kilitlemeyi unutma. İyi geceler."

"Sana da."

Ben annem için koca bir hayal kırıklığıyım. Eminim doktorla ilgili kurduğum tüm hayalleri tüm gün o da kurmuştu. Doktor bir damadı olacağını, beni el üstünde tutacağını, anne kız cebimizde ek kartlar, alışveriş merkezlerinde gezip koca parası yiyeceğimizi düşünmüştü. Torun istiyor kadın, belli. Daha kaç sene yaşayacak ki? Benim evlenip yuva kurduğumu, emin ellerde çocuklarımı büyüttüğümü görmek onun da hakkı değil mi? Kadıncağızın şöyle bir tesellisi de yok: "Sizin kızınız evlenip çoluk çocuk sahibi olurken, benim kızım Boğaziçi'ni dereceyle bitirip Amerika'da yüksek lisans yaptı. Ee, koskoca holdingte müdür olmak kolay değil."

İyi ki kovulduğumu söylemedim. Kovulmuştum değil mi ben? O piç kurusuna kafa yoracağıma, kendime iş bulsam ya! İki gün sonra evden atacaklar, ev bulsam ya! Artık kendime gelsem ya!

İnşallah sabaha çıkarım. Bu şarap ne sinsi bir içki. Çat diye bir anda vuruyor insana. Kussam fena olmayacak. Tahminen bir ay önce yediğim suşiye kadar her şeyi kustum. Böyle bir kusma hali yok yani. Gözlerim bir ara yerlerinden fırlayıp klozete değdi, o kadar diyeyim size. Birkaç gün sıçmama bile gerek yok yani. İğrencim. Neyse bu bölümü daha fazla bilmek istediğinizi sanmıyorum ve çabucak geçiyorum. Kendimle ilgili hatırladığım son şey, bir daha içmeyeceğime dair Allah'a söz verip, beni bu durumdan kurtarması için yalvarmamdı. Ama ne yalvarmak. Hayatım boyunca bunun onda biri kadar hayal kurduğum şeyler için Allah'a yalvarsaydım kesin olurdu. Tabii göt korkusu yaptırıyor bunu. Ya komaya girersem? Acaba zehirlendim mi? Ya ölürsem?

Bugün ne öğrendim?

- Aldatıldığımı. Yani dolayısıyla, gözüme gözüme sokulmadan, aldatıldığımdan emin olacak zekaya sahip olmadığımı. Safım yani.
- Hayatımın erkeğini hissettiğini iddia eden kişi annem dahi olsa, inanıp havaya girmemem gerektiğini.
- Hadi havaya girdim, bari eyleme geçmemem gerektiğini.
- İş arkadaşlarımın yakasına yapışırsam kovulabileceğimi. Dolayısıyla da yakalarına yapışmamam gerektiğini.
- Nasıl bir panik halinde olursam olayım, çıkmaya çalışmadan önce cam kapının açık olup olmadığını kontrol etmem gerektiğini.
- Hiçbir erkeğe kendime kıyıp alamadığım değerde bir hediyeyi almamam gerektiğini. Sonradan çok koyuyor insana.
- Bir erkeğin benimle ilgilenmesinin, adamın sadece iyi insan olduğu anlamına gelebileceğini, dolayısıyla altında bir şey aramamam gerektiğini. Hele ki benden hoşlandığını asla düşünmemem gerektiğini. *(Gerçekten hoşlanmadı mı acaba? Belki de annemin dediği doğru, çekindi benden.)*
- Son düşündüğümden sonra, tedavi olması mümkün olmayan zavallı bir ruh hastası olduğumu. İyi geceler.

5

Neden yalnızsınız?

Üzülen, terk edilen neden hep siz oluyorsunuz? Mutlu beraberlikleri olan kadınların sizden farkı ne? Nerede hata yapıyorsunuz? "Evet evet, ben nerede hata yapıyorum?" diye haykırarak yattığım yerden fırladım.

Kim konuşuyordu benimle? Panikle sağıma soluma baktım. Televizyondaki kadının sesiydi. Koltuğun üzerinde televizyon açık halde sızıp kalmışım demek ki. Ah başım!

"Artık çaresiz değilsiniz," diyordu kadın, elindeki kitabı gözüme sokarmışçasına kameraya yaklaştırırken.

"Evliliğe Giden Yol: Sadece üç ayda, hayallerinizin erkeği ile evlenebilirsiniz."

Son cümleden sonra, televizyonu kapatıp tekrar uykuya dalacakken birden ayıldım ve koltukta doğrularak televizyonun sesini açtım. Saçma sapan kadın programlarından biriydi. İlişki danışmanlığı yapan yazar bir kadının kitabını tanıtıyorlardı.

"Sadece 3 ay, evlenmek için yeterli bir süre mi?" diye sordu sunucu kız. İsmi neydi bunun? Özge bilmem kim.

"Biz beş yılımızı verdik de ne oldu?"diye sinirle söylendikten hemen sonra, yazar kadın sanki söylediklerimi duymuş gibi, "Doğru erkek değilse beş yıl bile evlenmek için yeterli bir süre değil" dedi. Kadını pür dikkat dinlemeye başladım.

"Bu kitapta öncelikle birlikte olduğunuz erkeğin doğru olup olmadığını anlamanızı sağlıyoruz," diye devam etti. "Bir kadın için ilişkilerde en değerli şey zaman. Özellikle otuzlu yaşlarda. Biyolojik saat diye bir gerçek var. Yani sonu olmayan ilişkilerle kaybedecek zamanımız yok. İşte kadın tam da bu noktada hata yapmaya başlıyor, çünkü panikliyor. Birlikte olduğu erkeği elinden kaçırmamak için, tavizler vermeye, hataları tolere etmeye başlıyor. Aslında erkeklerini bu şekilde kaçırıyorlar ama farkında değiller."

Kadın resmen beni anlatıyor. Özellikle ilişkimizin son iki yılındaki beni. Panik halde, ne zaman evlenme teklif edecek acaba, biraz daha sabır, biraz daha anlayış diyen beni. O kadar emek verdim, daha iyisini zor bulurum diyen ezik beni.

"Unutmayın, eğer siz kendinize saygı duyarsanız erkekler de size saygı duyar. Siz önce kendinizi severseniz sizi severler."

Kendimi sevseydim, çok önceleri terk ederdim onu diye içimden geçirdikten sonra kadını dinlemeye devam ettim.

"Ve en önemlisi erkekler, evlenebilmek için uğraştıkları, emek verdikleri, savaştıkları kadınlarla evlenir."

Yani evlenmek için hazır bekleyen, yanıp tutuşan kadınlarla. Yani benimle değil.

"Erkekler avcı olarak doğmuştur. Yaradılışlarında avlanmak vardır. Akıllı kadınlar bunu bilir ve erkeklerine kendilerini avmış gibi gösterirler. Ama aslında kendileri avcı, erkekleri ise avdır."

"Akıllı kadınlar erkeklerine, kendilerini avmış gibi gösterir. Ama aslında kendileri avcı, erkekleri ise avdır," diye mırıldanarak yazar kadının son söylediğini kendi kendime tekrar ettim. Demek ki burada hata yapıyordum. Yani hatam, yazar kadının üstüne basarak söylediği gibi, akıllı bir kadın olmamam, aptal olmamdı. Her zaman duygularımla hareket etmem ve asla aklımı kullanmamamdı. Hmm, aydım.

Bu arada, kitabı almak üzere sokağa çıkmak için giyiniyorum. Akşamdan kalmışım, başım ağrıyor, midem ağzımda ama umurumda değil. Anlayacağınız, ışığı gördüm. Evime yakın ilk kitapçıda soluğu aldım. Hangi bölümde bulunur ki bu kitap? Çok satanlarda yok. Tabii, daha yeni çıkmış. Şu görevli çocuğa sorsam mı acaba? Ama çocuk, kitabın ismini söyleyince ezik olduğumu düşünmesin. Aman, düşünürse düşünsün. Eziksem günah benim mi?

"Pardon, *Evliliğe Giden Yol* kitabı var mı acaba?"

"Olacaktı." *(Çocuk, kitabı bildiğine göre, soran tek ezik ben değilim demek ki.)*

"Maalesef kalmamış." *(Hımm, soran tek ezik kesinlikle ben değilim.)*

"Ne zaman gelir acaba?"

"Bilemem" *(Ne demek bilemem! Bilmelisin!)*

"Başka şubelerinizde yok mu? Bir kontrol eder misiniz lütfen?" *(Lütfenler falan. Çaresizlikte son nokta.)*

"Cevahir Alışveriş Merkezi'ndeki mağazamızda bir tane kalmış." *(Sadece bir tane mi!)*

"Teşekkürler," diyerek mağazadan dışarı fırladım. Salak gibi koştuğumu, bir adama çarptıktan sonra fark ettim. Sadece "bir tane" dedi ya çocuk. Ne kadar değerli oldu birden kitap benim için. Hmm, az bulunur ve özel olmak. İşte ben de böyle olmalıyım. Kadının sadece birkaç cümlesini dinledim ve resmen bilge bir kişilik oldum. Bir de kitabı okusam. Koş Banu koş! O kitabı sen almalısın. Salak mıyım ben acaba? Koşacağıma, taksiye falan binsem ya. Cebimde sadece 8 lira 50 kuruş var. Cevahir'e kadar gidebilir miyim acaba? Gittiği yere kadar, sonrasını da yürürüm. Şu düştüğüm hale bakın. Bundan sonra kuruşun hesabını yapmayanı siksinler. Taksi 6,50 tuttu. Tabii ben o sevinçle, farkında olmadan cebimdeki tüm parayı adama verdim. Yani ben akıllanmam.

Neyse alışveriş merkezine girdim ve işte kitapçıdayım. Sanki tüm kırmızı tişörtlüler çalışanmış gibi, "Pardon, *Evliliğe Giden Yol* kitabı hangi rafta acaba?" diye sordum. Sorduğum kız, "Burada çalışmıyorum" dedi, suratıma salakmışım gibi bakarak. Sonra yanındaki arkadaşına dönüp, "Bu tarz kitaplardan medet umuluyor ya, ne zavallıca" dedi.

"Senin o gözlüklerini alıp bir tarafına sokarım, sensin zavallı," diyebilirdim ama yine kibarlığımı korudum. Yanıma yaklaşan görevli kız olmasa dayanamayıp birkaç laf sokardım ama neyse.

"Hangi kitabı aramıştınız?"

"Evliliğe Giden Yol."

"Sadece bir tane vardı, onu da az önce şu bayan aldı." diyerek, yirmili yaşların başında bir kızı işaret etti. Yirmili yaşların başında bir kızın evlilikle ne işi olabilir? Hadi oldu diyelim, daha önünde hayal kırıklığı yaşaması, üzülüp ağlaması için, *ah bu olmadı belki de sıradaki*, diyebileceği pek çok zamanı var. Ama benim öyle mi? O kitap onun değil, benim hakkım diye kendime gaz vererek kızın yanına yaklaştım. Kız, kitabın ücretini ödemek için sıraya girmişti. Masum gülümsememin altında yatan sinsi planlarımdan habersiz, o da bana gülümseyerek karşılık verdi.

"O elinizdeki kitap sonmuş. Acaba ben alabilir miyim?" Gülümsemesiyle melek gibi görünen kız, soru sormamla birden şeytana dönüştü.

"Hayır!" *(Hayır mı? Sürtük!)*

Kıza kitabın ücretinin üç katını teklif etmeye razıyım ama kızda Visa Kart geçmiyor doğal olarak. Parasızlığıma bir kere daha lanet ederek kibar olmaya çalıştım. Çaresiz bir bakış eşliğinde, "Otuz iki yaşındayım" dedim.

"Ben de yirmi iki," dedi. "Ve on sene sonra senin gibi olmaya hiç niyetim yok." *(Orospuya bakın.)*

Şimdiki gençlik çok fena. Ben onun yaşlarında böyle bir şey yaşasam kitabı alır, kadına, yani bana hediye ederdim, hem de teselli etmeye çalışarak. İşte rakiplerimiz. Gümbür gümbür gelen, akıllı, ne istediğini bilen, özgüven içinde yetişmiş genç kızlar. Yaşları gereği hem zayıflar hem de dinamik. Bunlar varken benim koca bulma şansım sıfır zaten. Kahretsin!

"O kitabı bana ver dedim!" *(İçimdeki manyak geri dönmüştü birden. Hani Şebnem'in yakasına yapışan manyak)*

"Vermem."

Sol gözümle, bana şaşkın bakışlarla bakan kalabalığı gördüğüm kadar, sağ gözümle de yaklaşan güvenlik görevlisini fark ediyordum. Beni mağazadan dışarı atacaklar. Buna izin veremem. Kızın elinden kitabı kaptığım gibi koşmaya başladım. Evet, kitabı mağazadan çaldım. Resmen hırsız oldum. Neyim var benim? Koşarken adrenalin patlaması yaşıyorum. Böyle bir heyecan yok. İtiraf etmeliyim ki götüm bir taraftan üç buçuk atarken bir taraftan da çok eğleniyorum. Kafayı yedim. Evet, sonunda kafayı yedim.

***

Evliliğe Giden Yol.

Bu kitap sadece kadınlar için yazılmıştır, asla bir erkeğin eline geçmemelidir.

Çok iddialı, çok kışkırtıcı, diye düşündüm kitabın daha kapağına bakar bakmaz ve söyledikten sonra kendimi garipsediğim şu cümleler döküldü ağzımdan: "İyi ki çalmışım." *(Hadi bir bok yedin, bari gurur duyma)*

Dün geceden nasıl olduysa kalan bir şişe şarabımı açtım ve kuruldum cam kenarındaki koltuğuma. Evet dün geceden sonra hala içebiliyorum. Ama bu sefer kahırdan değil, mutluluktan. Kitabın önemli cümlelerini işaretlemek için renkli fosforlu kalemlerim hazır, not almam gerekirse diye not defterim ve tükenmez kalemim de yanımda. Sigaramla cep telefonum da başucumda. Hazırım. Okuldaki derslere bu kadar istekli girseydim, yemin ederim okul birincisi olurdum. Kitabın ilk sayfasını heyecanla açtım: Önsöz. Normalde, başka bir şey olsa hayatta okumam ama bu kitabın tek bir cümlesini bile kaçıramam.

Siz değerli misiniz?
Yoksa değersiz mi?
Önce buna karar verin.

Kolay bir soru, elbette değerliyim.

Çoğunuzun değerliyim dediğini duyar gibiyim. Öyleyse değerli olduğunuzu kendinize ve karşınızdaki erkeğe niye hissettirmiyorsunuz?

Hmm, çok haklı. Bunun altını çizelim.

Ders 1: Değerli olduğunu hissettir. *(Nasıl yapacağım ki bunu? Neyse onu da yazmıştır herhalde. Sigaradan bir fırt, şaraptan bir yudum ve okumaya devam.)*

Her şey düşünce tarzınızı ve davranışlarınızı değiştirmenizle başlar. Siz değişirseniz, dünyanız da değişir. Denemeye hazır mısınız?

Ay hazırım, hazırım. Sigaradan bir fırt daha.

BÖLÜM 1

Erkekler hakkında bilmek istediğiniz her şey.

Erkekler yaşları kaç olursa olsun basit birer oğlan çocuklarıdır. Kadınlardan tek istedikleri ise, kadınların sütyenlerinden beklediklerinin aynısıdır: "Bir parça destek ve bir parça özgürlük." İşte bu kadar basitler.

Önemli olan erkekler değil, sizsiniz.

Kendinizi bir avcı gibi düşünün. Ne avlamak istiyorsunuz. Balık mı? Tavşan mı? Kuş mu? Yoksa bir aslan mı?

Aslan elbette.

Eminim çoğunuz aslan cevabını vermiştir.

Statü sahibi, kaliteli, kültürlü, zengin, yakışıklı, karizmatik, kibar, iyi kalpli, anlayışlı, cesur, korumacı, fedakar, merhametli, seksi, zeki, komik, vs. vs. Yani mükemmel erkek.

Hepimizin avlamak istediği erkek tipi hemen hemen aynı. Mükemmel erkek, yani aslan.

Bunda bir sorun yok. Mükemmeli istemek hepimizin hakkı.

Önemli olan, siz ne kadar mükemmelsiniz?

Balık avlayacak donanıma sahipken aslan avına çıkarsanız ne olur? Aslana yem olursunuz .

Erkek beyni, gördüklerinin etkisiyle harekete geçer. Üzgünüm ama dünyanın en iyi kalbine sahip olun, harika yemekler yapın, çok eğlenceli olun, akıllı ya da başarılı olun, koca bir popoya ve yağlı bir göbeğe sahipseniz, asla hayallerinizdeki erkeğin ilgisini çekemezsiniz.

Ava çıkmadan önce, fiziksel görüntünüzü değiştirmek zorundasınız. Ne kadar mükemmeli arıyorsanız, o kadar mükemmel olmalısınız.

Ders 2: Kilo vermem şart.

Ama nasıl vereceğim? Nasılı falan yok. Mecburum. İsveç diyeti mi yapsam acaba? Ceren, "Çok zor, hayatta yapılmaz," demişti ama Fatma başarmıştı. Bir haftada 5 kilo vermişti. 5 kilo yeter. Çok da sıska olmayayım. İnternette vardır herhalde.

Mucize İsveç Diyeti Programı - 1. ve 8. günler:

Kahvaltı öğünü: 1 fincan kahve.

Öğle öğünü: 1 kesme şeker, 2 katı yumurta, 1 domates, ıspanak.

Akşam öğünü: 200 gr biftek, yeşil salata.

Mucize İsveç Diyeti Programı - 2. ve 9. günler:

Kahvaltı: 1 kesme şeker, 1 fincan kahve.

Öğle: 100 gr yoğurt , 1 dilim salam.

Akşam: 200 gr biftek, 1 meyve, yeşil salata.

Mucize İsveç Diyeti Programı - 3. ve 10. günler:

Kahvaltı: 1 kesme şeker, 1 fincan kahve, 1 dilim kızarmış ekmek.

Öğle: 1 domates, haşlanmış ıspanak, 1 meyve.

Akşam: 1 dilim salam, 2 katı yumurta, yeşil salata.

Mucize İsveç Diyeti Programı - 4. ve 11. günler:

Kahvaltı: 1 kesme şeker, 1 fincan kahve, 1 dilim kızarmış ekmek.

Öğle: 1 rende havuç, 1 katı yumurta, 250 gr yağsız peynir.

Akşam: 100 gr yoğurt, 2 dilim portakal suyu.

Mucize İsveç Diyeti Programı - 5. ve 12. günler:

Kahvaltı: 1 limonlu büyük rende havuç.

Öğle: 200 gr haşlanmış yağsız balık.

Akşam: 200 gr biftek, brokoli ve salata.

Mucize İsveç Diyeti Programı - 6. ve 13. günler:

Kahvaltı: 1 kesme şeker, 1 fincan kahve.

Öğle: 1 büyük rende havuç, 2 katı yumurta.

Akşam: Derisi alınmış tavuk salata.

Mucize İsveç Diyeti Programı - 7. gün:

Kahvaltı: Şekersiz çay.

Öğle: 200 gr ızgara et, 1 meyve.

Akşam: Hiçbir şey.

1. İsveç Diyeti Kuralları

- İsveç diyetini 6 günden önce bırakmamalısınız.
- İsveç diyetine 13 günden fazla devam etmemelisiniz.
- İsveç diyeti yaptığınız sürece, çay, kahve ve diğer meşrubatlardan uzak durmalısınız.
- Her gün ortalama 2 litre su içmelisiniz.
- 3 ay içinde diyeti tekrar uygulamamalısınız.
- Akşam yemeği ile öğle yemeğini aynı gün içinde yer değiştirebilirsiniz.
- İsveç diyeti ağır bir diyet olduğu için, doktorunuza danışmadan başlamayınız.

Yok artık! Ben bu diyeti yaparsam ölürüm. Yaşamam mucize olur. Dondurma yok, alkol yok. Listede doğru düzgün yemek bile yok. Daha diyet listesini okurken, insan moral bozukluğundan yüz gram veriyor. Yani işe yarayabilir. Bugüne kadar yedim içtim de ne oldu? Altı üstü 2 hafta. Ne olabilir ki? Diyetimizi yazdık ve buzdolabına astık. (*Astık derken, ben ve iradem birlikte hareket ediyoruz.*)

Fotoğraflarımın arasından 18 yaşındaki bikinili halimi de buldum. Ay ne kadar da gençmişim ve tabii ki zayıfım da. Hemen diyet listemin yanına fotoğrafı iliştirdim. Pilates DVD'imi de gözümün önüne koyayım, sabah bir fincan kahvemi içer, pilatesimi yaparım. Pilates topumla esneme lastiklerini nereye kaldırdım acaba? Tamam, yatağın altında, kışlıkların yanında. Tüm hazırlıklar tamam. Yarına hazırlık olarak buzlukta duran Magnumları da mı yesem acaba? Onlar orada durdukça batarlar şimdi bana. İki tane de bira var. Onları da içeyim bu gece. Atacak halim yok herhalde değil mi? Şimdi okumaya devam. Hımm, test. Çok severim.

Erkekleri Etkilemekte Ne kadar Başarılısınız?

Seçeneklerinizi belirleyin ve puanınızı hesaplayın. (*)

Fiziksel Görüntünüz	Kötü	Orta	İyi	Çok iyi
Dişlilik	Kötü	Orta	İyi	Çok iyi
Ses Kaliteniz	Kötü	Orta	İyi	Çok iyi
Form/Sağlılık/Enerji	Kötü	Orta	İyi	Çok iyi
Cinsel Çekicilik	Kötü	Orta	İyi	Çok iyi
Özgüven/Zarafet	Kötü	Orta	İyi	Çok iyi
Konuşma Yeteneği	Kötü	Orta	İyi	Çok iyi
Sağduyu	Kötü	Orta	İyi	Çok iyi
Sıcaklık/Şefkat	Kötü	Orta	İyi	Çok iyi
Dinleme/Anlama Yeteneği	Kötü	Orta	İyi	Çok iyi
Takdir Etme Duygusu	Kötü	Orta	İyi	Çok iyi
Zevk alma/Eğlenme	Kötü	Orta	İyi	Çok iyi
Sorumluluk Duygusu	Kötü	Orta	İyi	Çok iyi
Sabır	Kötü	Orta	İyi	Çok iyi
Dürüst'ük/Sadakat	Kötü	Orta	İyi	Çok iyi
Kariyer	Kötü	Orta	İyi	Çok iyi

(*) Erkekler Balığa Benzer, Steve Nakamoto (Doğan Kitap) kitabından alınmıştır.

Puanlar	Skor
Çok iyi: 4	53-64 Dayanılmaz
İyi: 3	40-52 Bakılabilir
Orta: 2	26-39 Sıradan
Kötü: 0	0-25 Hiç şansın yok

Hmm, umarım 'hiç sansın yok' çıkmaz. Çözelim bakalım.

Fiziksel görüntüm, kime göre? Adriana Lima'yla kıyaslarsam kötü hatta iğrenç. Angelina Jolie'ye göre de öyle. Ama bir Brad Pitt daha yok, hele ki Türkiye'de. Gerçi Kenan'la Kıvanç var ama onlardan da çok fazla yok. Yani ülke ortalamasına bakarsak, iyi diyebiliriz. Yani 3 puan.

Dişilik. İyi diyemem. Diyebilmem için elimde hiçbir gerekçe yok çünkü. Şimdiye kadar hiçbir erkek bana çok seksisin, sana karşı koymak çok güç gibi sözler söylemedi. Bir keresinde piç kurusu çok çekicisin demişti gerçi ama bir şişe Rus votkası içtikten sonra. Sayılmaz yani. Dolayısıyla orta, yani 2 Puan. Etti 5 puan.

Ses kalitem mi? Kesinlikle kötü. Tartışmam bile. Aslında 15 yaşıma kadar sesimin güzel olduğunu sanıyordum. Okulda müsamere ya da herhangi bir etkinlik olduğunda şarkı söylemek için ilk ben atılırdım. Sadece bir kere seçildim. İlk ve son oldu. Tabii ben bu durumu sesimin iğrençliğine bağlamıyordum. Beni kıskanıyorlar havalarındaydım. O zamanlar çok safmışım. Sanki şimdi çok farklıyım da. Neyse, sesimin iğrenç olduğu gerçeğini, lisede düzenlenen şarkı yarışmasına katılınca anladım. Yuhalanan ve kafasına kalem, silgi yiyen bir tek bendim çünkü. Bir daha da şarkı söylemedim zaten. Konuşma esnasında da ses tonumu ayarlayabildiğim söylenemez. Hele telefonda sesim daha da itici. Annem bile söylüyor, inanmamam mümkün değil. Dolayısıyla çok kötüyüm. Sıfır puan yani.

Henüz üç soruyu geride bıraktım ve resmen moralim bozuldu. Takdir etme, sorumluluk, sabır ve sadakat dışında diğerlerinde ya kötüyüm ya da orta. 'Hiç şansım yok' çıkması çok olası yani. Sevmedim bu testi, geçiyorum.

Testte düşük puan alanlar, sakın moralinizi bozmayın. Zaten dayanılmaz olsaydınız bu kitabı okumazdınız, öyle değil mi? Pes etmek yok. Okumaya devam.

Evet, çok doğru. Pes etmek yok.

Ne aradığınızı bilmezseniz asla bulamazsınız.

Hepimiz mükemmel erkeğin peşindeyiz. Yıllardır o erkeği aradık durduk. Arkamızda hayal kırıklıkları, acılar, gözyaşları bıraktık. Bir dönem içimize kapandık, aşka küstük, inancımızı kaybettik. Ama eninde sonunda ayağa kalktık ve mükemmel erkeği aramaya devam ettik.

Üzgünüm ama size kötü bir haber vermem gerekiyor: Mükemmel erkek diye bir şey yok.

Sizi mutlu edebilen, sizi tamamlayabilen erkek var. Aslında siz o kişiyi arıyorsunuz. Sizi tamamlayacak erkeği.

Başta da söylediğim gibi, ne aradığınızı bilmezseniz asla bulamazsınız. Şimdi, aradığınız erkeği birlikte belirleyelim.

Aşağıda, bir erkekte bulunmasını isteyebileceğiniz özellikler sıralı. Özelliklerden sadece 7 tanesini seçebilirsiniz. Bir daha değiştirmemek kaydıyla seçimlerinizi yapın ve hayalinizdeki erkeği şekillendirin.

- Yakışıklı
- Karizmatik
- Kültürlü
- Zengin
- Eğlenceli
- Şefkatli
- Tecrübeli
- Sadık
- İyi bir meslek sahibi
- İdealist
- Babacan
- Dürüst
- Çekici
- Komik
- Sahiplenici
- Cömert
- Güler yüzlü
- Anlayışlı
- İyi bir aile terbiyesine sahip.
- Bakımlı
- Düzenli
- Entelektüel
- Yetenekli
- Koruyan kollayan
- Şehirli
- İnançlı

- Kibar
- Çağdaş
- Her ortama ayak uydurabilen
- Dost canlısı
- Hayvansever
- Fedakar
- Evcimen
- Sosyal
- Sorumluluk sahibi
- Sekste uyumlu

Hmm, sadece 7 tane mi? Hepsi de önemli özellikler. Ama öncelikle, görünüş önemli tabii. Çok yakışıklı olmasa da en azından karizmatik olsun: 1, karizmatik. Zengin olsun. Yok, yok zengin erkeklerin çoğu eşlerini aldatıyor. Salak Banu, o piç kurusu sanki zengindi. Sonunda her şekilde aldatılacaksam, bari iki gün yüzü görürüm. Evet, zengin olsun. Bugüne kadar hep çulsuzlarla oldum da ne oldu? 2, zengin. 2. maddeyi düşünerek, sadık olmasını seçmemde fayda var. 3, sadık. Şefkatli olsun. Şefkat en önemlisi: 4, şefkatli. Kültürlü olması da önemli. Zengin bir kıro olmasın yani. 5, kültürlü. 6, eğlenceli. Ay son seçenek. Sahiplenmesi de önemli, dürüst olması da... Sorumluluk sahibi olmazsa da olmaz. Sekste uyumlu. Seks olmazsa zaten ilişki yürümez: 7, sekste uyumlu.

Seçtiğiniz 7 özellik, sizin aradığınız erkekte olmazsa olmazınız. Şimdi kendinize bir söz verin. Bu 7 özellikten birine bile sahip olmayan bir erkeği asla seçmeyecek ve onunla zaman kaybetmeyeceksiniz.

Karizmatik, zengin, sadık, şefkatli, kültürlü, eğlenceli ve sekste benimle uyumu olmayan birini asla seçmeyeceğim ve onunla zaman kaybetmeyeceğim.

Aradığınız erkeğin özelliklerini belirlediğimize göre şimdi onu nerede bulabileceğimize bakalım.

1- Tenis veya golf dersleri alın. *(Golf dersinin saati kaç lira biliyor musun sen? Tenis dersi daha ucuz, olabilir.)*

2- Futbol maçlarına gidin. Maç öncesi ve sonrası taraftarların toplandıkları yerleri öğrenin. *(Futbolu sevmem ama işe yarayabilir. Katlanacağız artık.)*

3- Festivallere katılın. *(İyi fikir.)*

4- Popüler bir spor salonuna yazılın. *(Elbette, önce fazla kilolarımdan kurtulmam lazım.)*

5- Popüler bir yürüyüş ya da bisiklet yolu bulun. *(Bisiklet zor. Ama yürüyüş olabilir.)*

6- Dalgıçlık, kano ya da su kayağı öğrenin. *(Önce yüzme öğrensem fena olmaz.)*

7- Tekne fuarlarını gezin. *(Bu en kolayı.)*

8- Sabah gazetenizi Starbucks'da okuyun. *(İşe yarayabilir.)*

9- Yardım derneklerinin etkinliklerine katılın. *(Ceren beni kaç yıldır çağırıyor, şimdiye kadar niye katılmadıysam.)*

10-Dağ sporlarıyla ilgilenin. *(Piç kurusu her kış dağa çıkardı, beni sadece bir kere götürdü. Neymiş efendim, geçen sefer beni götürdüğünde ayağımı kırmışım da tatili burnundan gelmiş de. Ama bu kış kaymayı kesin öğreneceğim.)*

11-Gemi turlarına katılın. *(Ayağımın karaya bastığı turları tercih ederim.)*

12-Arkadaşlarınızın düğünlerine katılın. *(Evlenmeyen arkadaşım kaldı da sanki. Bir Fatma var.)*

13-Mezun olduğunuz okulun gecelerine katılın. *(İki sene önce bir katılayım dedim, herkesin yanında karısı, kocası vardı. "Ay sen hala evlenmedin mi Banu? Üniversiteyi de bitirememişsin." Aman aman, almayayım.)*

14-Seçkin partilere çağrılmayı sağlayın. *(Fatma çok sık gidiyor, peşine takılayım bari. Hatta yarın hafta sonu, mutlaka bir yere davetlidir o.)*

15-Unisex kuaförleri tercih edin. *(Hmm, iyi fikir.)*

16-Köpeğinizle parkta gezin. *(Köpek alsam mı acaba?)*

17-Hafta sonları arabanızı yıkatmaya gidin. *(Hangi arabayı? Sanki arabamız var.)*

18-En iyi pazar brunch'ı veren yerlere gidin. *(Mümkün.)*

19-Sergilere katılın. *(Olabilir.)*

20-Sinema ve tiyatroya gidin. *(Buralarda tanışıp evlenen kimseyi duymadım ama neyse, bu da olabilir.)*

21-Dans kursuna yazılın. *(Ay evet, bunu kesin yapmalıyım.)*

22-Alışveriş merkezlerinde dolaşın. *(Her zaman.)*

23-En iyi barlara gidin. Daima şık ve bakımlı olun. *(Barda tanıştığın adamdan bir bok olmaz ama neyse.)*

24-Facebook ve twitter kullanın. *(Kullanmaz olaydım.)*

25-Çeşitli eğitim kurslarına katılın. *(Dil kursuyla dans kursu yeter. Bir de yüzme kursuna gitmem lazım, bu yaştan sonra da çok utanç verici. Gerçi yüzme bilmiyorum demek daha da utanç verici ama çocukken boğulma tehlikesi geçirmişim. O günden beri 'sudan korkuyorum' yalanı şimdiye kadar işe yaradı.)*

26-Derneklerde gönüllü çalışın. *(Önce kendime maaşlı bir iş bulayım da.)*

27-Yabancı dil kurslarına yazılın. *(Bunu düşünmüştüm zaten.)*

28-Seminerlere katılın. *(Sıkıcı ama katlanacağız artık.)*

29-Taksi yerine metro kullanın. *(Kullanıyorum zaten.)*

30-Giyim aksesuar ya da kozmetik alışverişinizi yaparken mutlaka erkek reyonlarına da uğrayın. *(Geç bunu geç. Ömrüm mağazanın erkek reyonlarında geçti. Şimdiye kadar adamakıllı biriyle tanışmadım.)*

31-İyi bir muhite taşının. *(Ay taşınmam lazım. Salak gibi kendime koca bulmaya çalışacağıma, ev bulmaya çalışsam ya.)*

***

Yarın yapacaklarımın listesi:

- İsveç diyetine başlanacak.
- Pilates DVD'si eşliğinde pilates yapılacak.
- Ev bulunacak.
- Hamdi'den borç para istenecek.
- İş ilanlarına bakılacak.
- Yabancı dil ve dans kursu araştırılacak.
- Köpek almak şu an için mantıksız olduğundan, üst
- komşunun köpeği ile yürüyüşe çıkılacak.
- Starbucks'ta kahve molası verilecek.
- Fatma aranıp hafta sonu programı öğrenilecek.

Bugün ne öğrendim?

- İçimde potansiyel bir suçlu barındırdığımı.
- Kendime değer vermem ve bunu karşımdaki erkeğe hissettirmem gerektiğini.
- Ne aradığımı bilmezsem, bulamayacağımı.
- Karizmatik, zengin, sadık, şefkatli, kültürlü, eğlenceli ve sekste benimle uyumu olmayan birini asla seçmemem ve onunla zaman kaybetmemem gerektiğini. *(Bu tarz erkeklerde sıraya dizilmiş sanki beni bekliyorlar ya, neyse.)*
- Şarabın üstüne 2 bira ve 4 magnum dondurma tüketildiğinde ishal olunduğunu. Iyy çok fenayım.

6

Yuppii, ev buldum.

Sabah kalkar kalkmaz, dün geceden hazırladığım, yapacaklarım listesini uygulamaya başladım. Öncelikle mucizevi İsveç diyetimin ilk gününde, sabah 1 fincan kahvemi içtim. Listede hem yürüyüş vardı hem de pilates. İlk günden abartmamam gerektiğine karar vererek, yürüyüşten vazgeçip pilatesi tercih ettim. Sonra da şöyle düşündüm: Bir taraftan diyet bir taraftan spor, kendimi ilk günden yormam doğru olmaz ve pilatesten de vazgeçtim. Önce bünyemin diyete alışması gerek, öyle değil mi?

Sonra hemen madde 3'e geçtim ve internette kiralık ev ilanlarını araştırmaya başladım. Çok değil, bir saatlik bir araştırma sonucunda işte buradayım, yani yeni evimde: İki oda bir salon, biraz ufak ama terası büyük. Terastan parmak uçlarında yükselip kafanı uzattığında iki apartman aralığından az da olsa deniz bile görebiliyorsun. Hem de sahibinden. Yani emlakçı parasından yırttım. Gerçi ev sahibi 1, 500 lira depozito ve üç aylık kirayı peşin istiyor ama olsun. Kirası 950 lira. İyi, fena değil. Evin içinde fazla masraf da yok. Badanası idare eder. Yerler parke, açık mutfak. Mutfak dolapları biraz eski ama ev sahibim, "Birkaç ay sonra değiştiririm," dedi. "Tamam," dedim ben de, "tutuyorum." O piç kurusunun hatıralarıyla dolu evden taşınmakla en iyisini yapıyorum. Biraz mecburen oldu ama iyi oldu. Şanslıyım, şartlarıma göre güzel bir ev buldum. Hem de kolay oldu. Tabii arada bir iki eve daha baktım. Boktan evlerine utanmadan 1000-1200 lira isteyen ev sahipleriyle de tanıştım. Tabii o evlerden sonra burası bana cennet gibi geldi. Ev sahibim de yaşlı, dul bir kadın. Hacer hanım. Apartmanın 1. katında oturuyor. Bu arada, tuttuğum ev 5. katta. Apartmanın asansörü ne yazık ki yok. Başta hık mık yaptım aslında ama sonrasında, *koca götünü eritirsin bedava spor işte*, diye düşünerek kendimi rahatlattım. Hacer Hanım'a iki gün içinde kira ve depozitoyu ödeyeceğimi söyleyerek vedalaştım.

Apartmandan çıkar çıkmaz Hamdi'yi aradım. Para veremem derse sıçtım. Yok yok, demez. Borç istemek zaten başlı başına zor bir iş, bir de isteyeceğim kişi annemin eşi. El sonuçta. Neyse bir cesaret aradım. Yakınlarında annemin olup olmadığını sorguladıktan sonra konuya girdim ve borç paraya ihtiyacım olduğunu söyledim. Canım cici babam benim, ne için istediğimi sormadan, "Ne kadar lazım?" dedi. Duygulandım. *Vay be*, dedim içimden, *öz babamın yıllardır yapmadığını yapıyor bana*. Neyse, hemen hesap numaramı verdim ve en kısa zamanda geri ödeyeceğimi söyledim. Nasıl ödeyeceksem? "Baba kız arasında borç mu olur, duymamış olayım," dedi. İşte o an iyice duygulandım ve bir iki damla yaş aktı gözümden. Günlerdir ilk defa mutluluktan ağlıyordum, hoşuma gitti.

7000 lira az para değil. 1500 lira depozito. 3 çarpı 950 ne eder? 1000 liradan 3000 lira desek 150 lirayı çıkarsak. Ay gene hesaplayamadım, neyse işte depozitoyla birlikte 4500 eksi 150 lira. 1000 lira da taşınmaya gitse, elimde 1500 lira falan kalıyor. O da iş bulana kadar beni idare eder. Bir de iş bulmam lazım değil mi? Of of. Neyse stres yok, olumsuz düşünce yok. Koskoca İstanbul'da iş bulamayacak değilim ya?

Neyse, hemen kızları arayıp ev tuttuğumu haber verdim. Deniz gördüğünü de söylemeyi ihmal etmeden, evle ilgili tüm ayrıntıları anlattım. İkisi de aynı fikirde: Piç kurusuna ait bütün hatıraları bırakıp başka bir eve taşınmam bana çok iyi gelecek. Temiz enerji.

Hamdi hesabıma parayı hemen yatırmış. Arayıp haber verdi. Canım benim. Oh be! Şimdi daha da iyiyim. Hesabımdaki 7 bin lira, yarın suyunu çekeceğini bilsem bile bana müthiş moral oldu. Parayla saadet olmaz derler bir de... Oluyor işte. Şu an hesabımda 7 bin değil, 70 bin olsa göbek atarım. Evlenmemişmiş, aldatmışmış gram üzülürsem şerefsizim. Para da bir yere kadar diyeceksiniz ama gittiği yere kadar. Mesela Fatma'yı, bir günden bir güne ağlarken göremezsiniz. Neden? Çünkü parası var. Babasının sahibi olduğu inşaat firmasında iç mimar. Kira derdi olmadığı gibi, her ay 8 daire, 3 dükkanın kirasını alıyor. Mimarlıktan kazandığını saymıyorum bile. Zevkine çalışıyor. Peki Ceren'e ne demeli, çalışmaya bile gerek duymuyor. Çünkü kocası zengin. Allah daha çok versin, gözümüz yok da gelirinin onda biri benim olsa fena mı olurdu? "Ah bugün çok moralim bozuk, Milano'ya gidip biraz alışveriş yapsam iyi gelebilir," demek benim de hakkım değil mi? Hakkım. Bence her genç kadının hakkı.

Başım mı dönüyor benim. Döner tabii. Açım. Öğle öğünüm neydi? 1 kesme şeker, 2 katı yumurta, 1 domates ve ıspanak. Nerede bulacağım şimdi ben bunları? Yerine salata yesem? Nasıl olsa Starbucks'ta kahve molası vermeyi planlamıştım, hem kahvemi içer hem de salata yerim. Bu arada dişime uygun av var mı diye sağa sola bakarım. İyi fikir. Süper, yeni evime sadece 100 metre uzaklıkta bir Starbucks olduğunu keşfettim.

"Orta boy bir latte, bir de salata lütfen." *(Havuçlu kek de çok taze görünüyor. Yesem mi acaba? Hayır, lütfen Banu. Tamam be tamam.)*

"15 lira 50 kuruş"

"Buyurun." *(Kasadaki kıza kredi kartımı uzattım.)*

"Bir Espresso Machiato lütfen." *(Ses hiç yabancı değil. Şansa bakın, yakışıklı doktor hemen yanımda duruyor. Selam versem mi acaba? Soruya bak, herhalde. Ya beni tanımazsa? Yok artık.)*

"Aa, merhaba."

"Merhaba. Nasılsınız?" *(Tanıdı beni.)*

"Teşekkürler, siz?" *(Gayet iyi gidiyoruz.)*

"Maalesef bakiyeniz yetersiz" *(Siktir.)*

"Aa, nasıl olur. Günü geçti sanırım. Kredi kartı çok olunca takip etmek zor oluyor tabii." *(İyi kıvırdım. Diğer kartımın limiti var mıdır acaba? Yoktur, çünkü onun da günü geçti.)*

"Dilerseniz başka bir kartınızı deneyelim." *(Sanki biz o kadarını düşünemiyoruz!)*

Cüzdanıma sanki diğer kredi kartımı ararmış gibi göz gezdirdim ve "Maalesef kartlarım diğer çantamda kalmış. Neyse, bankadan para çekip tekrar gelirim," dedim. *(Resmen rezil oldum ya. Keşke Hamdi'nin gönderdiği parayı bankadan çekip öyle gelseydim. Hesabımda 7 bin lira varken şu düştüğüm duruma bakın. Şimdi ağlayacağım.)*

"Bayanın siparişlerini hazırlayın lütfen, ben öderim."

"Hayır, hiç gerek yok."

"Lütfen, ısrar ediyorum."

Siparişlerimi aldım, yakışıklı doktora, yani Serdar'a kibarca gülümseyip teşekkür ederek, oturacak boş bir masa bulmak için bahçeye çıktım. Tabii bu arada kendime saydırıyorum. *Şansıma sıçayım, adamla üçüncü karşılaşmamızda da rezil oldum* falan filan diye. Alık alık bakınacağıma otursam ya. İyi de nereye? Bir tane boş masa yok. Self servis yerlerden işte bu yüzden nefret ediyorum, özellikle tek başına geldiysen, elinde tepsiyle mal gibi ortada kalman çok olası.

"Dilerseniz masama oturabilirsiniz." *(Benim yakışıklı siparişini almış da kendine yer bulmuş bile. Ben niye onun oturduğu masanın boş olduğunu fark etmedim acaba? Tabii öyle alık alık bakınırsam. Salak mısın Banu, adamla baş başa kahve içip sohbet etme şansı yakaladın, söylenmeyi kesip otursana yanına.)*

"Teşekkürler." *(Ve oturdum.)*

Bu fırsatı iyi değerlendirmeliyim. Ama nasıl? Öncelikle bir sigara yakıp rahatlamalıyım. Tam çantamdan sigara paketimi çıkartıyordum ki son anda Serdar'ın eliyle yan masadan gelen dumanı dağıtarak söylendiğini duydum;

"Bence açık alanlarda da sigarayı yasaklamalılar." *(Yok artık, daha neler.)*

"Kesinlikle" dedim gülümseyerek ve sigara paketini çantama çaktırmadan geri attım. Sanki dumandan ben de rahatsız oluyormuş gibi hafif hafif öksürdüm.

"Bence bir insanın kendine yapabileceği en büyük kötülük, sigara içmesi. Siz içmiyorsunuz değil mi?"

"Hayır." *(Şu an içmiyorum ve ayrıca da bırakmayı düşünüyorum, yalan sayılmaz yani.)*

"Buralarda mı oturuyorsunuz?"

"Hayır, yani evet. Yani yakında oturmaya başlayacağım."

"Anladım , taşınacaksınız."

"Evet."

"Zor işler. Ben de yakın zamanda taşınmayı planlıyorum, tabii yeni bir iç mimar bulabilirsem." *(Hmm, niye ev değiştiriyor acaba? Lütfen Allah'ım, evleniyor olmasın. İç mimar aradığına göre, kendi evine mi taşınacak acaba? İç mimar mı arıyor? Hadi Banu, göreyim seni.)*

"Benim yakın bir arkadaşım iç mimar, dilerseniz sizi görüştürebilirim."

"Çok iyi olur."

"Hatta şu anda beni arıyor." *(Şansa bakın.)*

Hemen telefonumu açtım ve Fatma'ya kibar bir tonla, Serdar Bey'le karşılaştığımızı, kendisinin iç mimar aradığını anlattım. Güzel haber, Fatma yakınlardaymış ve beş dakika sonra yanımızda bitiverdi.

"Merhaba Serdar Bey, Fatma ben. Demek iç mimara ihtiyacınız var," diyerek yanımıza oturdu ve başladılar sohbete. Bayılıyorum şu Fatma'nın girişkenliğine. İki dakikada Serdar'ın istediği evi şekillendirdi, öneriler, trendler, duvar kağıtları, örnek çalışmalar vs. derken, hafta sonu için sözleştiler. Birlikte Serdar'ın yeni evine bakacaklar. Yani Fatma işi aldı. Peki, ben bu arada ne aldım. Üçün birini. İkisi bir muhabbet bir muhabbet.

"Kışın kayak yapar mısın?"

"Bayılırım."

"Geçen kış St. Moritz'de kaydım.

"Ben de bu kış gitmeyi planlıyorum." *(Tabii ben de ses yok. St. Moritz nerede acaba?)*

"Dalıyorsun demek? Ben de." *(Yine bende ses yok.)*

"Bir grubumuz var, hafta sonları fotoğraf çekiyoruz."

"Ben de üniversitede ilgileniyordum sonra bıraktım. Haber verirseniz size katılırım." *(Uyuz oluyorum şu Fatma'nın girişkenliğine. Ne o öyle, 10 dakika önce tanıştığın adamla hemen etkinliklere katılmak istemek falan.)*

"Elbette."

"Ben de katılmayı çok isterim." *(Ve nihayet lafa girdim.)*

"Tamam o zaman, bir ara program yaparız." *(Bir araymış. Tabii peşlerine takılacağımı anlayınca Serdar ayaklandı.)*

"Bayanlar müsaadenizle benim kalkmam lazım. Fatma, sana telefonumu vereyim."

Sadece 15 dakikada işi bağladı, Serdar'ı etkiledi ve telefon numarasını aldı. Ne hoş. Yakında çıkmaya da başlarlar. Hırsla tırnaklarımı yediğimi, Serdar tokalaşmak için elini uzattığında fark ettim.

"Görüşürüz Fatma. Pardon, isminiz neydi?" *(Ve en ağır darbeyi de böylelikle aldım.)*

"Banu."

"Hoşça kalın Banu Hanım." *(Geber. Fatma'ya Fatma, bana Banu Hanım. Koydu hemen mesafeyi.)*

"Kızım, gerçekten çok hoş adam!" dedi Fatma, Serdar bahçeden ayrılır ayrılmaz.

"Sen de onu beğendiğine göre ben aradan çıkayım o zaman," diyemedim elbette, en yakın arkadaşım sonuçta. Bir erkek için onunla aramı bozacak değilim ama kırıldım. Serdar, Fatma'ya benden daha uygun olabilir belki ama yine de kırıldım.

"Kızım neyin var senin?" *(Sanırım anladı. Anlasın, sonuçta yaptığı şey yanlış. Hemen Ceren'i arayıp anlatmam lazım. Yoksa çatlayacağım.)*

"Bir şeyim yok, tuvalete gitmem gerekiyor sadece."

"Geleyim seninle."

"Yok yok, masayı boş bırakmayalım."

Bir hışımla tuvalete girdim. "Alo, Ceren. Neler olduğuna inanamazsın." Elbette tüm ayrıntısına kadar her şeyi Ceren'e anlattım.

"Çok yanlış yapmış. Çok ayıp yani." *(Ceren'in sinirden sesi titriyor. Fatma aynı şeyi ona yapsa yolardı demek ki.)*

"Ne diyeyim Fatma'ya ? Ya da kızdığımı belli edeyim mi ?"

"Şimdilik bir şey deme ama mesafeli davran bence. Bakalım ne yapacak? Hatasını anlayacak mı?"

"Tamam. Hadi konuşuruz yine."

Ceren de benimle aynı fikirde. Fatma'nın yaptığı şey çok yanlış. Sanki başka adam kalmadı. Ayrıca sevgilisi de var. Demek ki en yakın arkadaşın bile olsa kimseye güvenmeyeceksin. Bir tavır, bir surat masaya geri döndüm.

"Kızım ne oluyor sana, ne bu surat?"

"Hiç."

"Serdar'ın yanında da somurttun zaten. Hiç işi bilmiyorsun Banu. Ben olmasam elli kere kalkıp gitmişti yanından."

"Gitseydi."

"Ay seni gerçekten anlamıyorum. Sen bu adamı istiyor musun, istemiyor musun?" *(Nasıl ya!)*

Sessizlik. *(Şaşkın, salak salak bakışlarım eşliğinde.)*

"İstemiyorsan boşuna uğraşmayayım. Bir saat dil döktüm, adamla samimi olalım da sen tavlayabil diye." *(Ay canım arkadaşım ya. Her şey benim içinmiş.)*

"İstiyorum, istemez miyim." *(Hemen keyifle bir sigaraya yaktım.)*

"Tamam, o zaman planımız şu. Cumartesi akşamı W dergisinin yaza veda partisi var. Ben Serdar'ı cumartesi sabahtan ararım sonra da gider evini görürüm. Laf arasında, akşama parti var sen de gel derim. Aykut, sen, ben dördümüz takılırız. Artık sonrası da sana kalmış. Tamam mı?"

"Tamam da gelir mi sence?"

"O kesin gelir de seni ne yapacağız? Adama bugünkü gibi davranırsan hiç şansın yok, söyleyeyim. İnsan iki kelime konuşur, samimi davranır, iki tebessüm eder ."

"Heyecanlandım ne yapayım." *(Elbette, samimiyetinizi kıskandım, çatladım patladım diyemezdim.)*

"Ay çocuk musun sen Banu? Duyan da hiç erkek yüzü görmedin sanacak. Heyecanlanacak bir şey yok. Cumartesi bu iş tamam."

"Ya sevgilisi varsa?"

"Varsa var, ne yapalım? Deneyeceğiz. Önemli olan; birincisi gey olmasın, ikincisi evli olmasın. Sen evli biriyle yapamazsın."

"Kesinlikle yapamam. Evli değildir, değil mi?"

"Evli olsa karısından mutlaka bahsederdi. Evine gidince, laf arasında, sevgilisi var mı onu da öğrenirim. Daha ne yapayım senin için?" *(Canım benim. Ay vicdan azabından öleceğim. Bari Ceren'e söylemeseydim. İğrenç bir insanım ben. Yazıklar olsun bana. Fatma, hakkında düşündüklerimi bir duysa asla yüzüme bakmaz. Bir daha tövbe şüphelenme-*

yeceğim ondan. Yemin.)

Fatma'dan ayrılır ayrılmaz Ceren'i aradım ve olanları anlattım. O da en az benim kadar vicdan azabı çekti. Bir daha Fatma'yla ilgili bu tarz şeyler düşünmeyeceğimize söz verdik. Bu arada Ceren'e, *Evliliğe Giden Yol* kitabından bahsettim. (Elbette çaldığımı söylemedim.) Kriterlerimi belirlediğimi ve asla bunların dışında biriyle birlikte olmayacağımı söyledim. Ceren bu kararıma çok sevindi ve "Sana senelerden beri işte bunu anlatmaya çalışıyorum," dedi. Kitaptaki önerileri Serdar'ın üzerinde harfiyen uygulamam gerektiğine karar verip telefonu kapattık.

Partiye gelecek mi acaba?

Ya sevgilisiyle gelirse?

Hayır, bence sevgilisi yok.

Ne giysem acaba?

Umarım onu etkilemeyi başarabilirim.

Ya partiye benim için değil de Fatma için gelirse?

Off, yine tırnaklarımı yemeye başladım.

Acaba kitapta ilk buluşmayla ilgili ne yazıyor? Bakalım.

İlk buluşma önerileri:

Doğal olun.

Doğallık bir kadın için en önemli silahtır. Sizin doğal olmanız, karşı tarafı da rahatlatır. Bu da onu daha çabuk tanımaya başlamanıza yardımcı olur. Gerek dış görünüşünüzde gerekse hal ve hareketlerinizde doğallıktan asla vazgeçmeyin.

Dinlemeyi öğrenin.

İlk buluşmalarda yapılan en büyük hata, fazla

konuşmaktır. Öncelikle dinlemeyi öğrenmelisiniz. Erkekler kendilerinden bahsetmeye bayılır. Soru sorun ve sözünü kesmeden ilgiyle dinleyin. Gülümsemeyi ve göz temasını unutmadan elbette.

Onun sorularına kısa ve net cevaplar verin. Yani hangi okuldan mezun olduğunuzu soruyorsa sadece okulunuzu söyleyin, hemen anılarınızı anlatmaya başlamayın. Ama bırakın, o anlatsın. Hakkında ne kadar çok şey öğrenirseniz o kadar iyi.

Geçmişiniz sadece sizi ilgilendirir.

Dolayısıyla eski ilişkilerinizden asla bahsetmeyin, hele ki o öğrenmek istemediyse. Erkeklerin çoğu, birlikte oldukları kadınların kendilerinden önce ilişki yaşamalarına tahammül edemez. İlişkileriniz hakkında ne kadar az şey bilirlerse, o kadar rahat ederler. Elbette siz de.

Daha önce evlenip boşandıysanız, çocuğunuz varsa, ilk buluşmada mutlaka söyleyin.

Gelecekle ilgili planlarınızdan bahsedin.

Öncelikle evlenmeyi düşündüğünüzden. Evlenmekten bahsetmek, ilk randevu için size çok erken gibi gelebilir ama değil. Hatta kısa vadede, tek doğru zaman. Kendinizden, geçmişinizden, hobilerinizden vs. bahsederken, doğal bir biçimde, hayatınızın bundan sonraki döneminde evlenip yuva kurmayı planladığınızdan bahsedebilirsiniz. Evlenmeyi düşündüğünüzü ifade etmekten asla çekinmeyin. Niyetinizi ne kadar çabuk ortaya koyarsanız, zaman kaybınız o kadar azalır. Unutmayın, siz kendinize, boş zamanlarınızı değerlendirecek bir eğlence değil, uygun bir eş arıyorsunuz. Eğer evlenmeyi düşünmeniz onu korkutuyorsa bırakın gitsin. Sırada daha çok erkek var.

Seks

Bir erkekle sevişmek için doğru zaman nedir? İlk buluşma olmadığı kesin. Erkeklerin avcı olduğunu asla ve asla unutmayın. Erkekler uğraşmayı, savaşmayı, emek harcamayı sever. Size ne kadar geç sahip olurlarsa o kadar değerli olursunuz. Bu arada erkeği tanıma fırsatı da bulursunuz. Ne kadar güvenilir, ne kadar ilgili, şefkatli, sadık, iyi niyetli vs. Flört ettiğiniz erkeğin evleneceğiniz erkek olduğuna inana kadar asla seks yapmayın. Seks, kadınlar için bağlayıcı bir faktördür. Bize uygun olmadığını bile bile sürdürdüğümüz, taviz verdiğimiz, sonunda üzüldüğümüz ilişkiler hep bu yüzdendir. Kaçan balık her zaman büyük olur bayanlar. Şimdiki erkekler birkaç buluşmada seks yapmayınca kaçıyorlar diye düşünenleriniz ya da bu durumu yaşayanlarınız vardır. Kaçmasın diye seks yaptığınız erkek şu an nerede? Eşiniz mi? Hayır, değil. Sizin kurallarınıza uymuyorsa bırakın gitsin.

İşte tüm bunlar, o piç kurusuyla ilk geceden yatmamım sonucu. Evet, ilk geceden o piç kurusuyla yattım. Size anlatmadım değil mi? Hani günlerden 16 Temmuz 2007'ydi ve ben o zamanlar daha 27 yaşında, gencecik, tecrübesiz, güzel bir kızdım ya. Hani Ceren, Fatma ve ben eğlenmeye çıkmıştık. O piç kurusunu görüp bana mı bakıyor diye merak etmiştim de peşimden gelecek mi diye tuvalete gitmiş, sonra da göt gibi kalıp iki seksen yere düşmüş, o da beni güçlü kollarıyla yerden kaldırmış ve tanışmıştık ya, işte o gece. Sonrasında o piç kurusunu kızlarla tanıştırmıştım. Ceren çok fazla sallamadı çünkü Şahan'a aşırı sinirliydi. Hani Şahan iş seyahatine İzmir'e gitmiş ve Ceren'in telefonunu müzikli bir yerden açmıştı ya, işte o sebepten.

Ceren'in tersine Fatma, Soner'i çok beğendi. Neyse, bir süre sohbet ettik, piç kurusu bize içki ısmarladı falan filan kısa süre sonra Ceren gidelim de gidelim diye tutturdu. Tabii, Şahan'ın ağzına kalabalıkta rahat sıçamadığı için bir an önce eve gitmek istiyor. Fatma'yla ben de gitmek istemiyoruz. Bir kere kanımız kaynamış. Kanımız kaynamış derken, Fatma'da yanımıza sonradan katılan Soner'in arkadaşı Murat'ı gözüne kestirmiş durumda. Ceren'e sen git biz kalalım demek olmaz, desek de bizi bırakıp gitmez. Mecburen mekandan hep birlikte çıktık. Tabii benim piç kurusuna ve Fatma'nınkine yarım saat sonra döneceğimizi söylemeyi ihmal etmeden. ***(Şimdiki aklımdan not:*** *Amcık! Ne bu, sanki hayatında herif görmemişsin gibi alavere dalavere. Git insan gibi evine, yat zıbar. Çok beğendiysen adamla başka zaman görüş. Ceren gidelim diyor işte, kaşınma. Gecenin sonunda ilk günden belli ki vereceksin, neyin peşindesin? Sonra ne yaptım diye hiç boşuna ağlama.)*

Mekandan çıkıp taksiye atladık. İlk Ceren'i evine bırakmaya kalkınca doğal olarak bizimki duruma uyandı. "Yok canım, ne geri dönmesi saçmalama. Sen Şahan'la bir an önce evde rahat rahat konuş diye ilk seni bırakıyoruz," falan filan desek de Ceren yemedi. Çok çakal. Ben olsam uyanmazdım bile. Neyse, türlü yeminlerle Ceren'i kandırıp evine bıraktık, sonra da sanki iyi bir bok yiyormuşuz gibi kıkırdıya kıkırdaya mekana geri döndük. O da ne! Fatma'nınki abanmış bir hatuna, öpüşüyor. Benimki ortalarda bile yok. Tabii sinir olup çıktık mekandan. Erkek milleti böyle şerefsiz, şöyle adi diye söylenerek taksiye bindik. Tam hareket edeceğiz, benimki, "Nereye gidiyorsun" diye attı kendini taksinin önüne. Meğer bizden sonra yanlarına gelen kızlar ona musallat olmasın diye çıkmış mekandan ve bizi kapıda beklemeye başlamış. Sigara almak için kapıdan beş dakika ayrılınca da o yokken biz gelmişiz. Tabii ben bir mutlu, bir mesut. Kankası kızlarla yiyişirken, edebiyle beni kapılarda bekleyen bir erkek. Tamam dedim, işte bu! Hemen Fatma'yla vedalaşıp indim taksiden.

Saat olmuş sabahın dördü, bu saatten sonra ne yapılır. Acaba bana mı gitsek, ona mı diye düşünürken, "Çok güzel bir yer biliyorum, güneşin doğuşunu izleyelim mi?" diye sordu. Hık diye kaldım. Ben adamı eve atmaya çalışırken, o güzel bir yer diyor, güneşin doğuşu diyor. Resmen kendimden utandım. Neyse, atladık arabasına, cilveleşe cilveleşe çıktık manzaraya. Güneş yükselirken, aman çok güzel, ne romantik falan derken bir baktım öpüşüyoruz. Bir baktım arka koltukta soyunuyoruz, biraz sağ, biraz sol derken, bir baktım adamın teki arabanın camından bizi izliyor. Tabii ben çığlık çığlığa. Velhasıl böylelikle, piç kurusuyla arabanın arka koltuğunda açılışımızı yapmış olduk.

Bir dakika ya. Güneşin doğuşu falan bahane, amacı benimle işi pişirmekti hem de bedavaya. Tabii evine götüremez. Çünkü piç kurusu o zamanlar ailesiyle yaşıyordu, sana gidelim demek yemedi, otele para vermek de işine gelmedi, en kolayı ne? Arabada güneşin doğuşunu izleyelim mi? Yazıklar olsun! Ama kimde kabahat? Bende. Yok yok, bundan sonra gerçekten yok. Tırnağımın ucuna dokundurmam. Önce benim için uğraşacak, savaşacak. Resmen aydım. O piç kurusunda yaptığım hataların hiçbirini Serdar'da yapmayacağım. Partide, laf arasında evlenmeyi düşündüğümden de bahsederim. Yerse. Kendi bilir. O piç kurusuna ilişkimizin ilk yıllarında, aman gözü korkmasın, aman evlilik meraklısı olduğumu düşünmesin diye evlenmenin e'sini anmadım da ne oldu? Bir bok olmadı. Gerçi ilişkimizin son üç yılında da evlenelim diye tutturdum o zaman da bir bok olmadı. Demek ki bu durumdan çıkartılacak sonuç: Zamanlamam yanlış. O zaman ne yapmak lazım, daha ilk buluşmada evlilik konusunu açmak lazım. (*Aferin Banu.*)

Yuh saat 3 olmuş, uyumam lazım, sabah erkenden taşımacılar gelecek. Aa, bu evde son gecem. Bütün anılarımı arkamda bırakıp gidecek miyim ben şimdi? O piç kurusuyla bu evi tutarken nasıl da heyecanlı, nasıl da mutluyduk. O kirası uygun güzel bir ev bulduk diye mutluydu, bense işte birlikte yaşamaya başladık, fazla değil bir sene içinde kesin evleniriz diye. O hala kirası uygun güzel bir evde yaşayacağı için mutlu, bense kurduğum hayallerin ne kadar boş olduğunu nihayet anlamış ve perişan bir haldeyim. Yazıklar olsun. Ay yine gözlerim yaşardı. Ben en iyisi biraz daha ağlayayım.

Bugün ne öğrendim?

- İsveç diyetinin gerçekten mucizevi olduğunu. Bir gün bile yapabilmek mucize bence.
- Olumsuz durumlar bazen güzel olaylara sebep olabiliyormuş. Peşin hükümlü olmamak lazım. Yani kredi kartımın limit vermemesiyle rezil olmam ama sonucunda Serdar'la

muhabbetti ilerletebilmem. Gerçi muhabbeti Fatma ilerletti ama olsun.

- Dostlarımdan asla şüphelenmemem gerektiğini. Peşin hükümlü olmamak lazım 2. Fatma'dan şüphelenmemden bahsediyorum elbette.
- İlk buluşmada doğal olmam, fazla konuşmamam, geçmişimi anlatmamam ve hemen vermemem gerektiğini. Yalnız, kafama takılan soru şu: Evlenilecek erkek olduğuna karar verene kadar vermedim diyelim. Ama ya şeyi küçükse ya da en fazla 5 dakika sürüyorsa? Yemişim öyle kocayı! Yanlış mıyım ama? Hala bekar olduğuma göre yanlışım galiba.

7

Veda zamanı.

Sabah saat 7'de, iki saatlik uykuyla, homurdanarak uyandım. Of, acaba taşınacağımı anneme haber mi verseydim, yardım ederdi? Yok yok, şimdi elli tane soru sorar. Öncelikle de taşınmak için parayı nereden bulduğumu. Hamdi'yle anneme söylemeyeceğiz diye birbirimize söz verdik. Taşındıktan sonra hık mık eder geçiştiririm nasıl olsa. Ayrıca *yanımıza taşınsan mı* fikrinde hala diretmesi için ona malzeme veremem.

Saat 7.15. Taşımacılar en geç saat 7'de geleceklerini söylemişlerdi, nerede kaldılar? Bilseydim biraz daha uyurdum. Ne zaman geleceksiniz diye arayıp sorsam mı acaba? Neyse, biraz daha bekleyeyim. Orta Türk kahvesi ve sigara. Radyoyu da açalım, uykumuz iyice dağılsın. Bu arada evle de vedalaşırım hem. Acı tatlı her anımda yanımdaydı bu dört duvar. Sığınağım, dert ortağım, her şeyimdi. Cümlelere bakın, duygusallaştım yine. Ne yapayım ama ya, kolay mı? Evin her köşesinde bir hatıram var. Ah canım yatak odam, ne günler, ne geceler gördün. Vay be, ayrılıyoruz. Şimdi o piç kurusu, karısıyla bu odada sevişecek. Benim baktığım tavana bakıp birlikte hayaller kuracaklar. Yüzsüzler. Hiç utanmaları da yok. Sanki o kadın bu evde birlikte yaşadığımızı bilmiyordu. Ben olsam hayatta kabul etmem işte. Bu yüzden kaybediyorum. Fazla gururluyum, hassasım, inceyim.

Acaba evde birkaç hasar bıraksam mı? Piç kurusuna da girsin üç-beş bin lira. Ne yapsam acaba? Duvarları çekiçle vurup delsem mi? Ya da banyo fayanslarını da kırabilirim. Klozet kapağını kesinlikle söküp atmalıyım. Nasıl olsa kapatma huyu yok. Herife senelerdir bir klozet kapağını kapatmayı öğretemedim. Aman, klozet kapağı dediğin 20 liralık şey. Yetmez, eve daha fazla zarar verecek bir şeyler bulmam lazım. Neyse, duvarları delmekle başlayayım. Ve çekiçle, yatağın hemen sağındaki duvara güçlü bir darbe. Hemen bir tane daha. Bir tane daha. Ne yapıyorum ben, yine manyaklaştım. Piç kurusu, beni şu düşürdüğün hallere bak. Ne istedin benden ha, ne istedin?

"Günaydın, günaydın. Özgür Saatler'desiniz. Lafı uzatmayıp hemen bugünkü sorumu soruyorum: Kadınlar ne ister? Aslında cevap olarak uzun bir liste yapmıştım ama süremiz yetmez. O yüzden kısaca özetliyorum: Kadınlar her fırsatta rahatça kullanabilecekleri bir erkek ister. Eğlenmek için, mutlu olmak için, kendilerini güvende hissetmek için, boşalmak için, koltuğu bir yerden bir yere çekmek için, ampulü değiştirmek için, arabasını servise götürmeniz için, hesap ödemeniz için, uzun yolculuklarda arabayı kullanmanız için ve daha bir milyon sebep sayabilirim. Biz tek başımıza yapabildiğimiz için kadınlar tarafından kullanıldığımız milyonlarca şey. Ama inanın bu milyonlarca şeyi de yapsanız yine de bir kadına yaranamazsınız. Çünkü aslında kadınlar tek bir şey ister. Metropolde ya da taşrada yaşasınlar, ilkokul ya da üniversite mezunu olsunlar, güzel ya da çirkin, zengin ya da fakir olsunlar, hiç farketmiyor. Bütün kadınlar sadece tek bir amaç için yaratılmış: Erkekleri kullanarak hayat boyu rahat etmek için. Ve bu amaçlarına ulaşmak için, ergenlik çağına girdikleri andan itibaren, bir avcı olarak yaşamaya başlıyorlar. Elbette ki avları da biz zavallı erkekler."

Zavallı erkekler mi? Kim bu konuşan geri zekalı diye söylenerek işimi gücümü bıraktım *(çekiçle duvarları deliyordum, biliyorsunuz)* ve radyonun sesini biraz daha açtım.

"İyi bir statü sahibi olmalarının, kendilerini yetiştirmelerinin, kendilerine bakmalarının, spor yapmalarının, saçlarını boyamalarının sebebi, avlanabilecekleri alanı genişletmekten ibaret. Hayat boyu elde etmek için uğraştıkları, çalışıp didindikleri kariyerlerini bir erkek uğruna feda eden o kadar çok kadın tanıyorum ki. Aşk için mi tüm bu fedakarlık? Hiç sanmıyorum. Amaca giden yol, yani hayat boyu biz erkekleri kullanarak rahat etmek için. Nasıl olsa çalışan, para kazanan bir enayi buldular, öyle değil mi! Siz bir erkeğin, evleneceği kadın için kariyerini bir kenara attığını gördünüz mü! Bir kadın zaten böyle bir şey istemez diyerek sakın kendinizi savunmaya kalkmayın, elbette istemezsiniz. Maddi durumumuz ne kadar iyiyse, kadınlar için o derecede iyi bir av olduğumuzu biliyoruz. Bir kadının zekası ve dişiliği ile kurduğu tuzağa, hayatın her noktasında rastlamak mümkün. Ama ben bir kadına asla gereğinden fazla yaklaşmıyorum. Beyler, size de bunu tavsiye ederim. Kadınların tuzaklarına düşmeyin! Sizi kullanmalarına izin vermeyin. 0212 425 25 ... Kadınlar sizce ne ister? Özgür Saatler'desiniz. Hadi arayın ve içinizi dökün."

"Evet, ilk arayan dinleyicim bir bayan. İstanbul'dan Banu. Merhaba Banu."

"Merhaba." *(Evet konuşan benim. Birinin bu geri zekalıya haddini bildirmesi gerekmiyor mu yani.)*

"Sence kadınlar ne ister?"

"Bence soru yanlış, asıl erkekler ne ister diye sormalısın. Hatta şöyle sormalısın: Erkekler kadınlardan ne istiyor? Amacınız ne yani? Mikrofonu almışsın eline, kadınlar şöyle böyle diye orada ahkam kesiyorsun. Ampulü değiştirip koltuğu bir yerden bir yere çektiniz de ne oldu yani? Biz tüm gün çamaşır, bulaşık yemek diye söyleniyor muyuz? Azıcık işe yaradınız diye sizi kullanmış mı olduk? Biz sizin için süsleniyoruz kendimize bakıyoruz da siz kim için tıraş olup duş alıyorsunuz? Kariyerimizi erkekler için bir kenara bırakıyormuşuz! Tüm gün iş yerinde köpek gibi çalıştıktan sonra akşam eve gelip yemek yapmayı, arkanızı toplamayı kolay mı sanıyorsun sen? Ayağınızdan çıkardığınız çorabı kirli sepetine atmaktan, işedikten sonra klozet kapağını kapatmaktan acizsiniz siz be! Ne anlatıyorsun sen? Tek amacımız erkekleri kullanarak rahat etmekmiş. Bu mu rahatlık? Bütün zorluklar biz kadınlar için. Sen hamileliği, doğumu kolay mı sanıyorsun? Parmağınızın ucu kesilse dayanamazsınız, doğum sancısına nasıl katlanacaksınız? Kadınlar yerine, erkekler doğursaydı insan nesli tükenirdi. İşte siz bu kadar korkaksınız." *(Oh be resmen rahatladım. Çok mu sert konuştum acaba? Aman bugüne kadar sustum da ne oldu? Göt gibi kalmıştır şimdi. İçimdeki manyak geri mi geldi ne!)*

"Vovv. İşte tipik kadına bir örnek. Harika. Banu kaç yaşındasın?"

"32"

"Evli misin?"

"Hayır."

"Bekar kalmana şaşmamak gerekir."

Sessizlik. *(Piçe bak, aklı sıra beni göt etmeye çalışıyor. Hadi Banu, bir şeyler söyle.)*

"Ha ha ha! *(Alaylı gülüş)* Yanılıyorsun, çünkü yakın bir zamanda evleniyorum." *(Aferin bebeğim.)*

"Bu şansız erkeğin, pardon şanslı erkeğin ismi ne acaba?"

Sessizlik. *(Hı!)*

"Böyle bir erkek var, öyle değil mi?"

"Elbette var. İsmi Serdar." *(Serdar programı dinliyor mu acaba? Aman, dinlese ne olacak. Tek Serdar, o mu canım.)*

"Eminim Serdar, karizmatik, kariyer sahibi ve zengin biridir. Yoksa onunla niye evlenmek isteyesin ki?"

"Evet, saydığın özellikler onda var. Ama onunla evlenmek istememin asıl sebebi onu sevmem. Ayrıca o, sadık, dürüst, iyi niyetli, ilgili, kibar, kadın ruhundan anlayan, anlayışlı, eğlenceli bir erkek."

"Bir dakika bir dakika. Böyle bir erkek yok, yani bu imkansız. Yalan söylüyorsun. Bence sen yalnız bir kadınsın. Yakın bir zamanda sevgilinden ayrıldın çünkü seninle evlenmedi, hatta seni aldatmış olması çok olası öyle değil mi? Şimdi de yeni bir av peşindesin. Saydığın özellikler, yeni avında olmasını istediklerin. Ama bebeğim kötü haber, öyle bir erkek yok."

"Öyle bir erkek var ve ben yalan söylemiyorum." *(Yok artık. Bu kadar da belli edemem ama öyle değil mi!)*

"Peki o zaman, Serdar'la yani mükemmel erkeğinle seni

en yakın zamanda konuk almak istiyorum. Hatta yarın. Ne dersin?"

Sessizlik. *(Şimdi sıçtım. Kahretsin. Pislik.)*

"Tam tahmin ettiğim gibi. Kendini kandırmaktan vazgeçip bir kedi al bence. Aradığın için teşekkürler Banu."

"Bana baksana sen... Alo, aloo." *(Pislik, pislik, pislik, pislik..)*

Sinirden evin içinde resmen tepiniyorum. Of, terledim. Sakin ol Banu, sakin ol. Ne karar vermiştin, artık bir erkeğin canını sıkmasına asla izin vermeyecektin. Hele ki hayatında hiç görmediğin ve görme ihtimalin dahi olmayan biri için sinirlenip hücrelerini öldürmene değer mi? Değmez. Oh, iç sesim az da olsa iyi geldi. Telefonum mu çalıyor? Evet.

"Efendim anne?"

"Kızım bir yere borcun mu var, başın mı dertte. 7 bin lirayı ne yapacaksın?" *(Üvey baba işte ne olacak, yetiştirmiş hemen. Nerede kaldı birbirimize verdiğimiz söz. Ben ona yapacağımı bilirim ama.)*

"Kocan hemen yetiştirmiş bakıyorum."

"O söylemedi. Hesaplarını karıştırırken gördüm. Sana dün havale yapmış."

"Hamdi'nin banka hesaplarını mı karıştırıyorsun?" *(Hamdi'nin günahını almışım. Ne oluyor bana böyle? İnsanlara güvensiz, paranoyak bir tip oldum resmen. Hepsi o piç kurusu yüzünden. Evet, bunun da sorumlusu o!)*

"Karıştırıyorum elbette, erkek milletini boş bırakmaya gelmez biliyorsun." *(Hiç anneme çekmemişim. Bir gram bile. 65 yaşındaki adama bile güvenmiyor. Haklı.)*

"Neyse, konumuz bu değil. 7 bin lirayla ne yapacaksın Banu?"

Elbette anneme her şeyi anlatmak zorunda kaldım. İşten kovulduğumu, evimi boşaltmak zorunda olduğumu, hatta bugün taşınacağımı, yeni bulduğum evi, her şeyi. Annem küçük çapta bir şok yaşarken, kendisine bir an önce gelebilmesi için bombayı patlattım.

"Anne, bil bakalım cumartesi akşamı kiminle görüşeceğim?" *(Sessizlik, annem hala şokta.)* "Serdar'la, hani doktor olan..."

"Ay inanmıyorum, harika bir haber."

Anneme Serdar'la Starbucks'ta karşılaştığımızı ve sohbet ettiğimizi anlattım. Kredi kartım limit vermedi, benim hesabımı ödedi, sonra ben alık alık bakınırken son boş masaya o oturdu gibi konulara değinmedim elbette. Yani kısaca annem, Serdar'la karşılaştığımızı, onun beni görünce hemen konuşmak için atladığını ve sonunda da beni W dergisinin yaza veda partisine davet ettiğini sanıyor.

"Senden etkilendiğini söylemiştim ben sana, değil mi Banu. Partiye de davet ettiyse tamamdır, oldu bu iş." *(Zavallı annem hemen de inandı. İşten kovulmuşum, evimi taşıyormuşum, şok etkisi bir anda uçtu gitti.)*

"Ee, ne giyeceksin partide? Şöyle hanım hanımcık bir şeyler giy bence." *(Ve annem başladı.)*

"Anne kapatmam lazım. Kapı çaldı, sanırım taşımacılar geldi," diye telefonu bir an önce kapatmak için yalan söylerken, gerçekten de kapı çaldı.

"Ay sahi, taşınıyordun. Ah be kızım, insan taşınacağını son dakika mı haber verir? Neyse, ben geliyorum şimdi. Adamlara söyle, mobilyaları, beyaz eşyaları iyi sarsınlar, çizilmesinler. "

"Tamam anneciğim tamam, merak etme."

Bir anda evin içinde 7 erkek dolaşmaya başladı, hepsi de güçlü, kuvvetli, genç ve tipsiz. Şu an bir romantik komedi filminde olsaydım, taşımacı gençlerden biri mutlaka çok yakışıklı olurdu. Yakışıklı, fakir ama gururlu: Güzel, zengin ama aşktan yana şansı olmayan mutsuz kızın beyaz atlı prensi.

Hep bir kurtarıcı bekler durumdayız. Hep bir hayal, bir umut. Neden? Çocukluğumuzdan beri dinleyerek büyüdüğümüz masallar yüzünden. Pamuk Prenses ve Yedi Cüceler, Külkedisi, Rapunzel... Hep bir beyaz atlı prens ve kurtarılmayı bekleyen ezik kız durumları. Hadi masal dedik fazla ciddiye almadık, büyüdük genç kız olduk, hop Pretty Woman. Orospu bile olsan, karşına mükemmel bir erkek çıkacak ve seni kurtaracak yalanı. Hani nerede? Bırakın kurtarmayı, gelen giden ağzımıza sıçtı resmen. Prensmiş, kahramanmış, senin için savaşırmış, peh! Külliyen yalan.

"Abla çok eşyan varmış ya, bize iki oda bir salon demiştin. Bu evde neredeyse beş odalık eşya var." *(Ve gerçek hayata döndüm.)*

Tamam, evde biraz ıvır zıvır olabilir *(35 tane içki şişesi attım. Evet, üşenmedim saydım)*, eşyalar üst üste olabilir, ama beş odalık eşya var da ne demek? İlla söylenecek bir şey bulacaklar ya. Allahtan annem, çok değil, on beş dakika sonra geldi.

"Daha hiçbir şey toplanmamış, bu hızla iki günde taşınmaz bu ev. 7 kişisiniz, biraz çabuk lütfen."

Annemin, taşımacıların üzerine kabus gibi çökmesi sayesinde kısa sürede tüm eşyam kamyona yüklendi ve ben de salya sümük, ağlaya zırlaya vedalaştım evimle. Vedalaştığım, sadece dört duvarı olan bir ev değildi. Son beş senem, hayallerim, umutlarım, her şeyimdi.

Piç kurusuyla ayrıldığımızı, bir daha asla birlikte olamayacağımızı ve onu unutmam gerektiğini, yeni evime girer girmez daha da net anladım. Artık gerçekten bitmiş ve o, hayatımdan tamamen çıkmıştı. Tıpkı ev gibi onu da geride bırakmalıydım. Onun kalbinden, bedeninden bir an önce taşınmalıydım, hele ki beni çoktan kapının önüne koyduğunu fark ettikten sonra.

***

Annem yeni evimi önce pek beğenmedi. Beş katı "Asansörsüz ev tutulur mu kızım?" diye söylenerek nefes nefese çıkmasının, beğenmemesinde büyük bir etkisi var tabii. Eşyalar yavaş yavaş taşındıkça, annemin zevkine göre döşemesine izin vermem sayesinde eve kısa sürede alıştı. Alışmakla kalmayıp evle ilgili plan, projeler yaptı. Mutfak dolaplarını değiştirelim, badanası temiz gibi ama duvarların rengi bir ton açık olsa sanki daha iyi olur, banyo küçük, küveti kaldırıp duşakabin mi yaptırsak, vs. vs. Sanki evi kiralamadık, satın aldık. Hem ben bu evde çok fazla oturacağımı sanmıyorum. İnşallah tabii. Serdar'la evlenmeyi planlıyorum ya, o sebepten inşallah yani.

Taşımacılar gider gitmez, annem titizlikle hazırladığı ihtiyaç listesini elime tutuşturdu. Keşif zamanı. En yakın market nerede acaba? Fazla uzak değilmiş. Çamaşır suyu, tuz ruhu, kireç sökücü, yağ çözücü, cam-sil, parke cilası, ahşap temizleyici, yüzey temizleyici, bulaşık teli. Annem maşallah yazmış da yazmış. 80 liralık temizlik malzemesi alarak evin yolunu tuttum. Her şey iyi güzel de şimdi bir de bunları 5 kat yukarı çıkarmak var. İşte şimdi sıçtım. Şöyle yardımsever, güçlü kuvvetli bir komşum apartmandan içeri girse, girerken de yardıma ihtiyacınız var mı dese müthiş olmaz mı? Olur ama ancak hayalimde.

Oflaya puflaya apartmanın önüne geldim, bana yardım edebilecek biri var mı diye bakındım. Görebildiğim tek şey, masum gözlerle bana bakan, minik ve şirin bir kedi yavrusuydu.

"Gel bakayım pisi pisi," diyorum, bir taraftan da sabah radyoda konuşan geri zekalıyı düşünüyorum. "Kendini kandırmaktan vazgeç ve bir kedi al bence." Bu kedi, yalnız öleceğime dair bir işaret mi yoksa? Yok canım, daha neler. Ay çok da şeker. Sevmem için minik kafasıyla elime sürtünüyor. Ay, elimi yaladı. Karnı da açtır şimdi bunun. Keşke süt almış olsaydım. Evde vardı galiba.

"Sen şimdi burada bekle pisicik. Ben sana mama getireceğim, tamam mı?"

Canım ya, peşime takıldı. Benimle birlikte merdivenleri çıkmaya çalışıyor.

"Kıyamam ben sana. Gel hadi, gel."

Aldım miniği de kucağıma, asansörsüz bir apartmana taşındığım için kendime saydıra saydıra merdivenleri çıktım. "Anne bak, kapının önünde ne buldum?" diye seslenerek eve girdim.

O da ne? Salonun ortasında, sandalyenin üzerine çıkmış, avizemi takmaya çalışan bir adam. Üzerinde dizleri hafif yırtık, boru paça, taşlanmış mavi bir Diesel kot, dar yani göğüs kaslarını ortaya çıkaran V yaka siyah bir tişört, siyah-gri New Balance spor ayakkabılar. Kolunda da yarısı dışarı taşmış, ne figürü olduğunu anlayamadığım bir dövme. Hafif kırlaşmış kısa siyah saçlar ve kirli sakal. Yeşil, kocaman gözler, dolgun dudaklar, çıkık elmacık kemikli bir yüz. Muhteşem yani. Ama elleri biraz ufak. Acaba şeyi de ufak mı? Pek ufak gibi de durmuyor ama. Gerçi bana neyse. Üzerinde kot olmasına rağmen bu kadar belli oluyorsa.

"Selam." *(Sırıtarak selam dedi. Kesinlikle şeyine baktığımı fark etti. Kahretsin. Bu arada gülümseyince gördüm, dişleri de inci gibi bembeyaz ve muhteşem.)*

"Selam" dedim ama konuşurken yüzüne bakamadım. Çünkü yüzümün kızardığına eminim.

"Ah, geldin mi Banu'cuğum?" dedi annem, beni görür görmez.

"Ben de Özgür'e mutfakta kahve yapıyordum." *(Annemin hızına inanamıyorum. Sadece yarım saat evden ayrılıyorum ve döndüğümde, genç, yakışıklı bir erkeği eve atmış, ismiyle hitap edecek kadar samimiyeti kurmuş, üstüne üstlük onu çalıştırmaya bile başlamış.)*

"Özgür karşı komşun Banu'cuğum. Kendisi sağ olsun beni kırmayıp yardım etmeyi kabul etti."

"Ne demek, lafı mı olur?" dedi Özgür, kibarca gülümseyerek. Avizeyi sağlam takıp takmadığını kontrol ettikten sonra, "Tamamdır," diyerek sandalyeden indi. Annemin elindeki fincanı alarak, "Teşekkürler, zahmet ettiniz," dedi. *(Hımm pek de nazik.)*

"Zahmet olur mu oğlum. Afiyet olsun." *(Anneme bakın, "oğlum" falan, samimiyeti daha da ilerletti.)*

"O kediyi nereden buldun?" *(Annem sonunda kediyi fark etti.)*

"Apartmanın önünden, çok şirin değil mi?"

Annem kediyi inceledikten sonra, bana hiçbir şey söylemeden Özgür'e dert yanmaya başladı. "Çocukluğundan beri böyle. Sokaktaki hayvanları toplar toplar eve getirirdi. Kedi, köpek, kuş, böcek... Hele bir keresinde fare getirmişti."

"Fare değildi annecim o, hamster'dı." *(Evet, gerçekten fareydi. 14 yaşında hamster'la fareyi birbirinden ayırt edemeyen bir salaktım ama bunu Özgür'ün bilmesine gerek yok.)*

"Hamster'mış... Bildiğin fareydi o canım. Çocuklar hamster diye seni kandırmışlardı, hatırlamıyor musun? Ortaokul üçüncü sınıftaydın."

"Tamam anne, uzatmayalım istersen." *(Özgür, 14 yaşında, hamster'la fareyi birbirinden ayırt edemeyen bir salak olduğumu anlamış bulunmakta.)*

"Özgür radyoda program yapıyormuş, çok hoş değil mi Banu'cuğum?" *(Annem beni rezil etmekte usta olduğu kadar, anında konuyu değiştirmekte de oldukça ustadır.)*

"Evet, çok hoş," dedim sırıtarak.

"Banu bugün bir radyo programına telefonla bağlanmış. Hangi programdı hayatım?"

"Anlatmaya değer bir şey değil," dedim, anneme susması için kaş göz yaparak.

Bu yaşıma geldim ama anneme her şeyi anlatmamam gerektiğini hala öğrenemedim. Tutamıyor çenesini, olur olmaz yerde, beni utandırıp utandırmayacağını düşünmeden, ne biliyorsa anlatıveriyor. Acil serviste Serdar'a özel hayatımı anlattığını hatırlıyorsunuz değil mi? Bu bile bana ders olmadı. Gerçi anneme sadece, kadınlar hakkında ileri geri konuşan bir geri zekalı vardı, arayıp haddini bildirdim şeklinde anlatmıştım olanları. Yani Serdar sanki sevgilimmiş, yakında evlenecekmişim gibi hava attığımı ve sonunda da göt gibi kaldığımı anlatmamıştım. Hele, "Kendini kandırmaktan vazgeç ve bir kedi al," lafını yiyip suratıma telefonun kapandığından kesinlikle bahsetmemiştim.

Annem, sanki susması için kaş göz yapmamışım gibi, ne biliyorsa anlatmaya başladı. Radyoda program yapan adamın, kadınların tek amacının kendilerini rahat ettirecek bir erkek bulmaları dediğini duyar duymaz programa telefonla bağlandığımı, erkekleri yerden yere vurduğumu, radyodaki adamın göt gibi kaldığını ve benden özür dilediğini, her şeyi anlattı. *(Evet, anneme "Özür diledi," demiştim.)*

"Demek özür diledi sizden?" dedi Özgür, manalı bir gülümsemeyle. Önce kucağımdaki minik pisiye, daha sonra da gözümün içine baktı. *(Siktir. Kesin programı dinledi.)*

Tam Özgür'e, yani mani falan filan diye kıvıracakken, annem, "Özgür'cüğüm, sen hangi radyodasın?" diye sordu.

"Radyo Max. Programımın ismi de Özgür Saatler." *(Özgür Saatler mi?)*

***

Ben bu şansıma sıçayım. Koca şehirde sanki başka ev yokmuş gibi, gidip geri zekalının karşı dairesini kiralamışım. Allah'ım lütfen kısmetim Serdar olsun ve en kısa zamanda onunla evlenip bu evden taşınayım, karşıda yaşayan geri zekalı da göt gibi kalsın. Evimde geçireceğim ilk gecem ve ben daha şimdiden taşınmayı düşlüyorum. Ne zaman hayat benim için kolay olmaya başlayacak, ne zaman? Nasıl bir kadersizlik, nasıl bir kısmetsizliktir bu. Hayat bazıları için ne kadar da basit. Hele ilk aşık oldukları erkekle evlenen kızları kıskançlıktan, yolmak, parçalamak geliyor içimden. Lisede tanıştık, üniversiteyi birlikte okuduk, zaten üniversitedeyken birlikte yaşıyorduk sonra da evlendik. Hayır, yani bu kızlar, birlikte oldukları erkeklere benden farklı ne yapıyor olabilir? Ağızlarıyla kuş mu tutuyorlar, her akşam dünya mutfağından örnekler mi döktürüyorlar, yoksa kukuları pırlanta işlemeli de benim mi haberim yok? Ne oluyor? Aloooo! Eskiden görücü usulü diye bir şey varmış. Gençken, "Aaa, ne saçma! Flört etmeden, tanımadan, iki öpüp koklamadan evlenilir mi?" diye burun kıvırıyordum. Nerede o usul, geri gelsin. Gerçi geri gelse ne olacak, bende bu şans, bu kısmet varken, görücü bile gelmez bana.

Tabii her şeyi şanssızlığa, kısmetsizliğe bağlamamak lazım, bu işler biraz da yetenek, zeka işi. Milletin kızları, bırak görüşmeyi, internet sitelerinden yazışarak bile koca buluyor. Ha? Bugüne kadar nasıl düşünemedim. Birkaç kişiyle yazışsam fena mı olur, hem Serdar'la buluşmadan önce de pratik yapmış olurum. Yeni biriyle flört etmeyeli yıllar oldu, biraz pratik yapmak faydalı olabilir.

Hemen güncel, çok üyeli bir arkadaşlık sitesi bulalım. *(2, 588 online erkek üyesi varmış... Off off, biri bize düşer herhalde. Pratik yapma amaçlı yani...)*

Kullanıcı adım: Papatya. *(Nereden aklıma geldi bilmem. Biraz basit oldu ama... Kahretsin, yanlışlıkla kullanıcı adımı Papatya 3525 seçtim, neyse..)*

Yaşım: *32 (yazmayayım, alternatiflerimi kısıtlamamın alemi yok, en azından sanal alemde),* 20 olsun *(yok yok, biraz daha olgun olalım),* 25.

Fiziksel Özelliklerim: Boyum 1.70. *(Topukluyla olabiliyorum.)* Sarışınım, *(esmerim ama sarışınlık daha fazla prim yapıyor.)* 54 kilo. *(Yani hedefim , 7 kilo fazlam var.)*

İlişki durumu: Yalnız. *(Doğru yazdığım tek şey.)*

Kendinizi nasıl anlatırsınız? Offff, ne bileyim ben. Ne sıkıcı yahu. 50 tane soru sormuşlar. Akıllıyım. *(Eh işte bu kelimeyle baştan kaybettim. Akıllı bir kızın burada ne işi var bir, akıllı kadını erkek ne yapsın iki. Sildim hemen.)*

Farklı deneyimler için buradayım.. *(Yok daha neler, bu da motorvari oldu. Gel beni farklı pozisyonlarda becer'in sanal hali.)*

Yeni arkadaşlıklara açık, ne istediğini bilen, sıra dışı, zeki, başarılı, güzel bir bayanım.. *(Ehh fena olmadı.. Ne yazılır ki başka?)*

Aradığınız partneri nasıl anlatırsınız? Adam gibi adam olsun. Dürüst, güvenilir, sadık, zeki, akıllı, başarılı, yakışıklı, komik, kadın ruhundan anlayan, duygusal, atletik bir vücuda sahip olsun. *(Ne yapayım, göbekli sevmiyorum. Benim biraz göbeğim var gerçi ama... Eritsin işte yaa, işi ne?)*

Elbette bunların hepsine sahip olan bir erkek olmadığı için bu bölümü boş bırakmak zorunda kaldım.

Nihayetinde uzun uğraşlarımın sonunda profilime yirmili yaşlarımın başlarına ait, *(ay ne kadar zayıfmışım?)* yüzümün pek belli olmadığı bir resmimi ekledim. Av başlasın.

Bakalım kaç tane salak yazacak.

Sadece 10 dakika geçti ve tam 52 kişi mesaj atmış. Vay bee, 52! Benim hayatımda tanıdığım erkek sayısından fazla. Sevgili olarak değil yahu, toplam demek istedim. Yani babam, amcam, dayım falan, hepsi. 53 oldu. Ay ayy, ne güzel bir siteymiş bu böyle, herkes benimle tanışmak için resmen yarış içinde. Bakalım kimler yazmış. Mimar, doktor, mühendis, iş adamı... Vay be, herkes on numara kariyer yapmış. Bir tane inşaat ustası ya da tesisatçı yok. Garip değil mi? Sallamışlar besbelli. Neyse, resimlerden gidelim: İğrenç, iğrenç, çok zayıf, şişman, kızıl saçlı, kıro, keko, rüküş, ucuz...... Bu ne ya? www.bütüntipsizlertoplandık.com mu acaba bu sitenin adı? Elbette hiçbirisiyle görüşmeyeceğim. Amacım biraz pratik yapmak ama insan yine de eli yüzü düzgün biriyle yazışmak istiyor.

54 oldu. Hadi bakalım, lütfen, birazcık düzgün olsan yeter. Yok olamaz, böyle bir tipin burada işi olamaz. Ekrana yapıştım kaldım, o saçlar, dudaklar, sakallar, gülüş, dişler, eller, kollar.. Bu gerçek değil, eminim. Ama benim gibi güzel bir kız da bu sitede. Olabilir yani..

Ayyy mesaj attı.

"Pamirduman@gmail.com. Ekle beni, istersen skype'dan görüşelim. *(Derhal.)*

"Merhaba"

"Slm"

"Nasılsın?"

"Teşekkürler, siz?" *(Ne kadar kibarım.)*

"Fena değil.. İsmin?"

Off kendi ismimi yazmamalıyım. Hele ki radyo programında yaşadığım tecrübeden sonra.

"Elif." *(Masum bir isim. Başarılı.)*

"Senin?"

"Pamir." *(Uydurma bir isme benzemiyor.)*

"Memnun oldum."

"Camını açsana."

"Açamam, hava serin." *(Ha ha ha, ne komiğim. Bu kamera olayı çıktı çıkalı sıfir mahremiyet.)*

"Sen bilirsin.. Hoşçakal."

(Ne! Hoşçakal mı? Nasıl yani? Hayır! Eğer şimdi kapatırsa göt gibi kalırım. Off, erkekler her geçen gün daha da şımarıyor. Tabii, kamera açıp orasını burasını sergilemek için bekleyen binlerce kız sırada olunca.. Hemen ilgisini çekecek bir şeyler yazmalıyım.. Düşün Banu, düşün. Acaba kamerayı açsam mı? Aradan 22 dakika geçti ve aklıma gelen en iyi fikir bu.)

"Önce sen aç." *(Ne kadar eziğim.)*

"☺ hayır önce sen."

"Sen bilirsin, hoşça kal." Ve şimdi eziklik sırası onda.

48 dakika geçti ve cevap yok..

1 saat 20 dakika geçti, daha beklemeyeyim değil mi? *(Geri zekalı, yakışıklı olman kaba olmanı gerektirmez, öküz! Hırsımı alamıyorum..)*

Bugün sanal alemde ne öğrendim (1)?

- Sanal alemdeki erkekler ya tipsiz ya da öküz.
- Sanal alemde bile, bir erkeğin ilgisini üzerimde tutma sürem sadece bir dakika.
- Kamera açmadığım sürece sanal alemde şansım sıfır.

Bir dakika! Sıfır falan değil. Dayanamadı ve yazdı.

"Orada mısın?"

"Evet." *(Hemen onu etkileyecek bir konu açmalıyım ama ne? İşte buradan belli, bırakın bir erkekle flörtü, sohbet etmeyi bile unutmuşum. Hobilerini mi sorsam acaba?)*

"Hobilerin neler?" *(Biraz ezik oldu ama neyse.)*

"Seksin her çeşidi.. Üzerinde şu an ne var?"

Üzerimde ne mi var? Sapık. Şu dakika itibarıyla onu etkileyebilecek tek cümle, "Siyah, saten, mini bir gecelik," olabilir ancak. Ve ben bu cümleyi yazamam.. Of ya, of! Ya da yazabilirim. Biraz sohbet etmenin ne zararı olabilir ki? Yok ya, yazamam.

"Sen tanımadığın insanlarla kendini tatmin etmeye çalışan bir zavallısın." *(20 dakika sonra bu cevabı yazmaya karar verdim. Evet yalnızım, evet çaresizim, evet bir erkekle sohbet etmeye, iki güzel söz duyup havaya girmeye ihtiyacım var ama hiç tanımadığım bir erkeği sanal alemde tatmin edecek kadar da aciz değilim. Çok gururlandım kendimle.)*

"Muhtemelen iktidarsız olmalısın ki sanal ortamı kullanıyorsun." *(Cevap yazamıyor tabii ezik.)*

"Kimse beğenmiyor mu seni, yoksa çocukken tacize falan mı uğradın?" *(İçimdeki manyak geri döndü, durduramıyorum kendimi.)*

"Sen özel hayatında ve iş hayatında başarıya ulaşamamış, 30 yaş üzeri, uzun zamandır yalnız bir kadınsın. Ve kendine bile itiraf edemediğin bir gerçek sebebiyle buradasın. Kendini olmak istediğin biri gibi göstererek bir erkeğin seni sevebileceğini düşünüyorsun. Yanılıyor muyum? *(Çığlık atmadan önce cümleyi tam 8 kere okudum.)*

"Elbette yanılıyorsun!" *(Şok şok şok... Tanıyor mu acaba beni? Yoksa komşum olan o geri zekalı radyocu burada da mı karşıma çıktı? Yok canım, çüş artık!)*

"Hadi ama! Dürüst ol! Seni aldattı, öyle değil mi? Ne zamandır yalnızsın? *(Nasıl ya! Dürüst ol falan diyor bana. Ya çok hisli ya da blöf yapıyor. Tabii ya! Ne kadar aptalım. Bu sitelere giren bir kadın elbette yalnızdır, ayrıca bu zamanda artık aldatılmayan kadın mı var. Atıp tutuyor. Yani beni tanıdığından değil. Ohh, biraz sakinleştim. Yazmaya devam.)*

"Birkaç aydır. Peki sen?" *(Sanki onun kapısında kuyruk*

var.)

"Peki ben ne?" *(Nasıl safa yatıyor!)*

"Sen ne zamandır yalnızsın?"

"Ben yalnız değilim ki."

"Sevgilin varsa burada işin ne?" *(Evet, aldatma hikayesi geliyor.)*

"Sevgilim var demedim, yalnız değilim dedim... Neyse, çıkıyorum ben, sonra konuşuruz..."

Nasıl yani! Aloo! Hu hu!

Bugün sanal alemde ne öğrendim (2)?

- Konuşmaya başladıktan sadece beş dakika sonra karşı taraf benim aldatılıp terk edildiğimi anlayabiliyor; sanal alemde bile.
- Erkeklerin sevgilileri olmaması, yalnız oldukları anlamına gelmiyor.
- Bir erkeği ekran karşısında sohbetimle tutma sürem beş dakika. (Beni görseydi, bu süre eminim artardı.)

"Bu tarz sitelerden kendine koca bulamazsın, bence hiç boşuna vakit kaybetme, sanal seksten hoşlanıyorsan o başka tabii." *(Konuşan, Özgür geri zekalısı. Ne yazık ki terası ortak kullanıyoruz. Belinde havlu, elinde bira şişesi, dikilmiş başıma aklı sıra benimle dalga geçiyor. Kim bilir ne zamandır dibimde. Acaba yazıştıklarımı okudu mu?)*

"Seni ilgilendirmez," dedim panikle bilgisayarı kapatarak. "Ayrıca kendime koca falan aramıyorum." *(Bu arada kolundaki dövme, Kızılderili bir kızın yüzüymüş. Karın hizasından kasıklarına doğru inen bir dövmesi daha var ama ne şekli olduğunu tam seçemedim. Yine şeyine bakıyormuş gibi görünmeyeyim.)*

"Belli oluyor," dedi ve sırıtarak, hemen yanımda duran *Evliliğe Giden Yol* kitabını, beni utandırarak yerin dibine sokmak için sallamaya başladı.

"Verir misin o kitabı bana?" diye sinirle söylenerek yerimden fırladım ve kitabı almak için eline doğru uzandım.

O ise, "Bakacağım, bir dakika," diyerek kitabı vermemek için direnmeye başladı.

"Ver dedim sana." *(Rezil oldum rezil. Hayır bir şey değil, belindeki havluyu düşüreceğim diye fazla üzerine de gidemiyorum.)*

Kitabı almaya çalışmam onu daha da eğlendirmeye başladı ve alay ederek kapak cümlesini okudu;

"Bu kitap sadece kadınlar için yazılmıştır, asla bir erkeğin eline geçmemelidir." Cümleyi okumayı bitirir bitirmez şiddetli bir kahkaha attı ve "Vuu, evde kalmış kızların kutsal kitabını ele geçirdim," dedi.

"Çok komiksin. Verir misin şu kitabı bana," diye sinirli bir tonla bağırdım. *(Aslında söylediği şey gerçekten komik geldi ama gülmemek için dişlerimi sıktım.)*

Beni sinir etmek hoşuna gidiyormuş gibi inadına sırıtarak, kitabın önsözünü okumaya başladı. "Sadece üç ayda, hayallerinizin erkeği ile evlenebilirsiniz." Sonra yüzüme alaylı bir ifadeyle bakarak, "Gerçekten bu kitabın işe yarayacağını düşünmüyorsun, öyle değil mi?" diye sordu.

Salak gibi suratına baktım.

"İnanmıyorum! İşe yarayacağını düşünüyorsun," dedi, suratıma acıyan gözlerle bakarak. *(Salak gibi sessiz kaldığım için, kitaptan medet uman ezik konumundayım şu an. İnkar etmenin anlamı yok, sakın geri adım atma Banu.)*

"Evet, işe yarayacağını düşünüyorum, ne oldu?" dedim ve cevabıma şaşırmasından istifade ederek kitabı elinden çekip aldım.

"Bu kitaptaki taktikleri uygulayarak, üç ayda avını evlenmeye ikna edeceksin yani öyle mi?"

"Evet."

"Bir sevgilin var öyleyse?"

"Evet, var." *(Yarın partiden sonra olacak yani.)*

"Tamam o zaman, seninle bir iddiaya girelim. "

"İddiaya mı? Hayır seninle iddiaya falan girmem." *(Resmen konuşurken kekeledim.)*

"Çünkü sevgilin yok."

"Hayır var."

"O zaman korkuyorsun."

"Hayır, korkmuyorum. Sadece bu, iddiaya girilecek bir konu değil. *(İyi kıvırdım. Kesinlikle iddiaya falan girmemen lazım, tut kendini Banu. 18 yaşından beri uğraşıyorsun, evlilik teklifinin e'sini duyamadın... Haklısın.)*

O da ne! İç hesaplaşmamı yaparken, yarı çıplak bir kız Özgür'ün evinden terasa çıktı.

"Tatlım, bir saattir seni bekliyorum."

"Seni tamamen unutmuşum, geliyorum hemen." *(Unutmak da ne artık. Yuh! Sıç kız şu herifin ağzına.)*

Ne sıçması, kız sanki iltifat duymuş gibi, Özgür'e öpücük atarak içeri girdi.

"Onu unuttuğunu söylüyorsun, o da sana öpücük atıyor. İnanamıyorum."

"Bir de birazdan bana yapacaklarını görsen, demek ki..." diye cevap verdi, ukala bir ifadeyle sırıtarak.

Boka bakarmış gibi suratına baktım ve evime girmek için

yanından ayrıldım. O ise, "Sen yine de iddia olayını bir düşün, tabii gerçekten bir sevgilin varsa" diyerek arkamdan seslendi. *(Pislik. Serdar'la mutlaka sevgili olmak zorundayım. Allah'ım lütfen bana yardım et.)*

Bugün ne öğrendim?

- Radyo programlarına bağlanıp ileri geri, yalan yanlış konuşmamam gerektiğini.
- Yaşadığım her boku anneme anlatmamam gerektiğini.
- Sanal alemde yazışırken, özellikle terastayken, sağıma soluma bakmam gerektiğini. *(Nasıl mal gibi yakalandım, hala kendime sinir oluyorum.)*
- Özgür geri zekalısının yatakta oldukça iyi olduğunu. Bir kadın bu kadar inletilir mi, yuh artık ev çınlıyor. Hem de tam 42 dakikadır... 1 saat 20 dakikadır. Yok artık, 1 saat 45 dakika oldu. Hah, sustu. Duş alıyorlar. Kıkırdamalar. Hadi canım, yine mi! Nasıl ya! Hayatım boyunca yaşadığım en uzun seks 21 dakikayken... Yazıklar olsun, hayat gerçekten hiç adil değil.

8

Büyük gün.

Sabah saat 9'da cin gibi ayaktayım. Neden? Çünkü bugün büyük gün. Ki bildiğiniz üzere, sabaha kadar, (evet güneş doğmak üzereydi sustuklarında) geri zekalı Özgür'ün kızı evirip çevirmesini, duvardan duvara atıp tutmasını dinledim. Hiç yoksa 15 pozisyon değiştirdiler, eminim.

Yani iki saatlik uyku ve ben cin gibiyim. İşte yaşam enerjisi denilen şey bu. Kıpır kıpırım. Radyoyu açalım, biraz dans. Ooo, Jennifer Lopez ve 'Goin'in ft. Flo Rida'. Yıkılır. Salla kalçanı bebeğim. Akşama kadar biraz olsun göbeğimi eritebilir miyim acaba? Nah eritirim. Yine öküz gibi oldum.

Özel günler için sakladığım Bulgarı'nin banyo seti testerlarım nerede? Hah, buldum. Vücuduma peeling yapayım da ipeksi bir dokunuş olsun. Yuh! Ne zamandır tüylerimi almıyorum ben? Off, ağda da çok acıtır şimdi. Jilet mi yapsam acaba? Yok yok, o da kaşıntı yapıyor. Gene en iyisi ağda.

Duştan çıkar çıkmaz önce Fatma'yı aradım, Serdar'ın

evine varmak üzereymiş. Allah'ım çok heyecanlıyım. Umarım sevgilisi yoktur ve partiye gelir. Sonra da Ceren'i aradım, alışveriş merkezine gitmiş bile. Yine geç kaldım, çabuk Banu.

Ceren'le Zara'da buluştuk. Buluşur buluşmaz Ceren benim için seçtiği elbiseleri elime tutuşturdu. Tam 8 parça. O mu, bu mu derken seçenekleri önce dörde, sonra ikiye indirdik ve bir saatin sonunda siyah, bedeni saran, sırtı V şeklinde, hafif açık, mini bir elbisede karar kıldık. Bu arada Fatma aradı ve müthiş haberi verdi: Sevgilisi yok ve partiye gelecek.

Kıçımıza motor takmışlar gibi Ceren'le koşturmaya başladık. Elbiseme uygun küpe, ayakkabı, iç çamaşırları, *(görmeyecek ama yine de insan kendini daha bir güzel hissediyor)* ardından kuaför, manikür, pedikür, ağda, *(acıdan tansiyonum düştü, tuzlu ayran içirdiler)* dip boyası, fön. Arada yemek molası. Tulum peynirli, bol rokalı salata, ufak bir parça somon, bir kadeh beyaz şarap *(hafif çarptı mı ne!)* eşliğinde, *Evliliğe Giden Yol kitabındaki* ilk buluşma önerilerinin kritiğini yaptık. *(Ceren kitapta yazanların doğru olduğunu ve kesinlikle uygulamam gerektiğini söyledi, özellikle vermemem konusunda çok net. "Eh, ilk geceden bir ver, seni oyarım," dedi.)* Falan filan derken saat oldu 7. Partiye kaldı üç saat.

Elbette bu arada Fatma'dan, Serdar'la olan görüşmesiyle ilgili her ayrıntıyı dinledim. Etiler'de müstakil, 3 katlı bir ev. En üst kat çatı katı, yani çalışma odası ve sauna. 2. katta 3 tane yatak odası 2 banyo, alt katta salon ve mutfak. Büyük bir bahçe ve ufak bir süs havuzu. Eh, daha ne olsun. Evin tek eksiği güzel bir kadın, yani ben, bir de sevimli çocuklarımız. Umarım babalarına benzerler. Bana benzemesinler, hele kız olursa kesinlikle benzemesin. Özellikle huyu. Tipi benzeyebilir. Gerçi Serdar'a benzese daha iyi olur. Ela göz daha çok prim yapıyor. Benimkiler ne öyle: Kahverengi. Neredeyse herkeste var. Mavi ya da yeşil gözlü doğsaydım, birçok kadından bir sıfır önde olurdum. Gerçi menekşe gözlü bile olsam, bu zekayla bir boka yaramazdı.

Neyse, geçmişte yaşamayalım, önümüze bakalım. Son on beş dakika, Fatma neredeyse beni almaya gelir. Son bir kez kitaba göz gezdirelim. İlk buluşma. Doğal ol, fazla konuşma, eski ilişkilerinden bahsetme, (özellikle piç kurusundan) evlenmek istediğini çaktır ve sakın verme. Tamamdır. Bir sigara daha. Bütün gece içemeyeceğim için stok yapmalıyım.

Fatma arıyor, geldi. Ay, neredeyse ağız spreyimi unutuyordum. Gizli saklı birkaç fırt sigara içmem gerekebilir. Başka bir şey unuttum mu? Makyaj çantam tamam, telefon elimde zaten, cüzdanım, anahtarlar da kapının üstünde, tamamdır. Çıkabilirim ve çıktım. Kapıyı kilitleyelim. Hay ben bu beynime sıçayım. Ya bir insan bu kadar salak olsun. "Anahtar nerede? Kapının üstünde," diye kontrol edip sonra almayı unutmak da ne artık. Yok ya, benden harbiden bir bok olmaz. Hiç boşuna uğraşmaya gerek yok, adam en fazla 3 günde benim ne kadar salak olduğumu anlayıp kaçar zaten. Ben en iyisi dünya işlerinden elimi ayağımı çekip kendimi hayır işlerine vereyim, dine yöneleyim. Bir dakika, terasın kapısı kilitli değil, geri zekalının evinden terasa geçip eve girebilirim.

Ding dong. *(Kapısını çaldım. Kahretsin evde yok.)*

Gece nasıl olsa eve gelir diye düşünerek kapısından ayrıldım ve koşturarak Fatma'nın arabasına bindim. 20 dakika sonra partideyiz. Fatma, içeri girer girmez Serdar'ı aradı.

"Ben geldim, neredesin?" (*Ben geldim mi? Benim geleceğimi söylemedi mi acaba? Söylemiş olsaydı, biz geldik derdi, ben geldim demezdi. Kesin söylemedi ve Serdar bu partiye kesinlikle Fatma için geliyor. Aykut da partiye geç katılacakmış, ya bu arada Serdar da Fatma'ya yazarsa. Tamam, Fatma'dan yana şüphem yok da ama ya Serdar Fatma'ya yazarsa. Adama kızamam, ben de olsam Fatma'ya yazarım. İnsanın kendinden güzel kız arkadaşı olması, böyle durumlar için çok boktan. Şansın bir anda sıfıra iniyor.)*

"10 dakikaya geliyormuş," dedi Fatma, telefonu kapatır kapatmaz.

"Sen benim de geleceğimi söylemedin mi?"

"Yoo, hayır."

"Kızım ya senin için geliyorsa, göt gibi kalmayayım sonra."

"Saçmalama. Her şeyi bana bırak, adam senin. Sen sadece rahat ol, yeter. "

"Tamam" *(Fatma'nın kendinden emin tavırları beni yeni bir paranoyaya sürüklemiyor değil. Şöyle ki; acaba Fatma, Serdar'a yaşadıklarımı anlatıp –ki Serdar çoğunu annemden öğrendi- "Zavallı arkadaşımla bu gece bir ilgilensen, sevaptır" dediyse. Serdar da garibim, zaten bana iyilik yapmaya alışık, [Hatırlatma örnekleri: Bayıldığımda hastaneye götürmesi, cama kafa attığımda acile götürüp dikiş attırması, kredi kartım limit vermeyince hesabımı ödemesi] bir iyilikten daha ne çıkar dediyse ve partiye sırf bana acıdığı için geliyorsa. Yok artık! Yok yok, Fatma asla böyle bir şey yapmaz. Yine de emin olmalıyım, destek kuvvet Ceren'i aramam lazım.)*

"Alo Ceren, sence Fatma Serdar'a benimle ilgilenmesini rica etmiş olabilir mi? Son günlerde çok üzgünüm ya, o sebepten."

"Hazır işin yok, senaristlik yapsana sen."

"Haklısın, saçmaladım. Öptüm canım, Şahan'a selam."

Ceren hemen kendime getirdi beni. Gerginim, heyecanlıyım ve o yüzden saçmalıyorum. Serdar gelmeden bir duble bir şey içeyim de gerginliğimi alsın. Boyum kadar bacakları olan kızlar bir şeyler dağıtıyor, onlardan alayım bari. İçtim. Hmm, güzelmiş.

"Bir tane daha lütfen."

"Dikkat et çarpar." *(Yok artık, bunun partide ne işi var? Evet, Özgür'den bahsediyorum.)*

"Ne tesadüf," dedim, onu gördüğüme hiç memnun olmadığımı belirten bir bakış atarak.

"Yalnız mısın?" diye sordu. *(Pislik, lafı aklı sıra sevgilime getirecek. "Yalnız değilim, birazdan sevgilim gelecek," desem, Serdar benimle değil de Fatma'yla ilgilenirse, göt gibi kalırım. "Sevgilimin işi var, arkadaşlarımla geldim," desem, Serdar benimle yakinen ilgilenirse, bu sefer de sevgilimi aldatıyormuşum gibi olur. Of, ne bok yiyeceğim ben şimdi. En iyisi üstünkörü bir cevap verip başka soru sormasına izin vermeden yanından tüymek.)*

"Hayır, yalnız değilim, iyi eğlenceler." *(Ve hızla yanından tüydüm.)*

Fatma meraklı bakışlarla beni karşıladı.

"Kimdi o konuştuğun yakışıklı?

"Komşum." *(Radyo programını Fatma'ya anlatmadım elbette.)*

"Hadi canım. Kızım, herif yıkılıyor. Tanıştırsana beni, tabii sen ilgilenmiyorsan." *(Bu arada Fatma yan gözle Özgür'ü süzmekte. Kahretsin, Özgür de ona bakıp konuştuğumuzu gördü ve sırıtıyor.)*

"Aman, ne ilgileneceğim o geri zekalıyla."

"Tamam o zaman, hemen tanıştırıyorsun beni." *(Tanış-*

maları hiç iyi olmaz. Şimdi bütün gece dibimizde. Serdar'la olacak işimi bozar. Resmen ter bastı. Bir şeyler düşün Banu, çabuk.)

"Kızım herif gey." *(Harikayım.)*

"Hadi canım, bu da mı? Emin misin?"

"Eminim, sevgilisini gördüm. Resmen terasta öpüşüyorlardı." *(Allah'ım beni affet.)*

"Hadi ya! Piyasada erkek kalmadı. Oysa herifin yatakta çok iyi olduğuna emindim. Kolay kolay yanılmam ama neyse." *(Oh be, yırttım çok şükür.)*

Vee geldi. Bizi gördü, bize doğru yürümeye başladı, yaklaşıyor, derken o da ne? Sarı kafalı bir sürtük onu kolundan kendisine doğru çekti ve sıkıca sarıldı. Gülüşüp konuşuyorlar.

"Tanıyor musun kızı?" diye sordum Fatma'ya panikle.

"Evet, motorun teki. Merak etme, şimdi onun elinden kurtarırım. Dur sen burada, geliyorum."

"Tamam." Of Allah'ım, öleceğim stresten. Evet, geliyorlar. (*Gülümse Banu.)*

"Merhaba Banu, nasılsın?" *(İsmimi hatırlıyor. Müthiş gelişme.)*

"Teşekkürler, sen?" *(Tekrar gülümse Banu.)*

"Her şey yolunda." *(O da bana gülümsedi.)*

"Birkaç arkadaşımı gördüm, merhaba deyip geliyorum hemen," dedi Fatma ve bana göz kırparak yanımızdan ayrıldı.

"Ne içersin?"

"Sen?"

"Tekilayla başlayalım mı ne dersin?"

"Olur." *(Bayılırım ne istediğini bilen erkeklere. Ne istediğini bilen ve yönlendiren.)*

Serdar hemen, "İki Tekila lütfen" diyerek boyum kadar

bacakları olan kızlardan birine sipariş verdi. Özellikle dikkat ettim, kızı süzmedi ya da kıza flört eden bir bakış atmadı, artı bir.

"Fatma'yla iyi ki tanıştırmışsın beni. Bugün evimle ilgili harika fikirler verdi."

"Öyle mi? Ne güzel." *(Kesin Fatma'ya yazıyor.)*

Tekilalarımız geldi. Hoop, shot.

"Bir tane daha?"

"Olur."

"Hemen alıp geliyorum."

Serdar yanımdan ayrılır ayrılmaz, Özgür dibimde bitti.

"Seninki mi?"

"Evet."

"Sıkıcı bir tipe benziyor."

Sen işine baksana der gibi sırıttım.

"Ne zamandır birliktesiniz? Dur tahmin edeyim, bu gece ilk buluşmanız öyle değil mi?" *(Yok artık, biri benim özel hayatımla ilgili bilgi mi sızdırıyor!)*

"Evet." *(Her ihtimali gözden geçirerek doğruyu söylemeye karar verdim.)*

"Bence seninle ilgileniyor."

"Gerçekten mi?" *(Ayrıca aptal gibi de sırıttım.)*

"Bizi izliyor."

"Kim?"

"Seninki. Koluma dokun ve kahkaha at."

"Kahkaha mı atayım, niye?" *(Saf mıyım ben acaba?)*

"Dediğimi yap."

Özgür'ün koluna dokunup şuh bir kahkaha attım. Bu arada Özgür de bir taraftan Serdar'ı kesmekte.

"Kesinlikle seninle ilgileniyor. Yarım saat sonra sıkıldığını ve gitmek istediğini söyle. Peşinden gelirse, senindir," dedi ve yanımdan hızla uzaklaştı. *(Komşum birden ilişki koçum haline geldi, sanırım halime acıdı. Ya da Fatma ve Ceren ortaklaşa yardım fonu oluşturup bana akıl vermesi için onu kiralamış olabilir. Yuh artık Banu. Tamam be tamam.)*

Serdar elinde tekila bardaklarıyla gülümseyerek yanıma geldi. Tokuşturup tek seferde içtik. *(Saat kaç? 22:22. -şansa bakın,beni düşünüyor- yani 22:52 de sıkıldım diyerek gitmek istediğimi söyleyeceğim. Tamamdır. Eee, yarım saat ne yapacağım? Suratına bakıp aptal aptal sırıtmakla olmaz. Konuşacak ilginç bir konu bulmam lazım. Öyle bir konu olmalı ki sonu evlenmeyi istememe bağlanmalı. Hmm, ne olabilir, bir düşünelim. İşinden bahsetsem, ne iş yapıyorsun diye o da bana sorar. Onun doktor benimse işsiz olduğumu düşünürsek, bu konudan bir yere varmamamız mümkün olmadığı gibi benim ezik olduğumu düşünmesine sebep olabilirim. Kesinlikle düşünebilir. Hele ki yıllardır aynı yerde çalışıp bir adım bile ilerleyemediğimi, işe yeni başlayan kıçı kırık bir kıza müdürlüğü kaptırdığımı, üstüne üstlük bir de işten kovulduğumu, 32 yaşında olmama rağmen kenarda köşede 5 kuruşum olmadığını, taşınmak için annemden habersiz üvey babamdan borç para aldığımı öğrenirse... Ben ezik değil de neyim. Evet ya, ben neyime güvenip onunla bir ilişki yaşayabileceğimi hayal ediyorum ki? Sadece ilişki yaşamayı hayal etsem iyi, bir de evlenmeyi düşlüyorum. Üç kuruş maaşa talim eden o piç kurusu bile beni eşi olarak kendine layık görmemişken... Ne zaman boş hayaller kurmaktan vazgeçeceğim ben, ne zaman?)*

9

Kafam bir ton ağırlığında, midem bulanıyor ve o da ne? Çıplağım!

Panikle yataktan fırladım. Aman Allah'ım Serdar'a vermiş olamam. Olamam, olamam, olamam! Hem vermiş olamam hem de hiçbir şey hatırlamıyor olamam. Yani bir insan, verdiğini nasıl hatırlamaz. En son hatırladığım şey, Serdar'ı peşimden gelecek mi diye denemek için yarım saat beklemeye karar verdiğim ve bu arada da aptal aptal sırıtıp onunla ne konuşsam da konuyu evliliğe getirsem diye düşündüğüm. Düşünürken de kendime kızdığım falan filan. Buraya kadar her şey gayet net. Hadi Banu, düşün, düşün, düşün. Sonra ne oldu? Çıldıracağım, hiçbir şey hatırlamıyorum. Silmişler, resmen hafızamı silmişler. Partiden nasıl çıktım, eve nasıl geldim? Bir dakika, burası kimin evi? Benim olmadığına göre Serdar'ın evi, yani onun yatak odası olmalı. Ben Serdar'ın yatağındaysam, –yani umarım onun yatağındayımdır– peki o nerede?

"Günaydın." *(Şok şok şok! Yok artık! Kapıda yarı çıplak halde bana gülümseyerek konuşan Serdar değil, Özgür. Özgür'e vermiş olamam. Olamam, olamam, olamam! Kukum kopsun, memem büzüşüp düşsün, kıçımda kocaman kocaman çıbanlar çıksın inşallah. Yok, olamam, Özgür'e vermiş olamam!)*

"Dün gece bir harikaydın. Hayatımda bu kadar gülüp eğlendiğimi hatırlamıyorum."

"Ben de dün geceyle ilgili hiçbir şey hatırlamıyorum," dedim, üzerimdeki çarşafa bir taraflarım gözükmesin diye sıkıca sarılarak. *(Sabah oldu ya, ayıldım ya birden namuslu oldum. Adamın görmediği bir tarafım kalmış gibi üzerimi sıkı sıkı örtmeler falan. Yazıklar olsun bana. İç hesaplaşma yapsam ne olur ki artık?)*

"Hatırlamaman normal, çok sarhoştun."

"Sen de bu sarhoşluğumdan istifade edip beni yatağa attın öyle mi? Hem de başkasından hoşlandığımı bile bile."

"Seni yatağa atmak mı? Saçmalama, aramızda hiçbir şey geçmedi"

"Peki ben niye çıplağım öyleyse, niye senin yatağındayım. Buraya nasıl geldim?"

"Sen gerçekten hiçbir şey hatırlamıyorsun."

Özgür'ün sırıtarak alaylı bakan yüz ifadesi, hiçbir şey hatırlamadığımdan emin olmasıyla birlikte, birden bana acıyan bir ifadeye dönüştü.

"Hatırladığım son şey senin yanıma gelip yarım saat bekle ve gitmek istediğini söyle demen. Sonrasında da Serdar'la tekila içip..."

"Birbirinize aptal aptal sırıtmanız," diyen Özgür, cümlemi tamamladı ve tekrar sırıtmaya başladı.

“Sırıtıp durma da sonra neler olduğunu anlat,” dedim sinirle. Sinirlenmemim etkisinden midir nedir, sanki birden kafamın içinde bir şimşek çaktı ve bazı görüntüler belirmeye başladı. Yok, hayır, bunu yapmış olamamam. Olamam, olamam, olamam!

“Senin üzerine kustum, öyle değil mi?” Özgür yüzünü ekşiterek suratıma baktı.

“Tamam, anladım. Lütfen o bölümü anlatma,” dedim, yer yarılsa da içine girsem ve mümkünse bir daha oradan çıkmasam diye düşünerek.

“Evine geçip üzerini giyin, ben de bu arada seni kendine getirecek sıkı bir kahve hazırlayayım. Sonra da her şeyi anlatırım.”

“Peki”

***

Özgür’ün anlattıklarından sonra kendimi eve kilitlemeye, anahtarı da camdan fırlatmaya karar verdim. Evet, günler sonra evimden ağır, iğrenç bir koku gelmesi üzerine kapımı kırsınlar ve çürümeye yüz tutmuş cesedimi bulsunlar. Yıllar sonra başıma gelecek olan son da bu zaten. En azından annem hala hayattayken, kızlar hala benim gibi bir aptalla arkadaşlarken kendimi öldürmem çok daha mantıklı. En azından kapımı kıracak ve benim için, “Aslında iyi kızdı ama biraz saftı,” diyerek ağlayacak insanlar var hayatımda.

Telefonum çalıyor, arayan kesin annem. Heyecanla gecemin nasıl geçtiğini soracak. Ah canım anam benim, zavallı anam, bilse kızının nasıl bir beceriksiz olduğunu…Nasıl bir aptal, nasıl bir ezik olduğunu. Benimki de laf, insan doğurduğunu bilmez mi? Ne yapsın kadıncağız, atsa atamaz satsa satamaz, doğurmuş bir kere. Ama böyle olacağımı bilseydi kesin aldırırdı beni. Bu sefer yalan söylemek yok, anlatacağım her şeyi, bütün geceyi mahvettiğimi, kafayı bulup hiçbir şey söylemeden Serdar'ı piç gibi orada bırakıp çıktığımı...

Size de anlatmadım değil mi? Evet, partiden kimseye bir şey söylemeden çıkıp gitmişim. Serdar'la ne konuşsam diye düşünürken kendimi eziklemem, damarlarımda dolaşan alkolün beynimi ele geçirmesine izin vermiş olmalı. Özgür partiden ayrılışımı görmüş ve peşimden gelmiş. O anlattıkça kare kare görüntüler dökülmeye başladı, ne hissettiğimi hayal meyal hatırladım.

Kaçmak... Herkesten, her şeyden kendimden kaçmak. Bir anda başımı döndüren, asıl bu düşünceydi. Serdar'dan tuvalete gitmek için izin isteyip kaçmıştım oradan. Kimse peşimden gelmesin diye, olaysız, sessiz, hiç ağlamadan. Aslında hatırlıyorum. Evime, sığınağıma gelip günlerce ağlamak ve böyle olduğum için kendime kahretmekti amacım. Öyle de olabilirdi, içimdeki manyak tekrar geri gelmeseydi.

Özgür çok güldüğünü çok eğlendiğini söylese de anladım ben, tüm gece beynini sikmişim. Sanki beş senemi boşa harcadığım, beni göt gibi ortada bırakan piç kurusu oymuş gibi tüm gece ona sarmışım. Ama ne sarmak. "Tüm erkeklerden iğreniyorum," deyip üzerine mi kusmamışım, "Onun kukusu altın kaplama da benim ki tenekeden mi?" deyip kukumu mu göstermemişim, "Beni nasıl aldatır?" diye üzerine mi saldırmamışım... Daha ne anlatayım.

Yok yok, anneme her şeyi anlatacağım dedim ama tüm bunları sıralarsam kadıncağız kalpten gidebilir. Ben en iyisi, Serdar'ın bana uygun biri olduğunu düşünmediğimi söyleyeyim *(ki bu bir yalan değil. Yani ben ona uygun olmadığım için doğal olarak da o da bana uygun olmuyor)*, o da, "Sana uygun olduğunu düşündüklerini gördük," diye cümlesine başlar ve ben, "Anne, evleneceğimi hayal etmekten vazgeç, çünkü artık istemiyorum," diyene kadar konuşur. Böylelikle de konu en azından bugünlük kapanır. Ama? Arayan annem değil, tanımadığım bir numara. Kim acaba?

"Efendim."

"Banu?"

"Evet. Kiminle görüşüyorum?"

"Serdar ben." *(Serdar mı?)*

Sessizlik. *(Şok, şok, şok!)*

"İyi misin? Akşam aniden gidince seni merak ettim. Fatma'yla çok aradık ama telefonun kapalıydı." *(Ne diyeceğim şimdi? Kendimi eziklediğim için kafayı bulmuşum, sonra da çıplak bir halde komşumun yatağında sızmışım. Kusura bakma diyemeyeceğime göre...)*

"Annemin rahatsızlandığını haber alınca partiden aniden ayrılmak durumunda kaldım, kusura bakma lütfen." *(Harikayım.)*

"Annen mi rahatsızlandı? Ciddi bir şey yoktur umarım."

"Tansiyonu biraz yükselmiş. Evde de yalnız olunca beni aramış hemen." *(Vay be ne yazdım, ne yazdım. Eee, insan beş senesini bir yalancıyla geçirince...)*

"Geçmiş olsun, yapabileceğim bir şey var mı?" *(Evet var, evlen benimle.)*

"Yok, teşekkürler."

"Akşam annenin yanında olursun herhalde?"

"Evet." *(Hay kafama sıçayım! Belli ki akşam ne yapacağımı sorguluyor, ben de mal gibi... Kıvır hemen Banu, kıvır.)*

"Yani, akşamüzeri bir uğrayacağım sadece."

"O zaman akşama müsaitsin?" *(Ay ay ay, resmen bana çıkma teklif ediyor. Hemen atlamasam mı acaba? Salak mısın sen Banu! Tamam be, tamam.)*

"Bir programım yok."

"O zaman, birlikte bir yemek yiyebilir miyiz?"

"Olur."

"Sekiz gibi senin için uygun olur mu?"

"Olur."

"Tamam öyleyse, hastaneden çıkarken seni ararım. "

"Olur, olur."

"Görüşürüz."

Yupiiiiii! Geceden kalmaymışım, başım bir tonmuş, midem yanıyormuş. Hop, bir anda taş gibiyim. Allah'ım bu bir şaka olamaz, değil mi? Yani 5 dakika sonra arayarak, "Aa pardon, ben aslında başka bir Banu'yu arayacaktım, yanlışlık olmuş," demez, değil mi? Yok canım, dün geceden bahsetti, seni merak ettim dedi, Fatma'yla seni çok aradık dedi. Kesin aradığı Banu benim! Bir daha yuppiii..

"Sen yine sarhoş mu oldun?" *(Terasta yupii diye bağırıp abuk sabuk danslar edince, Özgür'ün sarhoş olduğumu düşünmesi oldukça doğal.)*

"Hayır, hayır."

"Evden çıkıyordum, iyi misin, bir şeye ihtiyacın var mı?" *(Allah'ım neler oluyor! 32 yaşındayım ve şimdiye kadar hiçbir erkek, bir şeye ihtiyacın var mı diye sormamış. Bir günde bu iki. Hiç normal değil.)*

"Teşekkürler, daha benim için ne yapacaksın ki? Dün gece için tekrar özür dilerim."

"Sorun değil dedim ya," dedi Özgür gülümseyerek ve

tam terastan ayrılıp evine girecekken, "Akşama Sonsuz filminin galasına davetliyim. İlgini çekerse.." *(Haassiktirrr! Yok artık bu kadarını kaldıramam. Akşam için bir teklif daha! Ben kesin dün gece alkol komasına girip öldüm ve şu an cennetteyim. Bence de cennet böyle bir şey olmalı. İnsanın hayatında hayal ettiği, hiç ulaşamadığı şeyleri yaşayabilmesi için programlanmış bir yer. Yani eğer ben öldüysem ve cennet tahmin ettiğim gibi bir yerse, evlenmem ve anne olmam yakındır. Yuppi, yuppi!)*

"Çok isterdim ama Serdar az önce arayıp beni akşam için yemeğe davet etti."

"Öyle mi! Güzel. Senin adına sevindim." *(Sanki bozuldu mu ne! Ayıp oldu tabii...)*

"Yani söz vermiş bulundum. Yoksa dün gece benim için yaptıklarından sonra, kesinlikle seni kırmayıp gelirdim."

"Yok, sen beni yanlış anladın. İstersen gala davetiyelerini vereyim, sen git demek istedim. Benim akşam için planlarım var, davetiye boşa gitmesin diye." *(Öküz! Ben de çıkma teklif ettiğini düşünüp havaya giriyorum. Aman aman, uzak dursun benden. Hiçbir kriterime uymuyor zaten.)*

"Tamam öyleyse"

"İyi eğlenceler sana. Görüşürüz."

Özgür yanımdan ayrılır ayrılmaz sevinçle önce Fatma'yı sonra Ceren'i aradım. Fatma elbette önce, "Tüm gece meraktan öldüm, nereye kayboldun?" diye söylenerek ağzıma sıçtı, sonra da heyecanla, Serdar'ın arayıp aramadığını sordu. Numaramı Serdar'a o vermiş. Hem de Serdar istedi diye. Yani Fatma, beni araması için onu yönlendirmemiş. Tabii ben daha da mutlu oldum. Kesin Serdar benden hoşlanıyor. Bir dakika! Deli mi bu adam? Bir erkek, benim gibi birinden niye hoşlanır ki? Yani Serdar'ın, beni, Şebnem'in yakasına yapışmış manyak halimle ilk görüşünden, dün akşam son görüşüne kadar geçen süreyi düşünürsek... Onu nasıl etkilemiş olabilirim ki?

Serdar'ın benden hoşlanmasının normal olmadığıyla ilgili hastalıklı düşüncelerimi öğrenir öğrenmez, "Ya, sen gerçekten normal değilsin Banu," diye çıkıştı Ceren. "Evde oturup kurma kendini," diye devam etti telefonda. "İstinye Park'ta bir saat sonra buluşalım," diyerek telefonu kapattı. Çok haklı, hastalıklı düşüncelerimi evde bırakıp bir an önce akşam için hazırlanmaya başlamam gerekiyor. Çıkmadan önce, *Evliliğe Giden Yol* kitabına göz gezdirip biraz gaz alsam fena olmaz. Hımm, işte okumam gereken bölüm bu:

Kendinize Güvenin

Her şey insanın kendine güvenmesiyle başlar. Hayatınızın aşkını bulmak, ilgisini çekmek, elde etmek ve elinizde tutmak için kendinize güvenmeniz şart.

Özel hayatınızda yaşadığınız üzücü tecrübeler, kendinize karşı güveninizi yerle bir etmiş olabilir. Kendinizi aldatılmış, aşağılanmış, kimse tarafından sevilmeyen, saygı duyulmayan biri gibi hissediyor olabilirsiniz. Tekrar kendinize olan güveninizi kazanmanız mümkün. Yeter ki kararlı olun ve sizin için hazırladığım önerileri dikkate alın.

Kendinize tekrar güvenme sürecine şimdi başlayın.

Kendinize iyi davranın. Öncelikle kendinizi eleştirmekten ve hatalarınızı sorgulamaktan vazgeçin.

Hata, tecrübe kazanmamız ve gelişmemiz için iyi bir araçtır. Önemli olan, yaptığınız hatalardan ders almanız ve bir daha aynı hataları tekrar etmemeniz. Her insan hata yapar. Siz ne ilksiniz ne de son. Kendinizi sürekli yargılamanız, sizi mutsuz etmekten ve dibe çekmekten başka hiçbir işe yaramaz, bunu sakın unutmayın. Yaptığınız hatalardan dolayı kendinizi affedin. Geçmişe değil sürekli geleceğe bakın.

Kendinizi başkalarıyla kıyaslamayın. Siz sizsiniz. Doğrularınızla yanlışlarınızla, günahlarınızla, sevaplarınızla. İçinizdeki güzelliğin farkına varın. Siz mükemmel olmadığınız gibi, kendinizi kıyasladığınız insanlar da mükemmel değiller. Kendinizi insanlarla kıyaslamak yerine, eksik bulduğunuz yönlerinizi güçlendirmeye çalışın. Kendinizi ancak geçmişinizdeki sizle kıyaslayın. Kendinizdeki değişimi ve ilerlemeyi sağlayın.

Fiziksel görüntünüzden mutlu olun. Sağlıklı bir bedene ve ruh haline sahip olmak, her şeyden önemlidir. Fazla kilolarınızdan kurtulmak, bakımlı ve temiz görünmek sizin elinizde. Sağlıklı beslenip günde sadece bir saatinizi ayırarak spor yapmanız yeterli. İşte bu kadar basit. Aynaya baktığınızda kendinizi güzel hissetmeniz, kendinize duyduğunuz güvenin artmasına yardımcı olacaktır.

Mutlaka bir alan üzerinde kendinizi geliştirin. Sinema, edebiyat, resim, tarih, müzik, spor, bilim, moda hiç fark etmez. Kendinizi en azından bir alanda geliştirin. İlgi duyduğunuz alan her neyse ona vakit ayırın. Araştırın, üzerinde çalışın, en iyisini yapmayı hedefleyin. Hedeflediğiniz alanda başarılı olmak, kendinize olan güvenin artmasına yardımcı olurken, çevrenizin saygısını da kazanmanızı sağlar.

Kaybetmekten asla korkmayın. Adımlarınızı cesurca atın. Denemekten, kalbinizin sesini dinlemekten, tekrar hata yapmaktan korkmayın. Sizi mutsuz eden insanları hayatınızdan çıkartın. Çıkartın ki hayatınızda yeni insanlara yer açılsın.

Kendinizi olduğunuz gibi kabul edin. Belki de en önemlisi bu. Hatalarınızla, kusurlarınızla kendinizi kabul etmeniz ve sevmeniz. Siz kendinizi sevdiğiniz sürece, insanların da sizi seveceğini sürekli kendinize hatırlatın. Siz değerlisiniz, siz önemli ve özelsiniz. Yaşadığınız üzüntüler, hayal kırıklıkları sizin daha mükemmel olmanız için. Hayatta yaşadığınız iyi ya da kötü her türlü tecrübeyi sevgiyle karşılayın. Ve hayatınıza daima pozitif ve mutlu bakın. Göreceksiniz, her şey bir anda sihirli değnek değmişçesine değişecek ve güzelleşecek.

Bugün sizin için bir milat olsun. Ne kadar güçlü ve pozitif biri olduğunuzu insanlara gösterin.

Hemen şimdi kendinizi çok sevdiğinizi söyleyip gülümseyin.

Kendimi çok seviyorum. ☺

***

Kitaptan aldığım gazla özgüven patlaması yaşayarak İstinye Park'a gittim. Ceren ve Fatma, beni heyecanla karşıladı. "Kızım, resmen ışıldıyorsun." İşte, aslında bu kadar basit. Akşam için aldığım yemek teklifi ve okuduğum, motive edici birkaç kitap sayfası... Benim gibi bir yıkıntıyı bile bir anda ayağa dikiveriyorlar. Ben çok değerliyim, önemliyim ve özelim. Bu gazla, bin yıl yaşasam yaşlanmam.

Kızlara kitapta okuduğum özgüveni geliştiren maddelerden bahsettim. İkisi de bir ağızdan, "Doğru, çok doğru," diyerek, anlattıklarımı onayladı. Ve bir karara vardık; tekrar yazmaya başlayacağım. Size yazma tutkumdan bahsetmemiştim, değil mi? Aslında ilkokul çağlarıma dayanıyor. Yazmayı öğrenmemle, masallar uydurup kağıda dökmem bir oldu diyebilirim. Ama ne masallar... Harry Potter'ı yazacak hayal gücüne sahiptim o zamanlar. Cadılar, büyücüler, eciş bücüş canavarlar ve elbette beyaz atlı prensle çaresiz prenses. Ortaokul çağlarımda, yazdıklarım biraz daha pembe diziye döndü. İri kaslarından süzülen su damlacıklarıyla denizden çıkan yakışıklı ve sahilde güneşlenen, mutsuz, el değmemiş, körpe güzel. Lisede aşk meşk peşinde koşmaktan yazmaya pek vakit ayırdığım söylenemez. Lise son sınıfta erkek denen kan emici yaratıkla ilk deneyimimi yaşayıp ağır bir darbe alınca tekrar yazmaya başladım. Ama ne yazmak. Ağla ağla yaz, yaz yaz ağla. Zavallı annem, kızım üniversiteye hazırlanıyor zannederken, ben odama kapanıp saatlerce aşk şiirleri, hikayeleri yazıyordum. Mutlu sona ulaşamayan sayfalar dolusu hayal ve boşa akıtılan gözyaşı.

Aslında yazdıklarımı, "İşte aradığımız yetenek bu, hemen kitabını yayınlıyoruz," derler diye ümit ederek birkaç yayınevine gönderdim. Bir gün, iki gün, üç ay, beş ay geçti.

Ne ses çıktı ne de seda. Küstüm ben de. Havaya girip kendimi yetenekli zannettiğim için kendime kızdım hatta. Yazdıklarımı ufak bir koliye doldurup attım bir köşeye. Piç kurusuyla aynı eve taşındığımda buldum tekrar yazdıklarımı, kızlara okutmam o zamandan. Azıcık eğlenir, dalga geçeriz diye okutmuştum aslında yazdıklarımı. Ama bir baktım, Ceren bir köşede, Fatma diğer köşede, gözleri dolu dolu, "Kızım, bunlar müthiş!" demezler mi. Tabii ben anında havaya girdim. Yazar olacaktım. Kitaplarım milyonlar satacak, imza günlerimde uzun kuyruklar olacaktı. Hayallerimden heyecanla piç kurusuna bahsettim, suratıma boş boş bakarak, "Kim soktu senin aklına bu aptalca fikri?" dedi. O an anlamıştım. Ona göre aslında aptal olan fikir değil, bendim ve insanların da onun gibi düşünebileceklerinden korkarak vazgeçtim.

Yazdığım ne varsa yırtıp attım. Kafama sıçayım. Hayatı boyunca bir bok olmayı beceremeyen birinin fikrini dikkate alıp nasıl da hayallerimi bir kenara atmışım. Adam dediğin destekçi olur, kadınını aşağıya çekmez, aksine yükseltir. Ben ona öyle mi yaptım? Yaparsın Soner, başarabilirsin Soner, ben her şekilde yanındayım Soner. Ah ah, buradan belliydi aslında bu adamdan bir halt olmayacağı. Yazdıklarımın bir cümlesini bile okumadan, fikrimin aptalca olduğunu söylemek nasıl bir insafsızlıktır. Bunun neresi sevgi, neresi paylaşmak? Yok ama, gerçekten akıllandım. Bir daha asla kimsenin, özellikle de bir erkeğin beni aşağıya çekmesine izin vermeyeceğim. Yemin.

***

Bir erkek beni evimden almayalı o kadar uzun zaman olmuş ki Serdar'ın arabasıyla gelişini terasımdan izlemek hoşuma gitti. Hmm, hele arabasının son model bir cip olduğunu görmek daha da hoşuma gitti. Kızım'ın *(pisiciğin adı, evet adı Kızım ve artık birlikte yaşıyoruz)* mamasını verip bana şans dilemesini istedim ve heyecanla son bir kez aynada, eksik ya da fazla bir şey var mı diye kendime baktım. Güzeldim, hem de çok. Oh be! O piç kurusunun bana verdiği acı, resmen yüzümün ışıltısını ve güzelliğini almıştı, nihayet kendime geldim, yenilendim. Küllerimden tekrar doğdum derler ya, işte öyle. Müthişim.

Serdar arabasına biner binmez önce annemin nasıl olduğunu sonra da sabah telefonda sormuş olmasına rağmen *(bu önemli bir ayrıntı; ilki, lafın gelişi ya da nezaketen olabilir ama ikincisi kesinlikle ilgili olduğunu gösteriyor)* tekrar, yapabileceği bir şeyin olup olmadığını sordu. Canım benim, duyarlı erkeğin hali bir başka tabii. Benim piç kurusu, annem mide ameliyatı geçirdiğinde bırakın bir şeye ihtiyacımız olup olmadığını sormak, kadıncağıza bir telefon açıp hatırını sormamıştı. Evet, aslında onu o zaman bırakmalıydım. Ama artık gördüğünüz gibi akıllandım, her şeye dikkat ediyorum. Serdar'a kocaman bir artı. Tabii kendime de.

Et mi, balık mı kararsızlığını kısa sürede aşarak balık yemeğe karar verdik ve Arnavutköy'de şık bir restoranın önüne yanaştık. Koşarak kapıyı açan vale, Serdar'ı, "Doktor bey, hoş geldiniz", beni ise, "Hanımefendi hoş geldiniz" diyerek karşıladı. Piç kurusuyla gittiğimiz balıkçıda genelde, "Abla hoş geldin" diye karşılanırdım, resmen statü atladım. Bir artı daha.

Bizim için hemen deniz kenarında bir masa hazırlanmaya başladı. Restoranın sahibi gelip önce Serdar'ın sonra benim hatırımı sordu. Bir ilgi, bir alaka. Belli ki buranın daimi müşterisi. Oh be, uzun zamandır ilk defa, hesap kitap yapmadan, özgürce her istediğimi yiyebileceğim. Piç kurusuyla yemeğe gideriz, elli saat mönüyü inceler, aptal aptal pazarlık yapar, sipariş veririm, pahalı bir şey istemeyeyim diye gözümün içine bakar ama kendine gelince öküz gibi yer. Yazıklar olsun. Amannn, yine aklıma geldi pislik!

Neyse, balıkları mezeleri söyledik bir de ufak rakı. Peynir, kavun, karides, kızarmış ekmek, bol rokalı salata. Karşımda yakışıklı, kibar, ilgili bir erkek. Daha ne isterim. Allah'ım bozma yalvarırım. *Evliliğe Giden Yol*'daki ilk buluşma önerilerini tekrar gözden geçirelim. Doğal olun, fazla konuşmayın, geçmişinizden bahsetmeyin, evlilik düşündüğünüzü çaktırın ve hemen vermeyin. Tamamdır. Rakımızdan bir yudum alalım ve akşamın tadını çıkaralım.

***

İnanmayacaksınız ama mükemmel bir yemekti. Ben bir dile geldim, bir dile geldim, kendime inanamıyorum, hala şoktayım. Dile geldim derken, çok konuştum manasında değil, az ama öz. Mantıklı, esprili, kibar ve samimi. Elbette biraz da yalan söylemek zorunda kaldım. Mesela kovulduğumdan doğal olarak bahsetmedim. Kovuldum demek yerine ideallerim için *(yazmaya tekrar başlayacağım ya, ideal derken kastettiğim o)* işimi bıraktım dedim, hem de terfi ettiğim gün. Biten ilişkimle birlikte kendimi sorguladığımdan bahsettim. Yeni kararlar aldığımdan ve *(bombaya hazır olun)* çocuk sahibi olmayı istediğimden bahsettim. Pat diye evlenmek istediğimi söylemek yerine konuyu çocuğa getirdim. Bir taşla iki kuş yani, hem evlenmek istediğimi ima etmiş oldum hem de çocuk istediğimi. Çok akıllıyım. Ve az önceki bombadan daha büyüğü: O da çocuk sahibi olmayı çok istiyormuş. *Çok* istiyormuş dedim, çok kelimesine dikkat ettiniz öyle değil mi?

Çok demek, yakın bir zamanda demek. Çok demek, baba olmaya hazırım, bir de anneyi bulduk mu bu iş tamamdır demek. Çok demek, üç aylık bir flört sonunda seninle evlenebilirim demek. Tamam, son cümlede biraz abartmış olabilirim. Ama havaya girilmeyecek gibi değil ki.

Neyse, geceyi anlatmaya devam edelim. Gelecekten, geçmişten, ailelerimizden bahsettik. Bu arada Serdar'ın babası yargıç, annesi ressam, kız kardeşi ise psikologmuş. Çocuğumuzun genlerini düşünebiliyor musunuz? Zeka ve yetenek fışkıracak. Kah resim yapar kah kitap yazar, artık babası gibi doktor mu olur, dedesi gibi yargıç mı ya da halası gibi psikolog mu, kendi kararı. Ay çok mutluyum. İşte sinemadır, müziktir, kitaptır, konuştuk. Che Guevara'nın hayatını okuyormuş şu an. "Kendisi de bir doktor, biliyorsun," dedi kitaptan bahsederken. Ben de, "Evet, evet biliyorum dedim". Aslında bilmiyordum. Hazır aklıma gelmişken, gecemi size anlatır anlatmaz, Che Guevara'nın Wikipedia'dan kısaca hayatına göz gezdireyim ki bir dahaki buluşmamızda kitapla ilgili bir şeyler söylerse mal gibi suratına bakmayayım.

Velhasıl güzel güzel yemeğimizi yedik. Ben bir gece önceki alkol krizimi göz önüne alarak sadece iki duble rakı içtim, o da üç. Üzerine orta şekerli Türk kahvelerimizi de içtik. Sorun yok. Zımba gibiyim.

En kritik zamanlardayız. Beni evine davet edecek mi, acaba ben mi davet etsem, arabadan inerken beni öpecek mi, tekrar ne zaman görüşeceğiz diyecek mi? Kafamda deli sorular, kapımın önüne yanaştık. Güzel, beni evine davet etmek istemedi. Belli ki bana değer veriyor ve ağırdan almak istiyor. Ya da yoksa ona hiç çekici gelmedim mi! Hayır, hayır, olumsuz düşünce yok diyerek kendimi hemen toparladım. Kitaba göre, onu evime davet etmem uygun olmaz. Çünkü davet edersem ve onunla yakınlaşırsam vermemek olmaz. Dolayısıyla davet etmemem gerekiyor. Hem kitapta ne diyordu? Peşinizden ne kadar koşarlarsa o kadar değerli olursunuz. Kafamda hemen planladım: Çok güzel bir geceydi, teşekkürler diyecek ve yanağına ufak bir buse kondurarak arabadan inecektim, öyle de yaptım. Arabadan indim ve ona sevimli bir sırıtışla el sallayarak apartmana girdim.

Yok yok, benden kesinlikle hoşlanmadı. İnsan olarak, yani arkadaş olarak belki... Ama bir erkek olarak kesinlikle benden etkilenmedi. Yoksa beni öperdi, öyle değil mi? Ya da en azından yeltenirdi. Ne bileyim, öpücüğünü bari dudak kenarıma denk getirmeye çalışabilirdi. Beş katı, oflaya puflaya, öyle mi yoksa böyle mi diye söylenerek çıktım. Tam evime girecekken, o da ne, ayak sesi. Acaba beni öpmediği için pişman olup peşimden geliyor olabilir mi? 1. katı çıktı, 2. katı da, 3. ve 4. Kesinlikle o.

"Sen miydin?" dedim, Özgür'ü görür görmez, hayal kırıklığıyla.

"Kimi bekliyordun?"

"Hiç."

"Yemek kötü mü geçti?"

"Aslında yemek güzeldi de vedalaşmamızdan pek emin değilim. "

"Seni öpmedi yani?" dedi Özgür kahkaha atarak.

Kahkaha atmasına sinir olmama rağmen, "Hayır," dedim. Bu saatte tek konuşabileceğim ve fikir alabileceğim kişi o olduğu için alttan almalıydım. Kendimi biliyorum, birine anlatamazsam çatlarım çünkü.

“Gel sana bir kahve yapayım” dedi Özgür, gözlerimdeki, *yalvarırım beni dinle* bakışını görür görmez.

“Tamam,” dedim sırıtarak ve onun peşinden evine girdim. Eve girer girmez başladım anlatmaya: Şunu konuştuk, bunu konuştuk, şöyle dedi, böyle dedi. Sence bunu mu demek istedi, yoksa bunu mu? Falandı, filandı. En son, beni eve bırakmasını, güzel bir geceydi konuşmamı ve onu yanağından öpüp arabadan inmemi anlattıktan sonra günün sorusuna geçtim: “Sence beni niye öpmemiş olabilir?”

“Mal olduğu için,” dedi ve gülerek konuşmasına devam etti, “Pahalı bir restoranda kadına yemek ısmarlayacağım, tüm gece çenesi çekeceğim ve elim bir tarafımda yalnız başıma eve döneceğim ha! Kesinlikle mal olmam lazım.”

“İğrençsin,” dedim, boka bakarmış gibi onu süzerek.

“İğrenç falan değilim, gerçeklerden bahsediyorum. Siz kadınlara ancak bu şekilde yaranabileceğimi öğrendim çünkü.”

“Ne alakası var. Saçmaladın.”

“Saçmaladım mı? Adam seni öpmedi diye bir saattir beynimi yedin. Öpse, sevişmek istese yine yerdin. İşte siz kadınlar böyle dengesizsiniz. Bir de bize dengesiz dersiniz. Öyleysek de sayenizde.”

“Senin gibi biriyle dertleşende kabahat zaten.”

“Gerçekleri söylüyorum diye kötü mü oldum şimdi.”

“Ben gidiyorum, iyi geceler,” dedim sinirle. Oturduğum yerden fırladım.

“İyi geceler,” dedi Özgür. Benimle aynı anda ayağa kalkarak, "Merak etme, birazdan mesaj atar sen de rahatlarsın," diye arkamdan bağırdı, ben kapıyı çarpıp evden çıkmadan hemen önce.

"Aptal! Geri zekalı. Bir daha asla onunla muhatap olmam. Merhaba, merhaba. O kadar," diye söylenerek evime girdim. Telefonumda yanan mesaj ışığını görmemle birlikte, Özgür'ün kadınlarla ilgili sığ düşüncelerine çok sinir olsam da asla onunla aramı bozmamam gerektiğine karar verdim. Yine haklı çıkmıştı.

"Seni tekrar görmek için sabırsızlanıyorum."

Yuppi, yuppi, yuppi! Evet, Serdar mesaj atmış. Hem de ne mesaj. Sabırsızlanıyorum demiş, anlamının farkındasınız değil mi? Bu senden çok etkilendim demek, seni bir daha ne zaman görebilirim demek, yarın görüşelim mi demek, seni düşünüyorum demek, seni öpmek istedim ama çekindim demek. Demek de demek. Peki, ben cevap olarak ne yazmalıyım? Ya da ağır yapıp sessiz mi kalmalıyım? Bu saatte aradığım için küfür yemeyi göze alarak Ceren'i aradım. Açmadı. Fatma da telefonunu yatarken kesin sessize almıştır diye düşünmeme rağmen bir umut onu da aradım. O da açmadı. Ne yapacağım ben şimdi. Of of, niye Özgür'e sinirlendim de kapıyı patlatıp çıktım ki? Kapısını çalsam, "Çok pardon, biraz gergindim, sinirimi senden çıkardım," desem. Yumuşadığını görür görmez de Serdar'ın mesaj attığını söylesem. Ya, "Bana ne!" deyip terslerse. Aman terslerse terslesin, hayatımın en önemli mesajını aldım ve tam 14 dakikadır, aptal gibi ne yapmam gerektiğine karar veremiyorum.

Büyük bir arsızlıkla ve yüzüme sevimli bir ifade yerleştirerek Özgür'ün kapısını çaldım. Açmadı. Bana sinirli de kapıyı ondan mı açmıyor, yoksa uyudu mu? Yok canım, bu kadar çabuk uyumuş olamaz diye düşünerek kapıyı bir kere daha çaldım ve bir kere daha. Tam, ısrar etmenin anlamı yok, belli ki açmayacak diye pes edip evime dönecekken, Özgür uykulu gözlerle kapıyı açtı. Bu arada bronz tenine kırmızı boxer pek bir yakışmış.

"Pardon uyandırdım sanırım.?"

"Ne oldu?" diye sordu, bir an önce kapısının önünden defolup gitmemi ister bir ifadeyle. Elbette ben, büyük bir yüzsüzlükle, cevap vermesini bile beklemeden, "Girebilir miyim" diyerek evine daldım.

"Girdin zaten" dedi, arkamdan içeri girip kapıyı kapattıktan sonra. Özür dileyerek, değerli zamanımı boşa harcamamak için direkt konuya girdim.

"Seni tekrar görmek için sabırsızlanıyorum," diye mesaj attı.

"İyi ya, artık beynimi yemezsin" dedi esneyerek. Sonra da, "Hadi iyi geceler. Yatıyorum ben" diyerek yatak odasına doğru yürümeye başladı.

"Hey bir dakika, bir şey soracağım" diye seslenerek pıtır pıtır peşinden gittim. Özgür, sanki ben odada değilmişim gibi gayet rahat bir şekilde boxer'ını çıkardı ve yatağa uzandı.

Koca penisiyle burun buruna gelince, "Ne yapıyorsun?" diye çığlık atıp gözlerimi kapatarak arkamı dönmem bir oldu.

"Çıplak uyurum."

"İyi de farkındaysan buradayım."

"Kalman için ısrar eden yok, gidebilirsin."

"Gidemem," dedim, üzerini örtmesi için yerden aldığım havluyu uzatarak.

"Anlaşıldı, senden kurtuluş yok. Ne soracaksan sor."

"Mesajına cevap vermeli miyim yoksa vermemeli miyim? Eğer cevap vermem gerekiyorsa sence ne yazmalıyım?"

"Mesaj neydi?" diye sordu, bıkkın bir ifadeyle iç çekerek.

"Seni tekrar görmek için sabırsızlanıyorum," dedim ve şımarık bir sırıtışla, "çok güzel yazmış değil mi?" diye sordum.

"Aptalca bir mesaj ama hiçbir şey yazmamasından iyidir," dedi ve cevap olarak, "Ben de…" yazmamı söyledi.

Tabii ben hemen itiraz ederek, "Ben de mi yazayım! Çok sıradan," dedim.

"Daha iyisini kendin bul o zaman," dedi ve bana kıçını dönerek uyuma pozisyonunu aldı.

"Tamam, tamam," dedim panikle, onu tekrar kendime döndürerek. "Sadece, daha yaratıcı olabilirsin demek istedim."

"Erkekler basittir. Biz imadan, dolaylı kelimelerden anlamayız. Eğer sen de onu görmek için sabırsızlanıyorsan "Ben de…" yaz, yok görmek için sabırsızlanmıyorsan ama onu da kaybetmek istemiyorsan gülücük ikonu yapıp gönder, bir daha görüşmek istemiyorsan da cevap yazma. Hangisi?"

"Ben de onu görmek için sabırsızlanıyorum."

"Tamam o zaman, "Ben de…" yazıp gönder.

"Şımarmasın?"

"Dediğimi yap."

"Tamam, tamam sinirlenme."

Bismillah deyip cevap olarak, "Ben de…" yazdım.

"Sonuna gülücük koyayım mı?"

"Hayır, koyma."

"Tamam. Gönderdim."

"Benimle işin bittiğine göre artık uyuyabilir miyim?"

"Hayır hayır, ya yine bir şey yazarsa?"

"Yazacak zaten. Ama ben o zamana kadar uyumuş olacağım."

"Lütfen, lütfen yalvarırım, 5 dakika bekle. Sana kahve yapayım mı? Ya da başka bir şey?"

"Tek istediğim şey, başımdan gitmen." *(Özgür'ün bana söylediklerinin onda birini başka bir erkek söylese çoktan küsüp evime giderdim. Ama Özgür'e kırılmıyor, küsmüyordum hatta benimle tersleşmesi hoşuma bile gidiyordu. Onunla her şeyi konuşabileceğimi, dertleşebileceğimi hissediyor ve ona nedense inanılmaz güveniyordum. Çok garip, hem de çok.)*

Ve cevap yazmamdan bir dakika bile geçmeden Serdar'dan bir mesaj daha geldi. Mesajı heyecanla ve yüksek sesle okudum.

"Yarın akşam tekrar görüşmeye ne dersin?" Hemen ardından, "Evet, evet!" diye çığlık attım ve hemen Özgür'e dönerek, "Tamam, yazayım değil mi?" diye sordum.

Özgür bıkkın bir ifadeyle yüzüme bakarak, "Elbette hayır," dedi.

"Hayır mı? Ee, az önce "Ben de..." yazdım. Yani ben de onu görmek için sabırsızlanmıyor muyum? Şimdi hayır dersem... Off, kafam karıştı," dedim çaresizce.

"Amacımız senin kafanın karışması değil, onun kafasının karışması."

"Nasıl yani?" *(Saf mıyım ben acaba?)*

"Sen gerçekten safsın."

"Ne demek istediğini anlamadım, ne yapayım?"

"Biz erkekler, kafamızın karışmasından, bir kadını çözmeye çalışmaktan, en önemlisi de merak edip uğraşmaktan hoşlanırız. Göster ama verme, ilgili davran ama mesafeli dur.

Bir erkeğin sana olan ilgisini ayakta tutmak istiyorsan, yapman gereken bu."

"Yani, ben de diyerek istekli davrandım ama hemen atlamayarak mesafeli durmuş olacağım öyle mi?"

"Aynen öyle. Aferin, öğreniyorsun."

Sırıttım. "Yarın akşam görüşelim diye yazacağını bildiğin için, ben de diye cevap vermemi istedin öyle değil mi? Bir nevi yem alttın?"

Sırıttı. "Yarın akşam başka bir programım var ama en yakın zamanda seninle görüşmeyi isterim," dedi telefonumu mesaj yazmam için bana uzatarak. Ve ben söylediği mesajı yazarken, "Şimdi oturup bütün gece, programının bir erkekle olup olmadığını düşünsün," dedi.

"Tamam, yazdım," dedim, mesaj yazmayı bitirir bitirmez.

"En yakın zamanda görüşmek istediğini belirttin değil mi?" dedi, elimden telefonu alıp yazdığım mesaja göz gezdirerek. Ardından, "En yakın zamanda diye yazdık ki her gün arayıp müsait misin diye sorsun," diye ekledi, muzır bir ifadeyle sırıtarak.

"Çok eğleniyorsun, öyle değil mi?" dedim, Özgür'ün yüzündeki muzır ifadeye bakarak.

"Hadi, gönder mesajı ve evine gidip uyu. Bu mesaja cevap yazmaz. Ama sabaha, bir günaydın mesajı atar. "

"Tamam, tamam, gidiyorum" dedim, mesajımı gönderirken gülümseyerek.

Bugün ne öğrendim?

- Asla ve asla tekilayla başka bir içkiyi karıştırmamam gerektiğini. Hadi karıştırdım diyelim, kendimi ezikleyip duygusala bağlamamam gerektiğini.

- İçimdeki manyağın, saldırgan ve hırsız olması dışında, teşhirci de olduğunu. Bir insan ne kadar sarhoş olursa olsun, kukusunu sadece göstermek için açar mı?

- Bitti sandığın an, her şeyin aslında yeniden başlayabildiğini. Kendimi eve kilitleyip öldürmeyi düşünürken, Serdar'ın aramasından ve böylelikle tekrar hayata dönmemden bahsediyorum.

- İnsanın kendisine güvenmesinin çok önemli olduğunu ve kaybedilen güvenin tekrar kazanılabileceğini. Bunu için de kendime iyi davranmam, kendimi başkalarıyla kıyaslamamam, fiziksel görüntümden mutlu olmam, mutlaka bir alanda kendimi geliştirmem, kaybetmekten asla korkmamam, kendimi olduğum gibi kabul etmem gerektiğini... Yani kısaca, kendimi çok seviyorum. ☺

- Beni kimsenin aşağıya çekmesine izin vermemem gerektiğini. Özellikle de bir erkeğin. Belki de tüm yaşadıklarım, tekrar yazmaya dönmem için olabilir mi?

- Piç kurusundan sonra tekrar birinden hoşlanabileceğimi ve onunla flört edebileceğimi.

- Erkeklerin, kafalarının karışmasından, bir kadını çözmeye çalışmaktan, en önemlisi de merak edip uğraşmaktan hoşlandıklarını. Bir erkeğin ilgisini ayakta tutmak istiyorsam, yapmam gerekenin, göster ama verme, ilgili davran ama mesafeli dur olduğunu.

- Beş yıl gibi uzun bir zaman süren ilişkimde bile hissetmediğim yakınlık duygusunu, sadece birkaç gündür tanıdığım bir erkekte hissedebileceğimi. Özgür'den bahsediyorum…

- Az kalsın unutuyordum, Che Guevara'nın doktor olduğunu. Tıpkı sevgilim gibi. ☺

10

Günaydın, günaydın, günaydın.

Evet, yine haklı çıktı. Sabah, Serdar'dan gelen, "Günaydın" mesajıyla şakıyarak uyandım. Uyanır uyanmaz beni düşünen biri var artık, inanabiliyor musunuz? Hem de sıradan değil. Öylesine hayatıma giren biri değil. Annemin, "Hissediyorum, bu o," dediğini hatırlıyorsunuz değil mi. Evet evet, bence de bu o. Ne yazayım diye kimseye sormaya bile gerek duymadan, "Günaydın" yazdım. Günaydın geleceğim. Günaydın gelecekteki eşim, çocuklarımın babası, günaydın.

Hayatım bir anda sihirli bir değnek değmişçesine değişti, tıpkı kitapta yazdığı gibi. Kendime olan güvenimi tekrar kazandım ve pat, bir anda her şey değişti. Ah canım kitabım benim, iyi ki seni çalmışım. Mucuk mucuk. Evet, kitabın kapağını öptüm. Bugüne gelmemin tek sebebi kitap değil tabii, annemin ve kızların beni gaza getirmelerini yok saymıyorum, bir de elbette sevgili komşumu. Uyanmış mıdır acaba? Benimki de soru, radyoda program yapıyor olmalı şu an.

"Özgür Saatler'de bugünkü konumuz, aşk diye bir şey var mı?" *Aşktan bahsediyor, hayret*, diye içimden geçirerek radyonun sesini açtım ve Özgür'ü dinlemeye başladım. "Bence aşk diye bir şey yok. Aşk sandığımız anlar var. Tutkuyla birini istediğimiz anlardan bahsediyorum. Özlediğimiz, bir an önce görmek, dokunmak için çıldırdığımız anlar. Bir kadınla ya da erkekle sevişmek istemeyi, çoğu insan bence aşkla karıştırıyor. Yani şehveti aşk sanıyorsunuz, bu kadar basit."

"Sen bence hiç aşık olmamışsın, o yüzden de saçmalıyorsun," dedi programa bağlanan bayan bir dinleyici.

"Aşka inanmayan biri nasıl aşık olabilir?" dedi Özgür, sakin bir ses tonuyla ve karşı tarafın cevap vermesini beklemeden konuşmasına devam etti. "Aşk sandığınız şeyi hissetmemizi sağlayan, vücudumuzda seviyesi yükselen hormonlar. Biraz dopamin, serotonin, testosteron ve asıl önemlisi oksitosin. Oksitosin, orgazm olmayı tetikleyen ve boşalırken de salgılanan bir hormon. Yani sekste uyumluysanız, aşk sandığınız duyguyu hissetmeniz çok normal. Adam ya da kadın mükemmelmiş, iyiymiş, kültürlüymüş, zenginmiş kimin umurunda? Oksitosin hormonunuzu yükseltiyor mu, yeterli. İşte şimdi, mantığınızın almadığı bir adama ya da kadına neden aşık olduğunuzu anladınız mı? Dünyanın neden seks üzerine kurulu olduğunu? Herkesin peşinden koştuğu ve aradığı duygu olan aşk, eşittir seks çünkü."

Olabilir mi, diye düşünerek bir anda dondum kaldım. Aşk bu kadar basit olabilir mi? Özgür bu konuda da haklı olabilir mi?

***

“Bence kesinlikle doğru olabilir,” dedi Fatma, Özgür’ün aşkla ilgili yorumlarını duyar duymaz. Ceren’in, Kesinlikle katılmıyorum, demesini beklerken, “Doğru olabilir,” demesi Fatma’yla ikimizi bir anda şok etti. Ceren ilk defa muhalefet değildi, hem de ilişkiler konusunda. Şaşkın gözlerle ikimiz de Ceren’e baktık.

“Niye şaşırıyorsunuz? Ben aşka çok inanmam zaten. Önemli olan sevgidir, sadakattir, bağlılıktır, saygıdır. Aşk gelip geçici bir heves bana göre. Dolayısıyla, hormonlara bağlı olması çok normal.”

“Kim ne derse desin, ben aşka inanıyorum,” dedim. “Mesela benim Özgür’e hissettiğim duygu...”

“Özgür’e mi?” diyen Ceren ve Fatma bir ağızdan lafımı böldü.

“Özgür’e mi dedim? Yani Serdar’a diyecektim, Serdar’a...”

Ceren sorgular bir ifadeyle yüzüme baktı.

“Emin misin?”

“Kızım, Özgür geymiş,” dedi Fatma, hemen Ceren’e müdahale ederek.

“Evet, evet gey,” dedim, Özgür konusunun bir an önce kapanması için. *(Niye kızlara böyle bir yalan söylüyordum ki?)*

***

Annemin sitemli telefonu üzerine, kızların yanından kısa sürede ayrılmak zorunda kaldım. Şu an annemle Nişantaşı’nda House Cafe’de kahve içiyoruz. Yani kahve içen aslında sadece benim, annem hala söyleniyor:

"Aramasam, görüşelim demesem.."

"Tamam anneciğim, haklısın. Telefonda yeteri kadar söylendin zaten."

"Söylenmesem görüşeceğimiz yoktu."

"Haklısın, özür dilerim ama artık uzatmasan."

"Tamam," dedi annem, kahvesinden ilk yudumunu alarak. Sonra heyecanla, "Anlat hadi, doktorla parti nasıl geçti?" diye sordu.

"Güzeldi. Dün akşam da yemeğe çıktık," dedim, keyifle sırıtarak.

"Ben sana söyledim değil mi, bu o dedim değil mi?" dedi annem ve sevinç nidaları atarak konuşmasına devam etti. "Eee? Bir daha ne zaman görüşeceksiniz?"

"Bu akşam görüşmek istedi aslında ama..."

"Kabul etmeseydin. Ailemle olmam gerekiyor deseydin. Seninle her istediğinde görüşemeyeceğini anlasın. Eğer seninle her istediğinde görüşürse, niye evlenmek istesin ki?"

Eski ben olsam kesinlikle anneme karşı çıkarak, "Ne alakası var?" derdim. Oysa şimdi, "Haklısın anneciğim," dedim. Elbette annem, bendeki bu değişikliği hemen fark etti.

"Allah'ım sana şükürler olsun, kızım 32 sene sonunda ilk defa bana haklısın dedi," diyerek sıkıca bana sarıldı. Annemi, uzun zamandır hiç bu kadar mutlu görmemiştim.

***

Şu an sevgilimle baş başa yemek yiyip şarap içmek yerine, mal gibi oturmuş, "Yetenek Sizsiniz"i izliyorum. Sözüm ona, taktik yapıyorum. Sözüm ona, onu şaşırtıp ilgiyi üzerimde tutuyorum. Şu an tüm bunlar çok aptalca geliyor. Pişmanım. Acaba arasam ve programım iptal mi oldu desem? Ya o bir program yaptıysa ve bana, kusura bakma işim var derse, ben de göt gibi kalırsam? Of ya! Aşka inanmayan birinden aldığım akıl, aşk hayatımda ne kadar etkili olabilir ki? Gerçekten pişmanım ama artık çok geç. Sıkıntıdan patlamam an meselesi.

Kahretsin! Bir bu eksikti. Elektrikler kesildi. Ya da sigortalar mı attı acaba? Çevre binalarda elektrik var mı diye kontrol etmek için terasa çıktığımda, Özgür de aynı sebepten oradaydı.

"Hiçbir yerde elektrik yok. Umarım çabuk gelir," dedi.

"Umarım," dedim sıkıntılı bir ifadeyle ve dayanamayıp imalı bir ses tonuyla, "bu gece evde olmak zaten yeterince kötüydü" diye de ekledim.

"Pişman oldun, öyle değil mi?"

Salağa yatarak, " Neden pişman oldum? Anlamadım," dedim. Salağa yatmam, pişman olmamdan onu daha fazla kızdırmış olmalı ki birden yüzü değişti:

"Bir daha bana sakın bir şey sorma," dedi ve teras kapısını çarparak içeri girdi. Kızmakta haklı, hem de çok. Hem fikrini soruyorum hem de tavır yapıyorum. Off resmen kaşındım. Hemen gönlünü almam, kendimi affettirmem lazım. Peşinden eve girdim.

"Bakıyorum artık kapı da çalmıyorsun?"

"Az önce olanlar için özür dilerim."

"Sorun değil," dedi ama gözlerinden resmen ateş çıkıyordu.

"Evet, haklısın pişman oldum. Ama aslında olmamam gerekiyordu, biliyorum. Böyle biri olduğum için üzgünüm," dedim ve yüz ifadesinin yumuşamaya başlamasını fırsat bilerek soluk almadan konuşmama devam ettim. "Bir daha asla özel hayatımla ilgili beynini yemeyeceğim. Yani beynini yemeyeceğim derken, sana anlatmayacağım ya da danışmayacağım manasında değil, abartmayacağım manasında. Ayrıca da..."

"Biraz motorla dolaşacağım, gelmek ister misin?"

"Motorla mı? Bilmem. Yani iyi kullanır mısın? Motor tehlikeli ya o sebepten soruyorum..."

"Geliyor musun, gelmiyor musun?"

"Kask var mı kask?"

11

Yanlış erkekler.

Birlikte olduğunuz erkek eğer yanlışsa asla onunla sağlıklı, uzun soluklu, mutlu bir ilişki yaşayamazsınız.

Uzak durmanız gereken yanlış erkekler;

- Evli erkek
- Yalancı erkek
- Tembel erkek
- Kibirli erkek
- Aldatan erkek
- Flört düşkünü erkek
- Maço erkek
- Dengesiz erkek
- Aşırı agresif erkek
- Bencil erkek
- Pinti erkek

- Bağlanma korkusu yaşayan erkek

Evet, Özgür kesinlikle yanlış erkek. Flört düşkünü, dengesiz ve bağlanmaktan korkuyor. Hatta bir değil, üç yanlış erkek. Hatta dört, beni aldatacağından da eminim. Ama Serdar yanlış erkeklerin hiçbiri değil. Yani birlikte olmam gereken doğru erkek. Oh be, az kalsın kafam karışıyordu. İyi ki varsın sevgili kitabım, mucuk..

Bu sefer hata yapmayacağım, Serdar son şansım olabilir. Tamam, Özgür yakışıklı, eğlenceli ve çok seksi. Hem de çok, çok, çok, çok. Teninde sanki gizlenmiş, küçük mıknatıslar var. Karşı konulmaz, kışkırtıcı. Sıcaklığı, yumuşaklığı ve kokusu. Burnumda asılı kalan o muhteşem erkek kokusu... Ama bir o kadar da yanlış. Aşkı bir hormondan ibaret sanması, insanların özellikle erkeklerin tek eşli yaşayamayacağına inanması, iki insanın birlikte yaşaması için imzaya gerek olmadığını düşünmesi, dolayısıyla evliliğe inanmaması, kadınları dengesiz, menfaatçi ve işini bilir görmesi... Daha düşüncelerini sayarken içime fenalık geldi. Kesinlikle yanlış, hem de çok.

Peki, bu kadar yanlışsa niye sürekli onu düşünüyorum? Ya da onunla dün, hayatımın en güzel gecesini nasıl geçirebildim? Bu kadar yanlışsa, beni nasıl hiç olmadığım kadar eğlendirip mutlu edebildi?

Hakkında neredeyse hiçbir şey bilmiyorum. Nerelidir, nereden, nasıl gelmiştir, kaç kardeştir, hayali, ideali nedir? Ama bir o kadar da tanıyorum sanki onu. Tanıdığım birçok insandan daha yakından hem de. Onunla mesela, her şeyi yapabilirmişim gibi geliyor. Korkmuyorum onunlayken. Motorun tepesinde iki yüz, iki yüz yirmi, hatta iki yüz altmış kilometre hızla giderken beline inanılmaz bir güvenle sarılmam, başımı sırtına yaslarken heyecanla gülebilmem başka neden dolayı olabilir ki? Ya da anlattığı aptalca şeylere kahkahalar atmam, yanında kendimi inanılmaz huzurlu hissetmem, sorgulamadan, hesap kitap yapmadan kendim olabilmem...

"Günaydın. Bugün 5 dakika bile olsa seni görmek istiyorum."

"İşte bu!" dedim, Serdar'ın yazdığı mesajı okur okumaz. "İşte benim için doğru erkek bu."

Mesaj resmen soğuk duş etkisi yaparak beni kendime getirdi. Toparla kendini Banu. Şeytani tuzaklara gelme. Hep fırsatları kaçırman bu yüzden değil mi? Hatırlarsanız, size çalıştığım mağazanın yanındaki kuyumcu dükkanının sahibinden bahsetmiştim, hani önce bana yazan, ben yüz vermeyince kafam kadar yüzükle Şebnem'e evlenme teklif eden adam. Facebook'ta ikisinin fotoğraflarını gördüm bugün, Roma'da tatildeler. Piç kurusu olduğu için yüzüne bakmaya bile tenezzül etmediğim adam, milyonlarıyla Şebnem'e hayatının tatilini yaşatıyor şu an. Her şey para da değil, Şebnem'in fotoğrafa yansıyan yüzünü neredeyse yarım saat inceledim; kadın mutlu. Bu mutlu bakışı, para tek başına sağlayamaz. Belli ki adam sekste de iyi. Şebnem'in yerinde şu an ben olabilir miydim? Evet. Ama ben, adam benim peşimdeyken neyle meşguldüm? Benimle bir gelecek düşünmeyen, beni Roma'ya değil karşı caddedeki balıkçıya bile götürmeyecek kadar cimri, bencil, karaktersiz bir herifin götünü yalamakla meşguldüm. Evet yapmam gereken şey, Özgür'le arama mesafe koyup ruhen ve bedenen tüm enerjimi Serdar'a vermek. Öyleyse hemen mesajına cevap yazalım;

"Akşam yemeğine ne dersin?" *(Yok yok, bu olmaz. Çok davetkar.)*

"Ben de seni görmek istiyorum." *(Çok ezik.)*

"☺" *(Çok aptalca... Bunu da sildim. Off..)*

Önce Fatma'yı sonra da Ceren'i aradım. "Sizce cevap olarak ne yazayım?"

Ortak karar: "Neden olmasın ☺"

Yazıp gönderdim. Hemen yeni bir mesaj geldi, "Akşam 8 gibi seni gelip kaçırıyorum öyleyse."

Mesajı gülümseyerek okudum, bir daha, bir daha, bir daha... "Seni kaçırıyorum," yazması ne kadar hoş, öyle değil mi? Çok heyecanlı, çok eğlenceli ve çok seksi.

Hemen kızlara cevap olarak attığı mesajı söyledim. İkisi de benimle aynı fikirde. Sevdiler.

Sevgili kitabımdan etkili birkaç taktik alıp akşam için hazırlanmaya başlasam iyi olur.

Her zaman düşündüğünüz gibi düşünmeye devam ederseniz, her zaman yaptıklarınızı yapmaya devam ederseniz, her zaman elde ettiklerinizi elde edersiniz.

Doğru, çok doğru. Farkındaysanız, değişime ve gelişime açığım.

Geçmişte yaşadığınız ilişkiler sizi kızdırdıysa, aklınızı karıştırdıysa, hüsrana uğrattıysa ya da erkeklere karşı düş kırıklığı yarattıysa bile, yine de gerçek aşkı bulma hayallerinizden vazgeçmenizi gerektirecek mantıklı bir neden yoktur.

Evet evet, gerçek aşkı mutlaka bulacağım. Hatta sanırım buldum bile. ☺ Okumaya devam.

Tek yapmanız gereken, taze bir başlangıç, kendinize karşı daha çok sevecenlik duymanız ve başarılı olmak için dur durak bilmeyen bir arzu, gerekli ölçüde dişi yaratıcılık, mizah duygusu ve karşı taraftan biraz yardım alabilmek için gereken bilgeliğe sahip olmaktır.

Bir ilişkideki üç temel mesele, erkeğin ilgisini çekmek, onu elde etmek ve elinden kaçırmamaktır.

Gerçekten arzuladığınız bir erkeğin kalbini ele geçirmek istiyorsanız, kovalayanın ve yakalayanın aslında kendisi olduğunu düşünmesini sağlayın.

Burada size düşen rol, daha incelik isteyen, zarif bir iştir; ilgi çekmek ve ikna etmek.

Bir erkeğin ilgisini fiziksel görüntünüzle çeker, iletişim yeteneğinizle onu ikna edersiniz.

İletişimi yeteneğinizi geliştirecek bazı öneriler.

- Az ve öz konuşun. Ne kadar az ve öz konuşursanız, o kadar az hata yaparsınız.
- Konuşmanız esnasında karşı tarafın size ve anlattıklarınıza ilgisini gözlemleyin. Sıkıldığını hissettiğiniz anda susmayı bilin.
- Günlük gazeteleri takip edin, ülke ve dünya gündemiyle ilgili söyleyebilecek birkaç cümleniz mutlaka olsun.
- Renkli, eğlenceli, komik öyküler anlatmayı

öğrenin. Bir erkeği güldürebilmek, sizinle iyi vakit geçirmesini ve eğlenmesini sağlayabilmek çok önemlidir.

- Konuşma esnasında beden dilinizi etkin kullanmayı öğrenin. Samimi, doğal ve sevecen bir enerjiyle konuşun.
- Konuşma esnasında kendinizi dizginlemeyi öğrenin. Hayatınızda yaptığınız aptallıkları, sakarlıkları, hataları komik dahi olsa anlatmayın. O an için, yaptığınız aptallığa gülecek ama sonrasında, ne kadar aptal olduğunuzu düşünüp sizden ürkecektir.
- Erkekler, özellikle ilişkinin ilk zamanlarında sorun dinlemek istemez. Parasal, ailesel ya da sağlık sorunlarınızı kendinize saklayın. Unutmayın, o sizin arkadaşınız ya da dostunuz değil. Dert ortağınız hiç değil. O sizin avınız.
- Sesinizin tonunu, perdesini, hızını, ritmini ve rengini, dinleyenlerin hoşuna gidecek şekilde ayarlamaya dikkat edin. Yüksek sesle konuşan ve gülen bir kadın kadar itici hiçbir şey yoktur.

Sonuç olarak, erkeği hayran bırakan ve kendisiyle ilişki kurma arzusu uyandıran kadın, sohbeti iyi olan ve ipleri elinde tutandır.

***

(Hala eve gelmedi? Nerede acaba? Neredeyse nerede? Bana ne ki... Acaba evde de terasa mı çıkmıyor? Evde olsa en azından teras kapısını açardı. Ya da insan bir merak edip kapıdan kafasını uzatır. Hadi o bana göre yanlış erkek, ben de

o yüzden uzak duruyorum, peki onun yaptığı ne şimdi? Dün geceden sonra, her şey bu kadar basit mi? Hiç mi etkilenmedi yani benden? Neşeyle şakırken, gözlerimin içine mutlu mutlu bakarken iyiydi ama. Yalanmış demek. Ya da sıradan mıydı her şey, zannettiğim aksine? Doğru karar verdiğime bir kere daha emin oldum. Görür o bundan sonra. Elbet eve gelecek, elbet terasa çıkınca gözleri beni arayacak. Ama o sırada ben nerede olacağım? Doğru erkekle yemekte. Anlayacak neden evde olmadığımı. Onun için dün gecenin bir önemi yoksa, benim için hiç yok. Sanki ona kaldım.)

"Ne haber?"

"İyidir," dedim, kalbim heyecandan yerinden çıkacakmış gibi atarken. *(Ne bu şimdi? Az önce aklımdan geçen tüm olumsuz düşünceler, kendimi yanlış erkek diye motive etmemi sağlayan mantığım nereye kaçıp beni savunmasız halde kalbimle baş başa bıraktı.)*

"Yemek yapacağım, açsan gelsene."

Çok acı ama aklımdan geçen ilk şey şu oldu: Serdar'ı hemen ekmeliyim. *(Acil durum! Mantığım, çabuk geri dön.)*

"Sanırım telefonum çalıyor, hemen geliyorum," diye yalan söyleyerek, panikle kendimi eve attım.

Kızları aramalıyım, bir an önce kendime gelmek için kitaptan birkaç cümle okumalıyım. Kahretsin! Ne yapacaksam bir an önce yapmalıyım. Özgür benden cevap bekler halde terasta, Serdar beni almak için yolda. Ah kalbim…

Özgür'ün gey olduğunu söylediğim için kızları arayamam. Tek çarem kitap.

Sevgili kitabım ne olur bana yardım et, diye içimden geçirerek, kitaptan gelişigüzel bir sayfa açtım. Ve gözüme çarpan ilk cümleyi okudum..

"Siz ne istediğinizi bilen, hatalarınızdan ders alan ve boşa geçirecek bir anı bile olmayan bir kadınsınız" *(Yuh artık, bu kadar olabilir. Zınk! Resmen kendime geldim.)*

"Ben ne istediğini bilen, hatalarından ders alan ve boşa geçirecek bir anı bile olmayan bir kadınım."

"Ben ne istediğini bilen, hatalarından ders alan ve boşa geçirecek bir anı bile olmayan bir kadınım."

"Ben ne istediğini bilen, hatalarından ders alan ve boşa geçirecek bir anı bile olmayan bir kadınım," diye defalarca kendime tekrar ederek terasa çıktım.

Lütfen gülümseme, yalvarırım çakmak çakmak bakma. "Ben... Ben pek aç değilim."

"Aşçılığım iyidir, çok şey kaçırıyorsun" dedi, o çok sevdiğim gamzelerini gözüme sokarcasına gülümseyerek.

"Başka zaman... Aslında bir programım var."

"İyi o zaman," dedi ve arkasını dönerek eve girdi.

Kiminle demedi? Ne programı demedi? Umursamadığı için mi? Yoksa... Yoksa hayal kırıklığına uğradığı için mi? Allah'ım lütfen hayal kırıklığına uğradığı için olsun. Tamam, ben onunla bir şey yaşamak istemiyorum ama o benimle yaşamak istesin. Bencilce biliyorum, istesin işte beni ya, istesin.

Acil tedavi olmam lazım. Psikolog randevumu iptal etmemeliydim. Piç kurusundan sonra, kalan yarım aklım da resmen uçtu gitti. Amı götü dağıttı derler ya, tam anlamıyla öyleyim. Ne istediğimi, ne yapmam gerektiğini, doğruyu, yanlışı, her şeyi ama her şeyi birbirine karıştırdım. 10 cilt kitap okusam işlemez bana. Allah'ım ben niye böyleyim? Evet, evet. Kesin babamın yüzünden. Model yanlış olunca, ortaya çıkan ürün de yanlış oluyor. Yani ben ve seçimlerim. Yıllar önce bir psikoloğa gitmiştim, o söylemişti, "Birlikte olduğun erkekte babanı arıyorsun, babanın özelliklerine sahip erkeğe aşık oluyorsun," diye. Babamın en belirgin özelliklerini düşünürsek, yani bencil, düşüncesiz, sorumsuz, tembel olduğunu... Piç kurusu da tam olarak böyle biriydi. Sonuç olarak, doğru erkeği seçip mutlu olmam neredeyse imkansız. Kaderime sıçayım. Evet, her şey babamın yüzünden. Doktor olmak için, avukat olmak için, mühendis, öğretmen, gazeteci her neyse olmak için bir dizi sınavdan geçip senelerce eğitim şartken, anne baba olmak gibi dünyanın en önemli görevinde eğitim niye yok, sınav niye yok? Her önüne gelen neden bu kadar kolay ana baba olabiliyor? İsyan ediyorum. Başbakana mektup yazacağım.

Serdar arıyor. Geldi sanırım. Off, şimdi bu psikolojiyle dışarı çık ve adamı etkile. Yarın kesinlikle bir psikiyatra gitmem şart oldu, dayasın bana antidepresanları... Yok yok, başka türlü olmayacak..

Hadi çıktım ben...

Bugün ne öğrendim?

- Tedavisi gecikmiş bir ruh hastası olduğumu... Artık eminim.

12

Öptü beni, evet evet öpüştük.

Bir öpücükle tedavi oldum resmen. Şakıyarak, şarkılar söyleyerek uyandım... Kızım *(unutanlar için, kedimin ismi)* şaşkın şaşkın suratıma bakmakta. "Evleneceğim Kızım, hem de çok yakında. Ondan böyleyim."

Tahmin ettiğiniz üzere yemeğimiz gayet başarılı geçti. Kitaptan aldığım akılla, günlük gazeteleri okumam fazlasıyla işe yaradı. Memlekette mesela açlık grevi varmış, onu konuştuk, benzine, elektriğe, doğal gaza acayip zam varmış, ondan yakındık, hükümetten, muhalefetten bahsettik, Yılmaz Özdil harika bir köşe yazısı yazmış, onu övdük. Kendimi ilk defa entelektüel biri gibi hissettim, hoşuma gitti. Sayende sevgili kitabım, mucuk.

Yemeğimiz Serdar'a gelen telefonla iki saate son buldu ama olsun. Hastalarından birinin kanaması başlamış. Yazık, kadın üç aylık hamileymiş. "Kesin düşük yapıyor," dedi Serdar. Üzüldüm, hem de çok. Apar topar yemekten kalktık, özür dileyerek beni evime bıraktı. "Hiç sorun değil," dedim, *eğer bir doktorun sevgilisi ya da eşi olacaksam bu duruma alışmam gerek*, diye düşünerek. Kadınların ne zaman doğuracağı ya da çok üzücü ama düşük yapacağı belli olmaz. Off Allahım, umarım en yakın zamanda ben de hamile kalabilirim. Bir bebeğimin olmasını çok istiyorum. Bana ait bir can. Hayat verdiğim, yaşamak için ilgime muhtaç olan bir can. Minik bir kız çocuğu. İsmi de Zeynep.

Piç kurusuyla ilişkimizin 2. yılında hamile kaldım. Sevinsem mi üzülsem mi karar veremeden, gebelik testinde beliren pembe çift çizgiye uzun bir süre baktığımı hatırlıyorum. Seviniyordum, çünkü içimde çok sevdiğim adamdan bir parçaya hayat vermiştim. Üzülüyordum, çünkü o çok sevdiğim adam can verdiğim parçadan ya ayrılmamı isterse... Öyle de oldu. Ağlamam, kendimi kahretmem hiçbir işe yaramadı. O çok sevdiğim adam yüzüme donuk gözlerle bakarak, "Ben istemiyorum" dedi. Şimdi düşünüyorum da niye onun söylediğini ciddiye almıştım ki? Neden korkmuştum? Aslında biliyorum, babasız büyümenin zorluğunu yaşayan biri olarak, bunu çocuğuma yapamazdım. Güçlü görünmeye çalışarak, bacaklarımı içimdeki canla vedalaşmak için ayırırken, bir kere daha lanet ettim babama. Hayatıma, her şeye. Soner'i hiçbir zaman affetmedim. Bir süre ayrı kaldık, sonra tekrar barıştık. Ama hiçbir şey eskisi gibi olmadı. Şu an daha da kırgınım ona, benden istemediği bebeği birkaç aydır tanıdığı bir kadından istemişti. *Neden* diye düşünmenin manasız olduğunu biliyordum, düşünmedim bile.

Arabayla kapıya yanaştığımızda Serdar'ı yanaklarından öpmek için uzandım ve "Eve gittiğinde beni arar mısın?" diye sordum. "Ararım," dedi ve dudaklarıma minik bir buse kondurdu. Bir buse daha, bir buse daha ve öpüşmeye başladık. Güzeldi. Yani uymuştuk birbirimize. Ama ateş yoktu, kalbim vücudumun her yerinde atmadı ya da avuçlarım terleyip nefesim kesilmedi. Ama güzeldi. Ona gülümseyerek el salladım ve koşup eve girdim. Ne zaman evleniriz, nasıl bir evimiz olur, balayına nereye gideriz diye saatlerce plan program yapıp hayaller kurarak uykuya daldım. Ve en güzeli, "Acaba Özgür evde mi, acaba ne yapıyor?" diye sadece bir an aklımdan geçirdim, sadece bir an.

Uyandığımda Serdar'ın mesajını gördüm, sabaha karşı saat 3:40 da göndermiş. "Canım, ancak eve gelebildim, öpüyorum çok." Canım diye yazmış bana, ne kadar hoş, diye düşünmekle başladı sabah şakımalarım, söylediğim şarkılar. "Günaydın canım," yazdım, *hayatıma hoş geldin*, diye düşünerek.

Beyaz peynirli omlet, domates, iki dilim kızarmış ekmek ve çay. Hepsini ufak bir tepsiye koyup kahvaltımı yapmak üzere terasa çıktım.

Özgür ve yanındaki kızın kahkahalarını duyar duymaz, *maşallah, bu sabah herkes mutlu uyanmış*, diye geçirdim içimden. Kızı görünce bozulduğumu itiraf etmeliyim. Belli ki dün gece ateşli bir gece geçirmişlerdi.

"Günaydın," dedi Özgür beni görür görmez ve yanındaki kızın yanağına bir öpücük kondurarak, "bebeğim sen yatağa geç, ben geliyorum," diye ekledi.

Kız gülümseyerek yerinden kalktı ve kırıtarak terastan ayrıldı. Kızın üzerinde sadece Özgür'ün tişörtü ve altında donu bile yok. Ayrıca neredeyse kıçına kadar her yerini gördüm, gram selüliti de yok.. İncecik ve uzun. İnsana, *Allah'ım bu kadınsa ben neyim*, dedirtecek türden yani.

"Kitap yazmayı düşündüğünden bahsetmiştin ya, bizim radyonun bağlı olduğu şirket yeni bir yayınevi açıyor. Yarın akşam bir davet verecekler, katılman faydalı olur diye düşündüm. Gelmek istersen..."

"Harika olur," dedim heyecanla. O an sevinmemim sebebi Özgür'ün benimle ilgilenmesi mi, yoksa yazacağım kitabı yayınlama fırsatını yakalayabilecek olmam mı diye düşünerek.

"Tamam öyleyse," dedi ve anlam veremediğim, soğuk bir ifadeyle yüzüme bakıp terastan ayrıldı.

Hem benim için, hayatıma giren hiçbir erkeğin yapmadığı şeyi yapıyor hem de sanki benden nefret ediyormuş gibi suratıma bakıyor. Ne demek bu şimdi? Gel de çöz. Bir de kadınlar için anlaşılmaz derler. Aman! Kararlıyım, bugün hiçbir şey moralimi bozamaz ve kafamı karıştıramaz...

Kahvaltı tepsimi masaya koydum ve omletimi afiyetle yemeye başladım. Biraz çay, biraz kızarmış ekmek ve telefonuma gelen mesaj. Serdar'dan olduğunu düşünerek gülümsedim. O da ne? Mesaj atan Serdar değil, Soner.

"Nasılsın?"

Nasıl mıyım? Piç kurusu! Tabii, iyi olduğumu, hayatımda biri olduğunu hissetti. Kesinlikle hissetti ve huzurumu bozmak için atağa geçti. Cevap vermeyeceğim, hayır. Cevap yazmak falan yok. Gebersin merakından. Hem ona ne ki nasıl olduğumdan, çocuğunun anasıyla ilgilense ya. Acaba ayrıldılar mı? Yok canım, kadını hamileyken terk edecek hali yok ya. Gerçi o pislikten her şey beklenir. Beş sene sonunda beni hiçbir açıklama yapmadan göt gibi ortada bıraktığını düşünürsek. Önce benimle sevişip sonra da evi boşaltmamı istemesini saymıyorum bile. Adi, şerefsiz..

Kahretsin, arıyor! Ne yapayım sizce, açsam mı telefonu? Eğer açmazsam, hala ona değer verdiğim için tavır yaptığımı düşünebilir. En iyisi telefonu açıp 'aradın ama umurumda değilsin' ses tonumla konuşayım.

"Alo."

"Banu."

"Pardon, kiminle görüşüyorum." (*Çok şerefsizim.*)

"Soner ben."

"Aa sen miydin, ne haber?" *(Ses tonumdaki sallamayan edaya inanamazsınız. Harikayım.)*

"Pek iyi değilim. Biraz vaktin var mı, görüşebilir miyiz?"

"Ne oldu? Neyin var?" *(Sesini hiç bu kadar mutsuz ve çaresiz duymadığım için merak ettim.)*

"Yüz yüze konuşsak. Lütfen, lütfen olmaz deme."

İlk defa piç kurusunu bana yalvarırken duyuyordum ve olmaz diyemedim. Onun bana yaptıklarının yarısını ben ona yapsam, hayat boyu yüzüme bakmazdı. Vicdanıma sıçayım. Konuşmamızdan takribi bir saat sonra, her zaman gittiğimiz Nişantaşı Cafe Nero'da buluştuk. Beni görseniz, bir şıkım, bir bakımlıyım. Kuaföre gidip düz fön çektirdim. Ne kaybettiğini görsün pezevenk. Kendinden emin, güzel, alımlı bir kadın görecek karşısında. Serdar'ın kalitesi resmen üzerime bir örtü gibi yerleşti. Tavrım, duruşum, ses tonum... Olgun olacağım, kesinlikle kararlıyım. Öyle ezik kızlar gibi laf falan sokmak da yok. Anlasın değiştiğimi, anlasın artık eski ben olmadığımı. Mantıklı, olgun ve aşmış. Evet evet, doğru tanım, *aşmış*. Hem seni aştım, sen gerilerde kaldın mazi oldun manasında, hem de seni içimde eriteli seni unutalı çok oldu manasında. Evet, tavrım kesinlikle bu olmalı. *(Söz ver Banu, söz.)*

"Çok değişmişsin... Çok güzelleşmişsin," dedi, beni hayran hayran süzerek.

Tabii, benden sonra o şekilsizle birlikte olduğun için sana çok güzel gelmem normal, diyebilirdim, az önce kendime vermiş olduğum söz olmasaydı. Onun yerine, "Sensizlik bana yaramış desene," diyerek gülümsedim. *(Tamam, yine laf sokmuş oldum belki ama... Ben de taş değilim hani.)* Ve kendimi durduramayarak ekledim, "Sen de bir garip olmuşsun," dedim, sanki bir boka bakarmış gibi. Özellikle, "Bir garip olmuşsun," dedim. Çirkinleşmişsin, çökmüşsüm ya da ışığın sönmüş demedim. Fenalığımdan, ne düşündüğümü tanımlamadım bile. Yesin kendini pezevenk. Acaba ne gördü bende, ne olmuş bana diye yesin bitirsin kendini. Yıllarca, çok yakışıklısın, seksisin, şöyle iyisin böyle mükemmelsin dedim de ne oldu? Havaya girip beni beğenmedi piç kurusu. Artık sıra bende. Göster kendini Banu.

"Fazla vaktim yok, ne konuşacaksan..." *(Bu cümleyi söylerken kendimi izlemek isterdim. Bu nasıl bir hava, nasıl bir karizma.)*

"Öncelikle bana vakit ayırdığın ve buraya kadar geldiğin için çok teşekkür ederim." *(Ne demek, kaçırır mıyım!)*

"Sorun değil."

"Seda'yla dün gece ayrıldık. Evden kovdu beni"

"Yani?" dedim, sallamayan bir ifadeyle ama gülmemek için masanın altında avuçlarımı sıkıyordum.

"Evin depozitosunu ve kirasını o ödediği için kontrat onun üzerineydi. Yani artık bir evim yok."

"Ee, Allah'ın sopası yok. Beni apar topar çıkarttığın ev sana yarayacak mı zannetmiştin? İyi olmuş!"

"Çok acımasızsın Banu"

"Ne! Ben mi acımasızım? Beş yılın sonunda beni göt gibi

ortada bırakıp başkasıyla birlikte olan sensin, acımasız olan benim öyle mi!" diye haykırdım, sinirle ayaklanarak.

"Özür dilerim, özür dilerim, çok haklısın," dedi, beni sakinleştirmek için iyice yumuşattığı ses tonuyla. Bir taraftan da gitmemem için elimi sıkarak, "Lütfen gitme," dedi.

Gözlerinin yaşardığını ilk defa görmenin şaşkınlığıyla sakinleştim ve kalktığım yere tekrar oturdum.

"Merak etme, birkaç güne barışırsınız. Sonuçta hamile. Bu haldeyken seni bırakacak değil ya!"

"Sorun da bu ya. Dün akşam düşük yaptı. Bebeğimizi kaybettik."

O an dondum kaldım. Serdar'ın dün akşam, düşük yaptığını düşünerek acilen yanına gittiği hastası meğer Seda'ymış.

Soner, düşündüklerimden habersiz konuşmasına devam etti, "Dün akşam tartışıyorduk ve birdenbire sancısı başladı. Doktorumuz, düşüğün bu durumla alakalı olmadığını söylese de Seda beni suçladı. Bir daha beni görmek istemediğini söyledi. Baştan hataydı aslında her şey, seni asla bırakmamalıydım."

Piç kurusundan bunu da duydum ya artık ölsem de gam yemem. Başkalarının mutsuzluğundan mutlu olunur mu? Bu durumda ne yazık ki olunabiliyor. Gerçi bu hissettiğim şey, mutluluk da değil. Belki biraz rahatlama. Çektiğim acının, döktüğüm onca gözyaşının belki biraz karşılığı. Onu bunca yaşanandan sonra affedebilir miyim ki? Kaldığımız yerden tekrar başlayabilir miyiz ki? Çok zor. Hem de çok zor.

"Sana tek bir şey soracağım," dedim. Eğer sormazsam çatlayacağımı, eve gidince duvarlara başımı vuracağımı biliyordum.

"Niye ben değil de, o? Niye benimle yıllarca evlenmeyi

düşünmezken, birkaç aydır tanıdığın biriyle.. Neden?"

"Bilmiyorum. Belki de benimle evlenmeye çok hazır olduğun için. Ya da evlenelim diye çok baskı yaptığın için. Bir şekilde ittin beni. Ama Seda böyle bir kadın değildi. Evlenmek dışında idealleri olan, bana kapana sıkıştırdığı bir av değil de sevdiği biri gibi davranan, sanki her an beni terk edecekmiş gibi duran ama bir o kadar da her şekilde yanımda olacakmış gibi güven veren. Ama yanılmışım işte. Aslında ilk günden beri benimle evlenebilmek için entrikalar çeviren biriymiş. Hamile kalması bile bence bir oyun. Bir tuzak. Oysa sen çok dürüsttün, çok doğaldın.. Şimdi anlıyorum."

Şimdi bu konuşmanın üzerine bir evlenme teklifi gelir mi sizce baylar bayanlar? Belki de kaderin bize bir oyunuydu bu yaşananlar. Soner'in benim değerimi anlaması için tabi tutulduğu bir sınavdı.

İnsanlar hatalar yapabilir, öyle değil mi? Önemli olan, hatalarından ders almalarıdır, değil mi? Belli ki Soner dersini fazlasıyla almış. Son bir şansı hak ediyor olabilir mi? Kim mükemmel ki? Serdar da belki beni üzecek, bunun garantisini kim verebilir? Aslında Soner o kadar da kötü biri değildi. Yoksa ilişkimiz, nasıl 5 sene sürerdi. Söylediklerinde haklı, çok baskı yaptım evlenelim diye. İstediğim olmuyor diye çok hırs yaptım, sanki evlenince bir bok olacakmış gibi.

Adam yanında işte, seni seviyor, seninle mutlu. İlla imza mı gerekli yani? Bu ne hırs, bu ne eziyet? Yaşım geçiyor takıntısı da ne? Sanki evli olunca zaman daha yavaş akacak. Erken anne olunca ne olacak? Çocuğu olan tüm arkadaşlarım, yanımda ablam gibi, hepsi bana imreniyor, "Hiç yaşını göstermiyorsun," diye. Kafam hala evlilik düşüncesiyle paralel çalışıyor. Sanki hayatta daha önemli şeyler yokmuş gibi. Nasıl bu kadar sığ olabiliyorum? Bir insanın hayattaki tek hedefi evlenmek olabilir mi? Bir insan bu kadar zavallı olabilir mi?

"Sana bir şey sormak istiyorum Banu." *(Ve evet, teklif geliyor. Bir dakika ya, Cafe Nero' da gündüz vakti mi? Bir adam bu kadar öküz olabilir mi? Peki bir kadın benim kadar hasta ruhlu olabilir mi? Beş senedir beklediğim an ve benim takıldığım konuya bakın.)*

"Cevap vermeden önce geçirdiğimiz güzel günleri düşünmeni ve hemen hayır diyerek kesip atmamanı rica ediyorum." *(Ah canım ya... Ne kadar çaresiz, ne kadar mutsuz ve pişman.)*

"Tamam," dedim tebessüm ederek. *(Bir taraftan da Allah'a bu anı nihayet yaşattığı için de şükrediyorum.)*

"Tekrar bir düzen kurana ya da Seda beni affedene kadar seninle kalabilir miyim?"

Bugün ne öğrendim?

- Bir erkeğin, asla ama asla değişmeyeceğini.

13

Nefes al, nefes ver.

"Nefes al, nefes ver... Ver dedim sana. Banu nefesini ver!"

"Vermeyeceğim işte. Boğacağım kendimi."

Zavallı annem yine başımda. Tahmin ettiğiniz üzere kolumda, içinde sakinleştirici ilaç olan serum ve ben yine acil servisteyim. Ama bu sefer kendimi öldürmeye niyetliyim. Nefesimi tutarak boğacağım kendimi. O piç kurusunu öldüremedim belki ama kendimi kesin öldüreceğim. Yaşasam kaç yazar ya da ne değişir? Ben değişir miyim, biraz olsun akıllanır mıyım? Asla. Benden bir sik olmaz.

Zor almışlar piç kurusunu elimden. Annem söyledi ,yüzü gözü tokatlarımdan kıpkırmızı, boynu da tırnak izlerimden kan içindeymiş. Kulağını ısırmışım ayrıca, nasıl becerdiysem. Hatırlamıyorum. Önce piç kurusunun üzerine deli gibi saldırmışım sonra da kilitlenip kalmışım. Nefes alamamışım bir süre, piç kurusu öleceğimi düşünerek acilen beni hastaneye götürmüş, sonrada anneme haber vermiş. Annem gelir gelmez de kaçmış. Annemle karşılaşmak göt ister tabii. Kansız ibne. Bana yaptığını gördünüz değil mi? Utanmadan kalacak yer istiyor benden. Bir de Seda affedene kadar. Şerefsiz herif. Bari bunu söyleme. Ulan, seni kandırdığını, hamilelik olayının bile tezgah olduğunu düşünüyorsun, benim daha dürüst, daha doğal olduğumu, beni kaybetmenin hata olduğunu söylüyorsun, hala, "Beni affedene kadar," diyorsun. Ee, sikeni severler, seveni sikerler. Gerçekten kusura bakmayın, fazlaca küfürlü ifade ediyorum duygularımı ama hak etmiyor mu? Söylediklerim az bile değil mi? Sayfalar dolusu gün görmemiş küfür etsem doymam. Bu bana yapılır mı ya? Hala salak gibi son bir şanstan bahsediyorum. Beyin nakli talep ediyorum. Benimkisinden hiç memnunun değilim. Genim mi bozuktur, annem hamileyken uyuşturucu mu kullandı, doğumum hatalıydı da beynime oksijen mi gitmedi? Var bir problem, kesin var. Be geri zekalı! Herif seni beş sene oyalamış, kullanıp kullanıp başka birini bulunca kenara atmış, karıyı bir güzel hamile bırakmış, bu arada senin esamen okunmamış. Sen hangi akla hizmet bu adamı affetmeyi düşündün, hangi beyinle sana evlenme teklif edeceğini hayal ettin?

"Banu'cuğum, güzel kızım, yalvarırım tutma nefesini. Bak yemin ediyorum kalp krizi geçirteceksin bana."

"Tamam anne, sakin ol."

"Nasıl sakin olayım yavrum, sen gözümün önünde…." *(Zavallı annem ağlamaktan konuşamayacak halde.)*

Sıkıca sarıldım anneme, benim de gözlerim doldu. Sanırım bir ağlama kriziyle karşı karşıyayım şu an. Ve krize girdim… Hüngür, şakır….

***

(Unut Banu, unut. Tüm yaşananları yaşanmamış say. Hem o piç kurusu bilmiyor ki aklından geçenleri, yani teknik olarak rezil olmuş sayılmazsın. Sana geri döndüğünü zannedip verdiğinde daha fazla rezil olmuştun, bu yaşananlarda bir şey yok ki. Ayrıca onu öldürmekten beter etmişsin... Cafe Nero kalabalıktı hatırlarsan, herkesin ortasında onu tokatlamış, tırnaklarınla boğazına yapışıp bir de üstüne kulağını ısırmışsın. Tamam, herkes manyak olduğunu düşünmüş olabilir ama senden daha fazla rezil olan o. Şu an emin ol, Nero'daki herkes ondan bahsedip düştüğü duruma kahkahalarla gülüyordur. Bari bu rahatlatsın seni, olmaz mı?)

"Haklısın," diyerek gülümsedim iç sesime. "Sen olmasan ne yapardım," diye düşünerek.

Kendime gelir gelmez, anneme ve kızlara, piç kurusuyla olan konuşmalarımızı anlattım, elbette kafamdan geçenlerden hiç bahsetmeden.

Annem, "Sende kabahat. Niye hala onunla görüşmeye gidiyorsun ki," dedi hemen sinirle.

Ceren, " Kesinlikle katılıyorum. Haberim olsa, gitmesine asla izin vermezdim," diyerek annemi onayladı.

Fatma'ysa, "İyi ki gitmiş. Pislik herif, yemiş sopayı oturmuş," dedi, cümlesi biter bitmez gülmeye başlayarak. Sonra, "Kulak ısırmak da ne ya? Yuh artık Banu" diye ekledi ve kahkahayı patlattı.

Hayat işte bu yüzden güzel, diye içimden geçirdim, annem ve kızlarla birlikte kahkahalarla gülerken. Hıçkırarak ağladığın olaya, bir süre sonra kahkahalarla gülebiliyorsun.

14

Aramıyor!

Serdar'ı aramam ve cevap alamamamın üzerinden tam 5 saat 22 dakika geçti. Bu kadar zamandır beni aramaması normal değil. Kesinlikle normal değil. Acil durum! Acaba piç kurusuna saldırdığımı mı gördü? Belki o sırada Cafe Nero'ya gelmişti. Olamaz mı? Olabilir. Daha önce öğle saatleri Starbucks'ta karşılaşmıştık. Off Allah'ım lütfen, lütfen böyle bir şey olmasın. Hemen Ceren'i aradım.

"Saçmalama Banu," dedi Ceren. "Ayrıca seni görmüş olsa mutlaka müdahale ederdi."

Ceren'den sonra Fatma'yı ve annemi de aradım. Hepsi aynı fikirde. Sonuç olarak bu olasılığı eledik.

Eee, peki o zaman beni niye geri aramadı? Nerede kitabım? Kitabım nerede?

Erkekler neden geri aramaz?

- Erkeklere karşı duyulan öfke, kızgınlık, aşırı

feminist yaklaşım. *(Fazlasıyla bende var ama ona çaktırmış olamam.)*

- Birlikte gittiğiniz ortamlarda çalışan insanlara; (garson, vale vs.) kaba davranış. *(Asla kaba davranmam. Ben de bir emekçiyim.)*
- Dağınık ve kirli üst baş ya da kullandığınız aracın pis ve bakımsız olması. *(Aracım yok. Üstüm başım da gayet iyi ve temizdi. Gerçi salata yerken üzerime birkaç damla yağ damlattım ama o fark etmedi.)*
- Evinizde çok sayıda kedi, köpek vs. beslemeniz. *(Sadece bir kedi besliyorum. Ayrıca daha evime bile gelmedi.)*
- Aşırı yüksek sesle konuşmak ya da gülmek. *(Gülerken biraz abartmış olabilirim, ama azıcık.)*
- Aşırı duygusal tavırlar, olur olmaz şeylere gözyaşı dökmek. *(Ağladım mı? Yok yok...)*
- Ter kokmak. *(Pudralı deodrantla bu sorunu çözdüm.)*
- Onunlayken çevreyle ilgilenmek, başka erkeklerle bakışmak, flört etmek. *(Bir düşünelim... Yok ya, yemek yediğimiz yerlerde bir tane bile doğru düzgün tip yoktu. Yani gözüm kaymış bile olamaz.)*
- Kibirli hal ve hareketler. *(Neyime kibir yapacağım ki!)*
- Aşırı sahiplenme ve merak. *(Özellikle dikkat ettim, o şekilde davranmadığıma eminim.)*
- Sövmek, küfür etmek agresif tavırlar. *(Eve dinleme cihazı koymadıysa küfür ettiğimi duymuş olamaz. Hmm, Şebnem'e saldırdığımı gördü, bundan dolayı olabilir mi? Yok canım, öyle olsaydı sonrasında görüşmek istemezdi benimle.)*

• Uzun zamandır işsiz olmak. *(İşte bu sanırım. Elde var bir. Ayy, bu arada neredeyse Özgür'ün davet ettiği partiyi unutuyordum... Neyse, şu an daha büyük bir problemle karşı karşıyayım.)*

• Çok sık aramak, sürekli mesaj yazmak. *(Yok, artık yapmıyorum. Eskiden olsa, 5 saat 22 dakika aramasını hayatta beklemez, açana kadar üst üste arardım.)*

• Karşı tarafı rahatsız edecek şekilde yemek yemek ya da yemek yerken garip sesler çıkarmak. *(Acaba balık yerken onu iğrendirmiş olabilir miyim? Bir ara ağzıma gelen koca kılçığı çıkarmak için mücadele vermiştim. Ondan olabilir mi? Aman ya, çıkarmayıp ne yapsaydım yani! Eğer sırf bu yüzden beni aramıyorsa kendi bilir. Ayrıca da lisede en uzun süre geğirme şampiyonluğum olmasına rağmen, yanında hiç geğirmedim. Belki bir sefer ama içimden. Yani duymuş olamaz.)*

• Aşırı alıngan olmak. *(Değilim, kolay kolay alınmam bile. Artık iyi niyetimden midir ya da salaklığımdan mıdır bilmem.)*

• Hayvanlara kötü davranmak. *(Asla. Ben de bir anneyim. Yani kedi annesiyim.)*

• Emir kipleriyle konuşmak. *(Emir kipi ne ya? Hah tamam, emir verir gibi. Yok yok, bu da değil.)*

• En yakın arkadaşlarını eleştirmek, dedikodularını yapmak. *(Ceren ve Fatma'dan bahsetti mi? Evet. Eleştirmiş ya da dedikodularını yapmış olamam. Çünkü ben sadece Fatma'nın dedikodusunu Ceren'le, Ceren'in dedikodusunu Fatma'yla yaparım. O kadar da dürüstümdür yani.)*

• Eleştirmek, küçük görmek. *(Serdar'ın nesini eleştirip küçük görebilirim ki?)*

- Eski ilişkilerden uzun uzadıya bahsetmek. *(Ben bahsetmedim ama annem fazlasıyla bahsetti. Gerçi ondan sonra görüşmeye başladık. Yani sayılmaz.)*
- Aşırı alkol almak ve sonrasında dağıtmak. *(Partide kafayı buldum ama o görmedi. Özgür gördü.)*
- Aşırı rahat davranmak. *(Yemek boyunca kasım kasım kasıldım. Rahat davranmış olamam yani.)*
- Menüdeki en pahalı şeyleri ısmarlamak. *(En pahalı şeyleri ısmarlamadım ama sanırım biraz fazla yedim.)*
- Borç para istemek. *(İstemediğim bir o kaldı zaten. Ama istemedim ve istemem de.)*
- Mal varlığını öğrenmeye çalışmak. *(Yani biraz kurcalamış olabilirim. Ev kendisinin mi diye öğrenmek için "Fatma evini ve muhitini çok beğenmiş, belki ben de o civarda bir ev bakabilirim, kiralar ne civarda? "diye sordum. O da "Bilmiyorum ki. İstersen bir araştırayım" dedi. Böylelikle evinin kendisine ait olduğunu zekice öğrenmiş oldum. Sadece bu kadar.)*
- Birlikteyken, başkalarıyla uzun telefon konuşmaları yapmak ve mesajlaşmak. *(Asla. Kızlara rapor vermek için sadece tuvalette telefonla konuştum. O da sadece çiş yapma süresi kadar.)*
- Özel hayatı ve geçmişiyle ilgili fazlaca soru sormak. *(Yani pek sordum sayılmaz. Mesela en son ilişkisinin altı ay önce bittiğini biliyorum, ama ilk ne zaman milli oldu, bilmiyorum.)*

Erkekler en ufak bir negatif izlenimde korkup kaçar. Dolayısıyla listede bulunan herhangi bir maddeyi yaptıysanız, sizi aramaması çok normal. Listeyi gözden geçirin ve ona karşı sergilediğiniz davranışları kontrol edin. *(Kontrol ettim canım, tek elle tutulur olan işsiz olmam. O da uzun zamandır değil. İşsiz olduğum için aramayacak değil ya? Of Allah'ım, lütfen arasın beni, lütfen.)*

Telefonum mu çalıyor? *(Kesin o. Hemen açmayayım, sonuçta 5 saat (an itibarıyla) 48 dakika beni aramaması, telefonuma dönüş yapmaması, kabul edilebilir bir şey değil. Başıma bir şey gelmiş olabilirdi, çaresiz bir durumda yardımına ihtiyacım da olabilirdi. İnsan ne olursa olsun telefonu açar, "Müsait değilim," der ve kapatır. Ben de ona 5 saat sonra dönüş yapayım ki anlasın.)*

Neyse, arayan annemmiş. Nasıl olduğumu sormak için aramış. Yani yanlış alarm. Telefonu kapatmamla, kapımın çalması bir oldu. Gelen, Özgür.

"Akşama davete geliyorsun, değil mi?"

"Elbette."

"Sekiz gibi hazır ol."

"Tamam," dedim heyecanla.

Tam kapımdan ayrılacakken döndü, "Neredeyse unutuyordum," dedi ve "arada sırada posta kutuna bak," diye ekleyerek adıma gelen zarfları uzattı.

"Peki," dedim gülümseyerek ve zarfları aldım. *(Benimle bu kadar ilgilenmesi sizce de garip değil mi? Acaba benden hoşlanıyor mu? Olabilir mi? Nasıl anlayacağım ki! Hemen kitabımıza bakalım.)*

Çoğu erkek duygularını açıklamakta pek de başarılı değildir. Konuşmak yerine, hal ve hareketleriyle duygularını belli etmeye çalışırlar. Ama biz kadınlar, bu tarz mesajlardan ziyade, duymayı tercih ederiz. Erkeğin bize karşı ilgisini sevgisini dile getirmesini isteriz.

Erkek, hislerinin anlaşılmasını bekler, kadınsa duymayı bekler. Ve güzel olabilecek bir ilişki daha başlamadan biter.

Belki de beyaz atlı prensiniz hemen yanı başınızda ama siz farkında değilsiniz. Yıllarca yakın arkadaş olup sonra aslında birbirlerine aşık olduklarını fark eden çift sayısı azımsanmayacak kadar çok. Radarlarınızı açın ve arkadaş olarak gördüğünüz erkeğin hal ve hareketlerini incelemeye başlayın. Belki de size aşıktır. Belki de doğru erkek odur.

Aşağıdaki maddelerin az beşini okurken "evet" diyorsanız, arkadaş olarak değerlendirdiğiniz erkek, muhtemelen size arkadaşlıktan öte duygular besliyordur. Eğer o kişiye karşı siz de boş değilseniz ilk adımı gecikmeden atın ve size açılması için cesaret verin.

Bir erkeğin sizden hoşlandığını nasıl anlarsınız?

- Sizi daha yakından tanımak için sorular soruyorsa.
- Verdiğiniz cevapları dikkatle dinliyorsa. *(Benimle ilgili hemen hemen her şeyi biliyor. Gerçi soru sormasına fırsat vermeden birçok şeyi ben anlattım ama olsun, sonuçta dikkatle dinledi. Elde var 1.)*
- Sizi 3 gün aramadan ya da görmeden duramıyorsa.*(Komşu olduğumuz için hemen hemen her gün görüşmek zorundayız. Bilemedim yani.)*
- Planlarına sizi de dahil ediyorsa. *(Evet evet, motorla*

gezelim dedi, yemek yiyelim dedi. Bunlar sayılır yani değil mi? Elde var 2.)

- Yakın çevresiyle, ailesiyle tanıştırıyorsa. *(İş yerindekilerle tanıştıracak ama bu sayılmaz. Bunu geç.)*
- Probleminizi anlattığınızda çözüm bulmaya çalışıyorsa. *(Kesinlikle. İş bulmaya çalışıyor bana, daha ne olsun. Müthiş ötesi bir hareket. Elde var 3.)*
- Sizin için yemek yapıyorsa. *(Yemek yapmadı ama yapmak istedi, dolayısıyla bu da sayılır. Ay ay, çok iyi gidiyorum. Elde var 4.)*
- Arkadaşlarınızla ya da ailenizle tanışmak istiyorsa.*(Annemle tanıştı zaten. Kızlarla aslında tanışmak istiyor ama kızlara onun gey olduğu yalanını söylediğim için bir araya gelmelerine ben engel oluyorum. Off ya, niye böyle bir yalan söylediysem!)*
- Özel hayatınızı merak ediyorsa.
- Sizi sahipleniyorsa.
- Sizi kıskanıyorsa. *(Başta Serdar'la birlikte olmam için taktikler verdi ama sonrasında, ne olduğunu hiç sormadı bile. Bu beni kıskandığına işaret olabilir. Yani sayılır. Elde var 5. Yuppi!)*
- Sevgilinizin olma fikrine dahi tahammül edemiyorsa.
- Kendi özel hayatından bahsetmiyorsa.
- Yanında hiç kız arkadaşını görmediyseniz.
- Bir sevinci ya da hüznü olduğunda ilk sizinle paylaşıyorsa.
- Size dokunmak için fırsatlar yaratıyorsa. (*Evet kesinlikle bana dokunmak için fırsatlar yaratıyor. Mesela motoruyla dolaştığımız gece bana sürekli, sıkıca sarılma-*

mı söyledi. Belki motordan düşmemem içindi ama olsun. Emin olmamakla birlikte, elde var 6. Yuppi, yuppi.

- Hasta olduğunuzda sizinle ilgileniyorsa.
- Size karşı korumacı bir tavır sergiliyorsa.
- Onu, sizi izlerken yakalıyorsanız.
- Sizin beğeni ve isteklerinizi dikkate alıyorsa.
- Sizinle vakit geçirmeyi, tuttuğu takımın maçını izlemeye değişiyorsa.
- Sizinle sıkılmadan aşk filmi ya da romantik komedi filmi izliyorsa.
- Maddi sıkıntınıza destek olmak istediyse.
- Sizi şımartıyorsa.
- Yanında kendinizi güvende hissetmenizi sağladıysa. (*Motorla son sürat giderken bile yanında kendimi çok güvende hissettim. Bu da sayılır. Ve elde var 7!*)

7 Madde... Tam 7 madde tutuyor. Şaka mı! Yoksa, yoksa Özgür bana karşı bir şeyler mi hissediyor? Kitaba göre evet. Aman Allah'ım, Serdar aramıyor ve aynı gün, Özgür'ün benden hoşlandığını fark ediyorum. Bu bir işaret olabilir mi?

Telefonum çalıyor, arayan Serdar!

"Tatlım, aramışsın. Şimdi ameliyattan çıktım. Özledim seni, neredesin?" *(Ameliyattaymış. Yani tehlike yok! Özledim de dediğine göre, kesinlikle yanlış alarm.)*

Öyleyse, aman Allah'ım! Hem Serdar hem de Özgür benden hoşlanıyor. Resmen iki aşk arasında kaldım.

***

"Sakın Banu, sakın yine aynı hatayı yapayım deme. O çocuktan hiçbir halt olmaz."

"Tamam dedim ya Ceren, uzatma lütfen," dedim bıkkın bir ifadeyle.

Ceren'e Özgür'den bahsetmez olaydım. Tam bir saattir beynimi yiyor. Ama birine anlatmazsam çatlardım. Özgür'ün gey olduğu yalanını ilk olarak Fatma'ya söylediğim için onu arayıp anlatmaya çekindim. Böyle bir yalan söylediğimi öğrenirse sıçar ağzıma çünkü. Hatırlarsanız partide Özgür'ü beğenmişti. Kıskandığımı ve o yüzden yalan söylediğimi düşünebilir. Oysaki o zamanlar Özgür'e uyuz oluyordum ve Fatma başımıza onu sarmasın diye yalan söylemiştim. Gerçi iyi ki de böyle bir yalan söylemişim. Fatma'yla Özgür birlikte olsalardı, şu an kıskançlığımdan çatlardım. Elimde değil, ne yapayım.

"Bu konu aramızda kalsın Cero. Fatma'ya anlatmak yok, tamam mı?" dedim, tembih etmekte fayda var diye düşünerek.

"Özgür'den uzak duracağına söz verirsen..."

"Tamam, söz."

"Sadece biraz sabret. Bak göreceksin, Serdar sana en kısa zamanda evlenme teklif edecek, hissediyorum."

Tabii ben evlenme teklifi dediğini duydum ya hemen Özgür aklımdan uçtu gitti.

"Gerçekten mi!" dedim heyecanla.

"Evet" dedi Ceren, kendinden emin bir tavırla. "Sadece bu konuya biraz odaklan yeter."

"Biliyorsun Ceren, ben evlenmeye neredeyse doğduğum günden beri odaklıyım."

"Lafta odaklısın. Yine kaşın gözün oynamaya, abuk sabuk davranmaya başladın. Serdar gibi bir koca adayı bulmuşsun, hala neyin peşindesin anlamıyorum."

"Haklısın," dedim. Gerçekten de haklıydı. Neyin peşindeyim ben? Yine gözyaşının, aldatılmanın, boşa geçen zamanın mı? Özgür bana ancak bunları verebilir. Ama Serdar. Ah, canım benim. Hop diye tekrar kendime geldim. Ceren'le konuşmam iyi oldu, her seferinde bozulan ayarlarımı düzeltiyor.

"O zaman Özgür'e davete gelemeyeceğimi söyleyeyim," dedim.

"Saçmalama, böyle bir fırsatı kaçıramazsın. Kibar bir dille, davete erkek arkadaşınla katılmak istediğini söyleyeceksin. Olmaz diyecek hali yok ya."

"Yapamam," dedim panikle.

"Yaparsın!"

***

Yapamam. Özgür'e ezik kızlar gibi, erkek arkadaşım da bizimle gelsin diyemem. Hem de Özgür'ün benden hoşlandığını bile bile. Tamam, benden hoşlandığından tam olarak emin değilim belki ama siz de gördünüz, tam 7 madde birden tuttu. Yani benden hoşlanması büyük bir olasılık. Ayrıca hoşlanmasa bile, sonuçta benim için önemli olduğunu düşündüğünden ötürü davet etti beni. Yok, diyemem. En iyisi hasta numarası yapayım ve davete katılamayacağımı söyleyeyim. Ya da yalnız gitsem ne olur? Ceren duyarsa ağzıma yüzüme sıçar. "Arayıp birlikte misiniz diye kontrol edeceğim. Eh bir yalnız git, bakalım ne oluyor," diye tehdit ettiğini düşünürsek, öldürür beni. Özgür'e hasta olduğumu söylemekten başka şansım yok.

Yüzüme beyaz bir pudra, saçları dağıtalım, polar pijama, üzerine hırka; iğrenç görünüyorum, tamamdır. "Öhö öhö! Sanırım boğazım şişti." Ses ve mimik provası da tamamdır.

"Of Ceren of! Nereden anlattım sana..." diye söylenerek evden çıktım ve Özgür'ün kapısını çaldım. Umarım eve gelmiştir. O da ne! Kapıyı taş gibi bir hatun açtı.

"Özgür evde mi acaba?" *(Pislik, pislik, pislik.)*

"Bir dakika, duştaydı," dedi ve içeriye seslendi "Özgür!" *(Pislik, pislik, pislik).*

"Geldim," diye seslendi pislik ve üzerinde bornozuyla kapıda göründü.

"Ne oldu, hasta mısın?" diye sordu beni görür görmez.

"Yoo, gayet iyiyim" dedim, tipimi bir anda unutarak.

"Pek iyi görünmüyorsun.."

"Yo yo, çok iyiyim," dedim, kıskançlıktan çatladığımı belli etmemek için sırıtarak.

"Akşama geliyorsun değil mi?" *(Kahretsin, hasta numarası yapmayı unuttum.)*

Tam gelemeyeceğimi söylemek için ağzımı açacakken, "Aaa, sen de mi bizimle geleceksin?" diye sordu kapıdaki sürtük. *(Kızı davete çağırmış pislik. O zaman ben de Serdar'ı çağırabilirim.)*

"Evet," deyip sırıttım sürtüğe ve pisliğe dönerek, "Eğer sakıncası yoksa, erkek arkadaşım da bizimle gelebilir mi? Ben daveti unutup ona bu akşam için söz vermiş bulundum da," dedim.

"Elbette" dedi Özgür, bir an duraksayarak.

"Tamam o zaman, akşama görüşürüz," dedim ve hızla arkamı dönüp evime girdim.

Geri zekalı, geri zekalı, tam bir geri zekalı. Beni davet ettiği halde, başka bir kızı daha partiye götürmeyi nasıl ister. İnanamıyorum bu yaptığına. Ben de Serdar'ı davet etmem ayıp olur diye neredeyse partiye gitmeyecektim. Pislik! O zaman bunun benden hoşlandığı da yalan. Peki nasıl oluyor da tam 7 madde tutuyor? Hmm anladım, resmen oynuyor benimle. Tabii beni zavallı, çaresiz, terk edilmiş gördü. *Şundan hoşlanıyorum gibi gözükeyim de sevinsin gariban,* diye düşündü. Öyle mi? Şu an gözümde daha da pislikleşti. Ama erkek arkadaşımla geleceğimi duyunca nasıl göt gibi kaldı. Ne oldu Özgür Bey? Oyuncağınızı elinizden mi aldılar yoksa?

Hemen Serdar'ı aradım. Davetten bahsettim ve bana eşlik ederse çok mutlu olacağımı söyledim. Canım sevgilim, "Elbette, seve seve," dedi. İyi ki onu çağırdım. Ceren yine haklı çıktı. Davete sap gibi gitmeye kalksaydım, bütün gece uyuz olurdum. Artık kafamın karışmasına asla izin vermeyeceğim ve Ceren'i dinleyip evlenme konusuna odaklanacağım. Kitabım nerede? Nerede kitabım?

Evliliğe Giden Yolda 17 Önemli Madde

Madde 1- Evlilik konusunu ilk açan asla siz olmayın.

Unutmayın, avcı olan o, av ise sizsiniz. Erkeğe bunu hissettirdiğiniz anda kazanmaya başlarsınız. Yapmanız gereken, niyetinizin evlenmek olduğunu ama şimdiye kadar hiçbir erkeği bunun için uygun bulmadığınızı daha en baştan ona açıkça söylemek. Aslında ona şunu anlatmış oluyorsunuz: Eğer niyetin evlenmek değilse hiç boşuna vaktimi harcama. Niyetin evlenmekse de beni kazanmak için savaş. İlişkiye bu ciddiyetle başlarsanız, zafer çok yakındır.

Madde 2- Aşırı kıskanç ve sahiplenici davran-

mayın.

Erkekler özgürlüklerini kaybetmekten korkar, bu sebeple de evlilikten kaçarlar. Akıllı bir kadın, erkeğine özgür olduğunu hissettirir ama kontrolü asla elden bırakmaz. Bir erkeğe baskı yapmak, sizden uzaklaşması dışında hiçbir işe yaramaz. Aşırı kıskanç tavırlar, şüpheli yaklaşımlar, sizi ve ilişkinizi yıpratır. Önce kendinize güvenin, daha sonra da birlikte olduğunuz erkeğe. Unutmayın, olumsuz bakılan her durum, olumsuzlukla sonuçlanır. Sürekli sevgilinizin sizi aldatacağı şüphesiyle yaşarsanız sonunda aldatılırsınız. Birlikte olduğunuz erkeğe güven duyun ama gözünüzü de üzerinden ayırmayın.

Madde 3- Yemek yapmayı öğrenin.

Erkeğin kalbine giden yol midesinden geçer. Yıllardan beri söylenen bu cümle hala geçerliliğini koruyor. Erkek avını evine getirir, kadın ise pişirir. Bu değişmez bir gerçektir. Eğer yemek yapmayı hala bilmiyorsanız, hiç vakit kaybetmeden öğrenmeye başlasanız iyi olur.

Madde 4- Yavru bir kedi veya köpeği birlikte büyütmek iyi bir adım olabilir.

Birlikte edindiğiniz minik bir yavruyu büyütmek, onun sorumluluğunu paylaşmak, ona sevgi ve ilgi göstermek, ilişkinizin pekişmesine yardımcı olabilir.

Madde 5- Ona her fırsatta iyi bir eş ve anne olabileceğinizi hissettirin.

Bir erkek size ne kadar aşık olursa olsun, sizin iyi

bir eş, özellikle de iyi bir anne olacağınızı düşünmüyorsa asla sizinle evlenmez. Size saygı duymasını sağlamanız çok önemli. İşinize, ailenize, geçmişinize kişiliğinize... Bunu sağlamak çok basit. Sizin kendinizle ilgili saygı duyduğunuz her şeye o da otomatik olarak saygı duyacaktır. Yanında işinizi, arkadaşlarınızı, geçmişinizi, ailenizi vs. eleştirir veya yargılarsanız, o da aynı şeyi yapacaktır.

İlişkide birlikte eğlenmek elbette çok önemlidir ama dozunu ayarlamak şartıyla. İçki içip sapıtan, ortamlarda olur olmaz davranan, küfürbaz, açık saçık giyinen, fazla rahat tavırlar sergileyen bir kadını, hiçbir erkek eşi olarak düşünmez. Sevgilisi olmaktan asla öteye geçemezsiniz. Unutmayın, sizin hedefiniz ,eş ve anne olmak. Öyleymiş gibi davranın.

Madde 6- Ona karşı sadık ve dürüst olun.

Erkeklerin en büyük korkusu, eşleri tarafından aldatılmaktır. Dolayısıyla, en güvendikleri kadını kendilerine eş olarak seçeceklerdir. Hal ve hareketlerinizle, giyim ve kuşamınızla sadece erkeğinize ait olduğunuzu hissettirin. Onu asla ve asla başka bir erkekle kıskandırmaya kalkmayın. Rekabet duygusu onu harekete geçirebilir belki ama rakibini alt ettiğini anladığı anda sizden tekrar vazgeçecektir. Ona yalan söylediğiniz ya da aldattığınız şüphesi erkeğin aklına bir kere düşerse, bir daha güven sağlamanız çok zor. İlişkinizi riske atmayın, sadık ve dürüst olun.

Madde 7- Her zaman bakımlı ve pozitif olun.

Bakımlı ve güler yüzlü bir kadından güzeli yoktur. Artık yalnız günleriniz sona erdiğine göre tembelliği bir kenara bırakın ve kendinizle ilgilenin. Öncelikle erkeğinizi tavlarken kurtulduğunuz fazla kilolara dikkat. Nasıl olsa o benim diye düşünerek kendinizi asla salmayın. Günde sadece 45 dakikanızı yürüyüşe ayırarak formunuzu koruyabilirsiniz. Unutmayın, erkekler için fiziksel görüntünüz çok önemlidir. Vücut temizliğinize dikkat edin. Ter kokan bir kadından daha itici bir şey olamaz.

Madde 8- Evinizde temiz ve düzenli olun.

Siz ne kadar bakımlı ve temiz olursanız olun, eğer eviniz pis ve bakımsızsa büyük bir eksi aldınız demektir. Kendinizle ilgilendiğiniz kadar evinizle de ilgilenin. Dağınık, pis bir ev, erkeğin gözünü korkutacak, sizden uzaklaşmasına sebep olacaktır. Böyle bir kadını, hangi erkek evinin kadını yapmak ister ki?

Madde 9- Sabırlı olun ama toleranslı olmayın.

İlişki sabır ister, doğru ama ne için sabır gösterdiğinize dikkat edin. Örneğin bir erkeğin saygısız tavırlarına eğer düzelir diye sabır gösteriyorsanız, daha çok beklersiniz. Eğer birlikte olduğunuz erkek size fiziksel ve ruhsal zarar veriyorsa hemen ondan kurtulun. Böyle bir insana ne için sabır gösteriyorsunuz? Anneniz mi babanız mı yoksa çocuğunuz mu? Eğer böyle bir insanı seviyorsanız, kendinizi sevmiyorsunuz demektir. Sakın unutmayın, hayatta hiç kimse sizden değerli ve önemli değil. Size zarar verdiğini düşündüğünüz hiç kimseyi hayatınızda tutmayın. Derhal terk edin.

Madde 9- Yalnız kalmaktan korkmayın.

Sırf yalnız kalmamak için hayatınıza birini alıyorsanız, ömrünüz boyunca yalnız kalmaya mahkumsunuz demektir. Önce birey olarak ayakta kalmayı öğrenmelisiniz. Kendiniz için kurduğunuz hayatı paylaşmak için evlenmek istemelisiniz. Bir erkek üzerine hayat kurmak için evlenmek, yapılabilecek en büyük hatadır. Erkek, ona bağımlı olduğunuzu anladığı anda, size saygı duymaktan vazgeçecektir. Saygı duymazsa da asla sizinle evlenmez.

Madde 10- Destekleyici olun.

Başarılı her erkeğin arkasında bir kadın vardır. İşte o kadın, destekleyen kadındır. Birlikte olduğu erkeğin her şartta yanında olan, güvenen ve onu destekleyen bir kadın. Eğer bunu başarabilirseniz, sizi asla bırakmayacaktır.

Madde 11- Takdir ve teşekkür etmeyi unutmayın.

Takdir edilmek kimin hoşuna gitmez ki? Hele erkeğinizden bunu asla esirgemeyin. Sevdiği kadın tarafından takdir edilmeye her erkeğin ihtiyacı vardır. Eğer onu her başarısında takdir ederseniz, sizin takdirinizi tekrar kazanmak için daha çok çalışacak, daha çok emek harcayacaktır. Teşekkür ettiğiniz her şey size fazlasıyla tekrar gelecektir. Birkaç motive edici cümlenin ilişkinizde nasıl sihirli bir etki yarattığını hemen göreceksiniz.

Madde 12- Tepkinizi lafla değil, eylemle gösterin.

Erkeklerin kadın dırdırından nefret ettiği, artık herkesin bildiği bir gerçek. Dırdır yapmak hem işe yaramaz hem de erkeği sizden uzaklaştırır. Onun yerine susmayı tercih edin. Sizi kıran, üzen ya da sinirlendiren her neyse tek bir cümleyle açıklayın ve sessizliğe bürünün. Bazen susmak, konuşmaktan çok daha fazla şey anlatır.

Madde 13- Seks

Erkeklerin seks kadar sevdiği hiçbir şey yoktur. Seksle beslenir, seksle hayata tutunurlar. Dolayısıyla, bir ilişkide en önemli paylaşım sekstir. Eğer seks biterse her şey biter. Seks hayatınız ne kadar iyi ve yoğunsa, ilişkinizin ömrü o ölçüde uzun olur.

Madde 14- İlişkinizde fantezilere açık olun ve seks hayatınızı eğlenceli hale getirin.

Birlikte eğlenebiliyorsanız gerisi gelecektir. Sevgilinizle bir evin içinde sıkılmadan saatler geçirebiliyorsanız, bu iş tamamdır. Hele ki seks hayatınız renkliyse, sizden kopması mümkün değildir. Seks hayatınızı renkli hale nasıl mı getireceksenizę Eğlenerek. Değişik kostümler giyip onu şaşırtmayı neden denemiyorsunuz?

Madde 15- İlişkide adrenalin önemlidir. Adrenalini yükseltecek aktiviteler yapın.

Adrenalin yaratacak aktiviteleri birlikte yapmanız, ilişkinize farklı heyecanlar ve deneyimler katacaktır. Birlikte paraşütle atlayabilir, rafting yapabilirsiniz.

Madde 16-Ailesine karşı saygılı ve güler yüzlü olun.

Erkek anneleri, oğullarını başka bir kadınla paylaşma fikrinden hiç hoşlanmaz. Dolayısıyla, sizi sevmeleri ve benimsemeleri çok da kolay olmaz. Özellikle ilk izlenim oldukça önemlidir. Tanışma esnasında annesine vereceğiniz ufak bir hediye iyi bir başlangıç olabilir. Elbette bu arada kibar ve güler yüzlü olmayı unutmadan.

Madde 17- Eğer ilişkinizin evlilikle sonuçlanmayacağını hissettiyseniz onunla açık açık konuşun.

Asla aklınızdan çıkarmayın; ilişkinizin ilk yılının sonunda, sevgiliniz geçerli bir gerekçesi olmadığı halde, (askerlik, okul, maddi olanaksızlıklar, hastalık gibi) hala size evlenme teklif etmediyse, evlenmeye niyeti yoktur. On yılda geçse sizinle evlenmeyecektir. Onunla açık açık konuşun, eğer size bir evlilik tarihi veremiyorsa hemen onu terk edin.

Kitaba göre yapacaklarımın listesi

- Serdar'ı yemeğe davet et. Ne kadar iyi bir aşçı olduğunu göster. *(Annem yemekleri yapar.)*
- Bir çocuğa Serdar'la birlikte gün boyunca bak. *(Önce bir çocuk bulmam lazım.)*
- Fantezi kostümü al. *(Gerçi daha seks yapmadık ama ol-*

sun, hazırlıklı olmakta fayda var. Kelepçe ve kırbaç da alabilirim. Yok yok, kelepçe belki ama kırbaç ürkütücü olabilir. Ne kostümü alsam acaba? Hemşire? Cık! Bir doktor için çok sıradan olur. Neyse, önce seçenekleri görelim.)

- Adrenalin sporlarını araştır. En uygununu seç. *(Paraşütle atlamaktan hoşlandığını söylemişti, yapabilir miyim acaba? Nereye yapıyorum ya, daha balkondan aşağıya bakamıyorum. Deneyeceğiz artık. Aşk için ölmeli, aşk o zaman aşk.)*
- Temizlik yap. *(Annemin yardımcısını arayıp çağırsam daha iyi olur.)*
- Kızım'la yakınlaşmalarını sağla. *(Umarım kedileri seviyordur.)*
- Teşekkür etmeyi unutma. *(En kolayı bu.)*

***

Kırmızı rujum da tamam. Ve hazırım. Evet, hazırım. Ben artık, kendini birlikte olduğu adama adayan, aklı hiç ama hiçbir şekilde karışmayan ve odağı sadece evlenmek olan bir kadınım.

Pislik! O, davete 3. sınıf bir sürtükle katılırken, ben koluma adam gibi adam olan Serdar'ı takacağım. Başta o olmak üzere herkes imrenecek bize. Oh be, iyi ki var. Beni aradığına göre de şu an beni almak için kapıda. Telefonu açarak, "Hemen geliyorum canım," dedim ve aynada son bir kez kendime bakıp evden çıktım. Pisliğin kapısını çaldım. Sürtükle birlikte, gülüşerek kapıyı açtı.

"Serdar geldi, isterseniz birlikte gidelim," dedim, sanki

samimiyetleri hiç umurumda değilmiş gibi sırıtarak.

"Gerek yok, bizde araba var," dedi Özgür, gülen yüzü birden ciddileşerek.

"Siz bilirsiniz," dedim aynı ciddiyetle ve hep birlikte kapının önüne indik. Sevgilim bizi kapıda görür görmez hemen arabasından indi ve kucaklayarak beni öptü. Sonra Özgür'e dönerek, tokalaşmak için elini uzattı.

"Özgür olmalısın. Banu senden çok bahsetti." *(Çok mu bahsettim? Hiç farkında değilim!)*

"Bana da senden. Memnun oldum Serdar."

"Ben de."

"Tanıştırayım, Gözde" dedi Özgür, yanındaki sürtüğü işaret ederek, "Kız kardeşim." *(Neeeee! Kız kardeşim mi!)*

Yürüyen, kocaman bir göt gördünüz mü? İşte o benim. Nasıl olmam. Neye utanacağımı şaşırdım. O kız kardeşini belki de benimle tanıştırmak için davete çağırırken, benim sevgilimi çağırmama mı utanayım, onun kız kardeşine sürtük dememe mi? *(Allahtan içimden dedim.)*

Özgür ve kız kardeşi Gözde ön arabada, biz arkada düştük yollara. Beni görseniz, yüzüm beş karış asık. İçimden bir kendime söyleniyorum, *salaksın,* diye, bir de Serdar'a, *niye işin çıkmadı ki? Bok vardı gelecek*, diye.

Hayır yani, hoş mu oldu şimdi? Tamam, ben artık, kendini birlikte olduğu adama adayan, aklı hiç ama hiçbir şekilde karışmayan ve odağı sadece evlenmek olan bir kadınım belki ama sonuçta, Özgür'ün yanındakinin kız kardeşi olduğunu ve kitaptaki 7 maddeyi düşünürsek, belli ki benden hoşlanıyor. Sevgilimi onun gözüne gözüne sokmam kesinlikle hiç hoş olmadı. En iyisi davette on, on beş dakika takılıp sonra da bir bahane uydurup Serdar'la birlikte tüymek. Evet, bana yakışan davranış kesinlikle bu.

"Önce seni Begüm'le tanıştıracağım, yayınevinin başındaki kadın," dedi Özgür, davetin yapıldığı mekana girdiğimiz anda.

"Tamam," diyerek gülümsedim.

O da ne! Serdar elimi tutmak için elini uzattı. Bir de nispet yaparmış gibi el ele tutuşamam onunla, öyle değil mi? Hemen zekice bir hamleyle bu durumdan kurtulmalıyım. Önce öksürür gibi yapıp elimle ağzımı kapattım, ardından çantamdan telefonumu çıkartıp arayan var mı diye baktım. İyi numara. Eee, hocam kim? Elbette piç kurusu. Beş senemiz böyle geçti. Tam tutacağım anda, ya elini cebine sokar ya da telefonunu kurcalardı. Ömrüm, el ele tutuşup gezen çiftlere imrenmekle geçti. Şansıma sıçayım. Şimdi de elimi tutacak adamı buldum ama terbiyem, inceliğim, insanlığım buna müsaade etmiyor.

"Begüm'cüğüm tanıştırayım: Banu, Serdar ve kız kardeşim Gözde."

"Memnun oldum," dedi Begüm gülümseyerek. Hemen sonra, "Gözde'yle birbirinize ne kadar benziyorsunuz. Söylemeseydin bile kardeş olduğunuzu hemen anlardım," diye ekledi. *(Akıllı kadının hali başka tabii, herkes benim gibi aptal değil ya!)* Sonra bana dönerek, "Özgür, kaleminin çok iyi olduğunu söyledi. Yazdıklarına bayılmış," dedi.

Donup kaldım. Özgür'ün, yazdıklarımın tek kelimesini bile okumadan bunları söylemiş olması beni resmen şoka soktu. Özgür, girdiğim şoktan dolayı mala bağladığımı fark eder etmez hemen araya girdi ve Begüm'e, "Romanı biter bitmez ilk sana okutacak, sözünü aldım," dedi. "Harika," dedi Begüm ve hemen arkasından, "Romanının konusu ne Banu'cuğum?" diye sordu.

"Kadınlar, erkekler ve aşk elbette" dedim. *(Nasıl olduysa, birden kafam çalıştı. Cevap verebildim yani.)*

"İyice merak ettim, biraz bahsetsene." *(Bahsedeyim mi!)* Şimdi ne bok yiyeceğim diye düşündüğüm anlaşılmasın diye salak salak sırıttım.

Begüm, "Anladım, kız kıza konuşmamız gereken bir konu," dedi. *(Sırıtmamdan bunu mu anladın yani? Yok ya, bu benden aptalmış.)*

Özgür'le Serdar'a dönerek, "Beyler, bize biraz müsaade," dedi ve beni kolumdan tutarak kenara çekti. Tabii ben mecburen, başladım kadın erkek ilişkileri üzerine konuşmaya. Tahmin edersiniz ki son günlerde yaşadığım tecrübeler ve sevgili kitabım sayesinde, konuyla ilgili gayet bilgiliyim. Konuşuyorum da konuşuyorum. Erkekler şöyle, erkekler böyle, kadınlar şurada hatalı, burada hatalı, şöyle olmalı, böyle olmalı. İlişki uzmanı olmuşum haberim yok. Begüm dikkatle beni dinliyor, arada anlattıklarımı onaylıyor, "Harikasın, ne kadar bilgilisin," diyor. Bense cevap olarak, "Kıçıma giren kazıkları çıkartıp sana soksam sen de şakırsın," diyemiyorum, onun yerine, "Uzun zamandan beri bu konu üzerine araştırma yapıyorum," diyorum.

Velhasıl sonuç olarak, Begüm'ü iki dakikada engin bilgi ve tecrübemle etkileyip kendime hayran bırakmayı başardım. Elbette o da beni bir bok zannedip başladı özel hayatını anlatmaya.

"Mesela şu an biriyle görüşüyorum, biliyorum ki sonu yok. Ama kendime engel olamıyorum," dedi.

"İlişkinizin sürmeyeceğini neden düşünüyorsun?"

"Serseri çünkü. Aşka inanmayan, bağlanmaktan korkan..." *(Hemen aklıma Özgür geldi. Tıpkı Özgür gibi.)*

"Aynı şirkette olmamız bile onun için problem. Mesela şu an burada, ama bırak elini tutmayı uzun süre yanında bile duramıyorum" *(Bir dakika, yoksa Özgür'le mi ilişkisi var? Evet, Özgür bize doğru bakıyor. Aman Allah'ım, Begüm'e anlamlı bir şekilde sırıttı, Begüm de ona. Evet, kesinlikle birlikteler. Ama hayır, yine aynı hataya düşmek yok. Sürtük sandığım kız, kardeşi çıktı. Bu ne demek? Yine yanılıyor olabilirim demek. O zaman ne yapmak lazım? Emin olana kadar herhangi bir aptallık yapmamak lazım. Sırıt Banu, sırıt.)*

Ve tüm gece Özgür ve Begüm arasında bir şey var mı yok mu diye inceleyerek, mal gibi sırıtıp durdum. Elbette arada Serdar'la ve Gözde'yle üç beş muhabbet ediyorum. Ama sonra bir bakıyorum, Özgür ve Begüm, fısır fısır, kulak kulağa konuşuyor. Hemen ben, *ne oluyor orada* durumunda pürdikkat kesiliyorum. Aralarında bir şey var, yok canım sadece arkadaşlar. Yok yok, var galiba. Öyle mi böyle mi derken, sonunda Begüm bombayı patlatıyor.

"Hafta sonu Özgür'le Çeşme'ye gidiyoruz. Siz de gelsenize."

Bugün ne öğrendim?

- Öğrenmez olaydım!

15

Hu hu! Yemeğe misafir var…

Özgür ve Begüm'ün gizli ilişkilerini, engin bilgim, tecrübem ve zekam sayesinde öğrenmiş olmak, elbette beni hedefime, yani Serdar'la bir an önce evlenmeye tam gaz kilitlemiş durumda. *Evliliğe Giden Yol* kitabı madde 3'den, yani erkeğin kalbine giden yol midesinden geçer maddesinden başlayarak, hemen hazırlığa koyuldum.

Hazırlık 1- Serdar'ı arayıp akşam yemeğe davet ettim.

Hazırlık 2- Annemi arayıp yemek yapmak için acilen bana gelmesini söyledim.

O da ne! Annem ve Hamdi, evlilik yıl dönümlerini kutlamak için Kıbrıs'a gidiyorlar. "Hemen inin uçaktan," dedim. Annem sinirle, "Böyle bir şey son dakikada mı söylenir. Serdar'ı çağırmadan bana niye sormuyorsun?" dedi.

Haklı, hazırlık listemi ters yapmışım. "Tamam tamam, yemekleri ben yaparım," dedim. "Sakın!" diye çığlık attı. "Ev yemekleri yapan yerler var, oralardan sipariş ver," dedi.

Anneme lafı uzatmasın diye tamam dedim ama o kadar da değil. Madde 6'da ne diyor: Dürüst olun. Altı üstü bir yemek için, gelecekteki kocama yalan söyleyemem. Hem yemek yapmak ne kadar zor olabilir ki? Zor olan, mönüyü oluşturmak. Hemen Google'da arayalım: Aşk yemekleri. Müthiş. Mönümü oluşturdum bile: Genç dana bonfilesi, sebzeli aşk salatası ve tatlı aşk. *(Harika. Çok iyi gidiyorum.)*

Pratik Genç Dana Bonfilesi Tarifi

Malzemeler:

180 gr. dana bonfilesi
1 adet közlenmiş patlıcan
5 adet taş mantarı
Yarım adet kabak
Yarım adet havuç
1 fincan rizotto (önceden pişirilmiş)
5 adet ceviz
Yarım kuru soğan
2 çay kaşığı Madagaskar biberi
1 çay bardağı demiglas sos
2 çorba kaşığı krema
2 çorba kaşığı parmesan peyniri

Hazırlanışı: Sebzeleri bir forma yardımıyla kalp şeklinde çıkarıp hafif tuzlu suda haşlayın. Soğanları minik minik doğrayıp tavada soteleyin. Mantarları da içine ilave edip bir miktar daha soteleyin. İçerisine krema ve rizottoyu ekleyip parmesan peynirini de katın ve baharatlarla tatlandırın.

Başka bir teflon tavada bir miktar yağla birlikte

bonfileyi kısık ateşte pişirin. 180 derecelik fırında yaklaşık 12 dakika pişirdikten sonra, hazır demiglas sosun içine Madagaskar biberlerini ekleyip üzerine dökün. Diğer garnitürlerle birlikte dekore ettiğinizde, servise hazırdır.

Pratik Sebzeli Aşk Salatası Tarifi

Malzemeler: (2 kişilik)
8 adet arpacık soğan
60 gr. havuç
50 gr. kereviz
50 gr. patates
40 gr. kabak
40 gr. pancar
½ adet limon
40 ml. zeytinyağı
5 gr. un
5 gr. tuz
5 gr. biber

Hazırlanışı: Bütün sebzeler temizlenir ve soyulur. Forma ile kesilir, tencereye zeytinyağı konur ve önce arpacık soğanla havuç kavrulur, sonra un ilave edilir ve biraz daha kavrulup tencereye yeterince su koyulur. Limon suyu, tuz ve şekerle tatlandırılır. Sonra sırası ile patates, kereviz ve en son kabak ilave edilir. Sebzeler piştikten sonra başka bir kabın içine alınır ve tercihen, buzlu başka bir kabın içine oturtularak hızlı bir şekilde soğutulur. Bu işlem, sebzelerin besin değerini kaybetmemesini, daha uzun süre bozulmamalarını ve renklerinin atmamasını sağlayacaktır. Pancarlar, kırmızı renk verecekleri için, başka küçük bir tavada pişirilmelidir ve en son ilave edilmelidir. Tercihe göre safranlı veya deniz mahsullü yapılabilir. Akdeniz yeşillikleri veya göbek ile servis edilir.

Pratik Tatlı Aşk Tarifi

Malzemeler (4 kişilik)
40 gr. pandispanya
150 gr. çilek püresi
100 gr. çırpılmış krema
75 gr. çilek

Hazırlanışı: Kalp şeklindeki çemberin alt tabanına pandispanya yerleştirilir. Çilek püresi ile çırpılmış krema iyice karıştırılırak, mus elde edilir. Pandispanyanın üzerine bir miktar konularak iyice yayılır. Üzerine, doğranmış taze çilekler serpilir. Üzerilerine tekrar mus yayılır. İkinci kalp şeklindeki pandispanya, üzerine konulur. En son olarak, kalan mus sürülür. Üzeri bıçak ile iyice düzleştirilir. 4-5 saat buzdolabında bekletilir.

***

Sadece alışverişi 2, 5 saat süren bir mönünün, yapımı ne kadar sürer acaba?!!!

***

1, 5 saat sonra: İmdat!!

Ceren'i aradım, kayınvalidesiyle günde, kanasta (*bilmeyenler için, bir çeşit iskambil oyunu)* oynuyor. Fatma'yı aramaya gerek yok, yumurta bile kıramaz. Annemin nerede olduğunu zaten biliyorsunuz. Teyzem, geçen bayram arayıp sormadım diye hayatta kıçını kaldırıp gelmez. Aşçı tutsam? *(Tabii, oldu canım, başka isteğin. Tamam be tamam.*)

Çevremde yemek yapabilen kim var?

Özgür!

***

"Bu yemekleri yapabileceğine gerçekten inandın mı?" diye sordu Özgür, mönümü görür görmez.

"Yani..." dedim, masumca bakarak. Tabii öncesinde, kapısına gittiğimi ve ezilip büzüldüğümü, yalvarıp yakardığımı anlatmama gerek yok sanırım. Onu ikna etmem, tam 45 dakikamı aldı. Yani sonuç olarak, Serdar'ın yemeğe gelmesine sadece 2 saat kaldı. Ve ortada, şekilleri kalpten başka her şeye benzeyen haşlanmış sebzeler dışında hiçbir şey yok.

"Sebzeleri bile doğru düzgün doğrayamamışsın," dedi, suratıma *çok eziksin* der gibi bakarak.

"Tamam, beceriksizim, kabul ediyorum. Artık söylenmeyi bıraksan. Yalvarırım hadi. Saatte bak..."

"Kes!"

"Hı!"

"Seni susturmanın yolu kabalıktan geçiyormuş demek ki," diyerek sırttı.

"Her zaman işe yaramaz canım," diyerek ben de sırıttım. "Önce şu sebzeleri sudan çıkartıp süz."

"Emredersiniz aşçıbaşım," dedim, elimle asker selamı vererek.

"Gevşeme hemen."

"Tamam ya, tamam."

Ve işe koyulduk. 1 saat 20 dakikanın sonunda her şey hazırdı. Özgür'ü izlerken, resmen kadınlığımdan utandım desem yeri var. Böyle bir yetenek, böyle bir ustalık yok. Havuçların hepsi aynı boyda doğranır mı arkadaş. Yemeği yaparken resmen malzemelerle sevişiyor. Soğan soğan olalı, kimse onu bu kadar güzel soymamıştır. Hele pandispanyanın üzerine kremayı bıçakla bir sürüşü vardı, bir insan elini bu kadar mı iyi kullanır. Kendimi önüne atarak, "Bana da sür, bana da sür," diye yalvarmamak için zor tuttum. *(Şşşt, kendine gel Banu.)*

"Servis için de çağırmazsın umarım," dedi, tam kapıdan çıkarken. Minnetle gülümsedim ve ona sıkıca sarılarak, "Sen olmasaydın ne yapardım bilmem," dedim.

"Bir an önce evlen diye yapıyorum."

"Neden?"

"Yerine taş gibi bir hatun taşınır belki."

"Serseri," dedim gülerek. Ama bir taraftan da içim cız etmedi değil.

***

Serdar elbette yaptığım yemeklere, *(yani o öyle sanıyor, en azından dürüst olmayı denedim)* bayıldı.

"İnanılmaz lezzetli."

"Afiyet olsun canım." *(Madde 3 tamamdır. Yemekten ve biraz oynaştıktan hemen sonra, madde 4'e geçebiliriz. Yavru kedi köpeği birlikte büyütme durumu, hani Kızım'la yakınlaşmalarını sağlayacaktım ya, işte o madde.)*

Salak gibi, "Seni Kızım'la tanıştırmak istiyorum," deyip Serdar'a ufak çapta bir şok yaşattıktan sonra, Kızım'ın kedimin ismi olduğunu söyledim. Serdar derin bir soluk alarak annesinin de bir kedisi olduğundan bahsetti ve Kızım'ı kucağına alarak sevdi. Annesinin de kedi bakması çok hoş, değil mi? Bence çok hoş.

Neyse, yemekten sonra, "Ben hallederim, lütfen sen rahatına bak," dememe rağmen, Serdar bana yardım etmekte ısrar etti ve masayı birlikte topladık. Kadına ev işlerinde yardımcı olan erkeklere bayılıyorum. Dolayısıyla, masayı toplamama yardımcı olduğu için Serdar'a da bayılıyorum. Piç kurusu beş sene boyunca tek bir bardak bile kaldırmadı masadan. Gerçi altından çıkardığı kirli donunu çamaşır sepetine atmaktan aciz bir adamdan ne beklenirdi ki? Serdar'la piç kurusunu kıyasladıkça, kafamı duvarlara vurasım geliyor. Gitti gitti, gül gibi 5 senem gitti.

Şu an koltukta, Serdar'cığımın gelirken getirdiği 2008 Kavaklıdere Pendore Boğazkere kırmızı şarabını *(ayrıca beyaz bir de orkide almış, çok şık bir hareket değil mi? Piç kurusu beş sene boyunca bir tane ot kopartıp getirmedi bana, neyse...)* yudumluyoruz. Elbette birkaç tane de mum yaktım, hafif bir müzik... *(Ortamın büyüsüne kapılıp kendimi salmamam lazım. Biraz öpüşürüz, belki biraz memelerime dokunmasına izin veririm ama hepsi bu. Kitapta ne diyordu: 'Size sahip olmak için ne kadar uğraşırsa, o kadar değerli olursunuz.' Evet, kesinlikle kendimi salmamam lazım. Eğer ısrar ederse ne yapacağım peki? Kibar bir dille, "Seni daha yakından tanımak istiyorum, biraz zamana ihtiyacım var," falan derim. Israr ederse de koyarım kapının önüne, kendi bilir. Nasıl, akıllanmışım değil mi?)*

"Senin yanında kendimi inanılmaz huzurlu hissediyorum."

Gülümsedim.

"Gülümsemene bayılıyorum."

Yine gülümsedim. *(Gülümsememi beğendi ya artık tüm akşam sırıtırım.)*

Yaklaşıyor, yaklaşıyor... *(Yemek sonrasında gizlice birkaç fırt sigara içtim, umarım ağzım kokmuyordur.)*

Ve öpüşüyoruz.

"Acele etmek istemiyorum." *(Konuşanın ben olduğumu sanıyorsanız yanılıyorsunuz.)*

Sanki onunla sevişmek için yanıp tutuşuyormuşum gibi öpüşmemize ara verdi ve bana, "Acele etmek istemiyorum," dedi. Tamam, belki elim kolum fazla oynamış olabilir ya da öpüşürken kendimi biraz kaybetmiş olabilirim ama o kadar da değil. Şahitsiniz, bu cümleyi söyleyecek olan aslında bendim. Resmen cümlemi çaldı. Hayır, bir şey değil, beni önüne gelen herkesle yatan biri zannedecek. Hadi Banu, düşün ve kendini bu durumdan kurtaracak birkaç şey söyle.

"Öpüşmekten ileriye gitmek gibi bir niyetim yoktu... Olamaz da... Ben bu konularda biraz geri kafalıyım."

"Yoksa bakire misin?"

***

"Yok artık, ona böyle bir yalan söylemiş olamazsın," diye çığlık attı Ceren, Serdar'a bakire olduğum yalanını söylediğimi duyar duymaz.

"Aklıma ilk gelen bu oldu. Orospu olduğumu düşünecekti, ne yapsaydım yani."

"Bakire olduğuna inandı yani, öyle mi?"

"Evet, bu duruma saygı duyduğunu, beni anladığını falan söyledi. Asıl bomba, bende diğer yarısını bulduğunu söyledi. Yani beni."

"Kızım, yakında bu sana kesin evlenme teklif eder."

"Evet!" diye sevinçle çığlık attım.

"Ee? Evlenirseniz ne olacak peki, adam jinekolog farkındaysan."

"Hassiktir! İşte şimdi sıçtım. Bitti, her şey bitti." *(Uzmanlık alanı kuku olan birine bakireyim yalanı söylenebilir mi!)*

"Dur dur, panik yapma. Bir çaresini buluruz elbet."

Nasıl panik yapmam, nasıl? Ceren'den sonra hemen Fatma'yı aradım. Fatma önce takribi on dakika aralıksız güldü. Sonra da, "Kızım hangi zamanda yaşıyoruz, ne bakireliği?" dedi.

"Niye canım, hala kendini evleneceği erkeğe saklayan kızlar yok mu yani?" dedim, hemen savunmaya geçerek.

"32 yaşında olup da mı?" dedi Fatma, tekrar gülmeye başlayarak.

"Lütfen gülmeyi bırakıp ne yapacağımı söyle."

"Ne bileyim ben? Ama buluruz bir çaresini, panik yapma."

Hayatımda ilk defa evlenmeye, hem de Serdar gibi biriyle evlenmeye bu kadar yaklaşıyorum ve kendimi düşürdüğüm duruma bakın. Niye böyle bir yalan söyledim ki, niye? "Haklısın, ben de acele etmek istemiyorum," de ve geçiştir. "Bakireyim" demek de ne? Ben nasıl bir dengesizim Allah'ım? Ya ilk geceden veririm ya da bakireyim havalarına girerim. Of ya, ağlayacağım şimdi. Hatta ağlıyorum.

Bugün ne öğrendim?

- Yemek yapmak konusunda tam bir mal olduğumu.
- Yemek yapan bir erkeğin inanılmaz seksi göründüğünü. *(Özgür'ün pandispanyanın üzerine kremayı sürüşünden bile etkilenip kendimi önüne atma fantezimi düşünürsek, bir an önce Serdar'la sevişmem ve Özgür'e bir daha asla yemek yaptırmamam gerekiyor.)*
- Erkeğin kalbine giden yolun kesinlikle midesinden geçtiğini. *(Yeminle, yemekleri yedikten sonra bana bakışları değişti.)*
- Ve son olarak şiddetle eminim ki bir erkeğe bakireyim yalanını söylemek, yapılabilecek en büyük salaklık. *(Dilim kopsun!)*

16

Rüyalar da olmasa!

Seviştim. Evet, rüyamda Özgür'le seviştim. Hem de ne sevişme! Resmen fantezim gerçek oldu. Terastayız. Özgür elinde bir tüp krem şanti, ben de çırılçıplak şezlonga uzanmışım. Gülümseyerek yanıma yaklaşıyor ve başlıyor krem şantiyi, dudaklarımdan meme uçlarıma, oradan da tahmin ettiğiniz yerden, ta ayak parmaklarıma kadar sürmeye, ardından da yalamaya. Ama ne yalamak. Bu beden daha önce böyle bir dil görmedi. Bildiğiniz, sanki yaşananlar gerçekmiş gibi zevk alıyorum. Aylar, oylar, oflar... Tam kafasını bacaklarımın arasına gömdü en heyecanlı bölümdeyim, tak diye Serdar belirdi yanımızda, "Yoksa bakire değil misin?" diye bana bağırarak. O panikle yerimden fırlıyorum ve bendeki cevap şu: "Sadece yalatıyordum." Ve aynı anda da, "Hay sıçayım! Gelmenin sırası mıydı," diyerek, Serdar'a küfür ederek zınk diye uyandım. Kendime gelmem, yaşanan her şeyin bir rüyadan ibaret olduğunu kendime inandırmam, takriben yarım saatimi aldı.

"Unut," dedim kendi kendime. "Bu rüyayı unut, krem şantiyi unut. Bedeninde dolaşan Özgür'ün dilini unut."

Takriben üç saatimi de rüyanın etkisinden çıkıp normal hayatıma geri dönmek aldı.

Şimdi iyiyim ve bazı kararlar almış durumdayım.

Kararlarım:

- Özgür'le arama ciddi bir mesafe koyacağım. Belli ki görünce dayanamıyorum ve onunla ilgili kurduğum fanteziler rüyalarıma kadar girebiliyor. Kısaca, acil durumlar dışında onunla muhatap olmak yok.
- Serdar'a uygun bir dille *(kızlar nasıl söylemem gerektiğini düşünüp bildirecekler)* bakire olmadığımı söyleyeceğim. Sonuçta bir ilişki, hele ki evlilik, yalanlar üzerine kurulmaz. Böyle de dürüstümdür. Ayrıca da acilen sevişmem gerekiyor. *(Bkz. Kararlarım 1.)*
- Kitabımı yazmaya en kısa zamanda başlayacağım. Hatta bugün.
- *Evliliğe Giden Yol* kitabındaki maddeleri uygulamaya devam edeceğim. Serdar onun diğer yarısı olduğumu sandığına göre, belli ki işe yarıyor. Madde 5'de ona her fırsatta iyi bir anne olabileceğinizi gösterin diyordu. Kuzenimin oğluna bakıyormuş havalarında birlikte bir şeyler yapabiliriz. İyi fikir.

Kararlar listemi yapar yapmaz kitabıma başlamak için bilgisayarımın başına oturdum. *(Ne yazsam, ne yazsam?)* 40 dakika sonra, tek bir cümle yazamadan bilgisayarımın başından kalktım. *(Kitabımı basabilecek bir yayınevi buldum ama yeteneğimi kaybettim.)*

Pes etmek yok, elbet ilham gelecek diye düşünerek kararlarımı uygulamaya devam ettim ve kuzenim Duygu'yu aradım. Elbette ona, kendimi iyi bir anne olabilecek biri gibi göstermek için oğluyla vakit geçirmek istediğimi söyleyemezdim. Onun yerine, "Çocuk tiyatrosuna biletim var Mert'i götüreyim mi?" diye sordum.

Duygu, sorum karşısında ilk önce ufak çapta bir şaşkınlık yaşayıp konuşamadı. Haklı tabii, *bayram değil seyran değil, nereden çıktı şimdi bu*, diye geçirmiştir içinden. Tamam, akrabalarıma karşı biraz hayırsız olduğum doğru. Ama Facebook'tan çoğunu takip ediyorum, fotoğraflarına beğen tıkı yapıyorum. Çok da hayırsız sayılmam yani...

Sonuç olarak, Mert'i bugün tiyatroya götürüyorum.

***

Götürmez olaydım. Resmen çocuk doğurma fikrinden soğudum. Izdıraptan başka bir şey değil. Çişim geldi, kakam geldi, sıkıldım, ne zaman gideceğiz derken oyunun 20. dakikasında tiyatrodan çıktık. Tamam, çocuk oyunu değildi belki ama insan biraz sıkar dişini oturur. Neyse, ya sabır dedim sesimi çıkarmadım, akşama kadar ben bu çocuğa dayanamam diye düşünerek, Serdar'ın yanına uğramaya karar verdim. Hastanenin daha kapısında kriz başladı.

"Ben iğne olmaaam, olmaaam!"

"Ne iğnesi, bir arkadaşıma uğrayıp çıkacağız," diyorum. Dinletemedim. Serdar'ı aradım, "Kuzenim oğlu ile gezmeye çıktık, müsaitsen bir kahve içelim," dedim. Elbette bu arada Mert'e de tembihliyorum: "Az sonra tanışacağın Serdar abine, tiyatroya gittiğimizi ve çok iyi vakit geçirdiğimizi söyleyeceksin, tamam mı?"

"Hayır, ben yalan söyleyemem, kusura bakma. Neyse

onu anlatırım," dedi. *(Güya 5 yaşında ama tavrı ve konuşmaları, içine 50 yaşında adam kaçmış gibi.)*

"Lütfen ama... Benim için çok önemli," dedim, sesimi iyice yumuşatıp kendimi sempatik göstermeye çalışarak.

"Anladım, aşk meşk işleri," dedi ve sırıtarak ekledi. "Sana yardımcı olurum. Ama bir şartla."

"Bir şartla mı?"

"Uzaktan kumandalı araba alırsan bu iş olur." *(Piçe bakın.)*

"Ben niye alıyorum, annen alsın."

"O kadar paramız yok."

"Benim de yok. Ayrıca olsa da almam. İsteklerini insanlardan bu yolla almaya çalışman çok yanlış."

"Senin de insanları kandırman çok yanlış." *(Hı! 5 yaşındaki çocuk tarafından göt edildim resmen.)*

"Aynı şey değil."

"Sen bilirsin. Öyleyse, ben de az sonra tanışacağım Serdar abiye, beni çocuk oyunu diye, cinsel içerikli, yetişkin oyununa götürdüğünü söylerim. Psikolojim bozuldu derim."

"Bunu yapamazsın."

"Görürsün."

"Tamam, anlaştık. Ne istersen alacağım," dedim, bize doğru yaklaşan Serdar'ı görür görmez. Ardından, "Gülümse," dedim, yanımdaki canavarı dürterek. "Benimle çok eğlendiğini ve beni çok sevdiğini hissetmezse, anlaşmamız iptal olur."

"Sen hiç merak etme."

Haley Joel Osment'ın 6. His filmindeki performansı halt etsin. Ben hayatımda böyle bir oyunculuk görmedim. Çocuk, Banu Teyzeciğim diyor, başka bir şey demiyor, kucağımdan inmedi. "Keşke annem sen olsaydın," demeler falan. Ben tabii "Mert'ciğim böyle konuşma, annen duyarsa çok üzülür," diyorum ama keyiften dört köşeyim. Serdar bu arada Mert'le olan yakınlığımızdan oldukça memnun, bizi gülümseyerek izliyor ve asıl bomba, yanımızdan ayrılırken Serdar'ın bana sıkıca sarılarak, "Bence sen harika bir anne olacaksın" demesi. Gerçekten de bomba değil mi? Ben bir mutlu, bir mesut. Cebimdeki son parayı, tehdit yoluyla uzaktan kumandalı bir arabaya vermişim, umurumda değil. *5. Madde de tamam*, diye düşünüp yanımdaki veletten bir an önce kurtulmaya karar vermişken, Duygu aradı. "İki saat sonra gelip Mert'i senden alsam olur mu?"

Olmaz denir mi, denmez. Gittik eve. Çocuğun kolu dursa bacağı oynuyor, bacağı dursa kıçı oynuyor. 2 dakikada, son paramı verdiğim uzaktan kumandalı arabanın altından girdi üstünden çıktı. Arabayı parçaladığı yetmiyormuş gibi, evi de savaş alanına döndürdü.

"Banu Teyze, bu ne? Banu Teyze sıkıldım, hadi oyun oynayalım, Banu Teyze, bu kedinin boğazını sıksam ölür mü?"

Yeter!

Bağırmaz olaydım. Başladı ağlamaya. Ama ne ağlamak, sosyal hizmetler polis eşliğinde birazdan kapımı çalmazsa iyidir. Hah, işte kapı da çaldı.

"Ne oluyor Banu?" diyen Özgür, merakla içeriye göz gezdirdi.

"Çocuk katili olmama az kaldı," dedim.

"Yakışıklı ne haber?" diye Mert'e seslenen Özgür, içeri girdi. Onu eve almakla kararlarımı çiğniyor gibi görünebilirim ama bu kesinlikle acil bir durum.

"Niye ağlıyorsun bakayım, yakışıyor mu senin gibi delikanlıya?"

"Bana bağırdı," diye cevap verdi Mert, minik pençeleriyle beni işaret ederek.

"Hak ettin," dedim.

"Banu, sen de çocukla çocuk oluyorsun," dedi Özgür, tepkimi duyunca.

"O çocuk falan değil."

Özgür, *susar mısın* der gibi suratıma baktı ve Mert'i kucağına aldı. Kıçını yırtarcasına ağlayan çocuk, Özgür'ün kollarında birden sustu. Sanki az önce ortalığı savaş alanına döndüren kendisi değilmiş gibi, dayadı Özgür'ün göğsüne kafasını, bir uslu, bir masum. Oyunculuk performansını bilmesem, çocuğu ben manyak ettim galiba diye şüpheye düşebilirdim. Gerçi uyudu uyuyacak, bu kadar da rol yapıyor olamaz. Aman canım, neyse ne. Bugün tek bir şey anladım: Benden anne falan olmaz. Ama Özgür'den baba olur. Mert gibi bir çocuğu 10 saniyede susturup kendisine sarılmasını sağlayabiliyorsa, kesin olur. Hem de çok iyi bir baba olur. *(Özgür'e hayran hayran bakmayı keser misin lütfen! Tamam be, tamam.)*

Bugün ne öğrendim?

- Çocuklardan mümkün olduğunca uzak durmam gerektiğini.
- 5 yaşındaki bir çocukla bile baş edecek zekaya ve sempatiye sahip olmadığımı. *(Ama Allahtan uzaktan kumandalı araba alacak paraya sahiptim, yoksa sıçmıştım.)*
- Ve bugün aldığım kararları kesinlikle uygulamam gerektiğini. *(Dikkat ederseniz Özgür'le ilgili hiçbir konuya değinmedim. İlerleme var yani!)*

17

Çeşme'nin yolları taştan, beni çıkardı baştan.

"Hafta sonu Çeşme'ye geliyor musunuz?" Arayan Begüm. Sorusuna karşılık, "Yani... Şey... Kendimi pek iyi hissetmiyorum, Serdar'ın da sanırım programı yoğun..." diyerek bir sürü bahane sıraladım.

"Hadi ama yapma. Çok eğleneceğiz." *(Senin eğleneceğine şüphe yok tabii. Kahretsin, yine aklıma krem şantili rüyam geldi. Lütfen, lütfen onu yalama.)*

"Gerçekten bu hafta sonu uygun değiliz."

"Peki, sen bilirsin. Yarın akşama kadar fikrini değiştirecek olursan mutlaka haber ver."

"Tamam," diyerek telefonu kapadım. Bu ne ilgi, bu ne alaka? Hayatında beni bir defa görmüş, gelin de gelin diye tutturuyor. İlişkiler hakkındaki engin bilgi ve tecrübem ne kadar da etkiliymiş, kızın bir anda kankası oldum. Ya da *(şeytani göz kısmam eşliğinde)* Özgür'ün bana olan ilgisini fark etti, arkadaşız ayağıyla... Tabii ya! Ne demişler? Dostuna yakın ol, düşmanına daha yakın. Çözdüm durumu, çok akıllıyım. Artık hayatta gitmem. Ne onların mıç mıç samimi hallerini izleyerek, *acaba krem şantiyle fantezi yapıyorlar mı*, diye düşünüp kendime eziyet ederim ne de Begüm'e kankasıymış gibi davranıp ekmeğine yağ sürerim.

Begüm telefonu kapatır kapatmaz Serdar aradı, "Hayatım, sinema programımızı iptal etsek olur mu? O kadar yoruldum ki bugün."

"Nasıl ya! Altı üstü sinemaya gideceğiz, sanki film izlerken bir efor sarf edeceksin," diyemezdim elbette. Onun yerine, anlayışlı olacağım ya, "Hiç sorun değil," dedim.

"Çok anlayışlısın canım. O zaman yarın görüşürüz, olur mu?"

"Olur," dedim.

Sinirden *(elbette ona çaktırmadım)* telefonu nasıl kapattığımı hatırlamıyorum. Saat daha 8. Yorgun olabilirsin, canın sinemaya gitmek istemiyor olabilir ama insan der ki, "Tatlım, istersen sen bana gel, ya da ben sana geleyim. Sinemaya gidemiyoruz madem, evde film izleyelim." Ama neredeeeeee? Ay sinir oldum, gerçekten sinir oldum.

Sinemaya gideceğiz diye giyindim, süslendim. Ne yapacağım şimdi? Mal gibi evde mi oturacağım? Kızları Serdar'la sinemaya gideceğiz diyerek ektim, şimdi ekildim diye onları aramak da olmaz. Özgür ne yapıyor acaba? Onunla görüşmek istediğim için değil, sadece merak ettim. En iyisi kendime bir kahve yapıp terasta bir sigara tüttüreyim, bu arada da çaktırmadan evini gözetlerim.

Kahve tamam, sigaramızı da yakalım. Ve terastayım. Ne hoş, o da terasta. Bayılıyorum bu komşuluk durumuna. *(Özgür seks yaparken duyduğum inlemeler hariç. Onu kıskan-*

dığım için değil, özeniyor insan. Açı var toku var, değil mi ama?)

"Ne haber," dedi Özgür, beni görür görmez.

"İyidir," dedim.

"Begüm'le konuşmuşsunuz, gelemeyeceğiniz için üzülmüş." *(Üzülmüşmüş, tabii ya. Anlamadık sanki sinsi planlarını.)*

Cevap vermedim.

"Ben gelmek istemeyeceğini biliyordum zaten," dedi.

"Niyeymiş o!"

"Partide onu pek sevmediğini anladım çünkü."

"Yo, çok sevdim." *(Onun gözünde kıskanç durumuna düşemezdim, öyle değil mi?)*

"Bilmem.. Ben, o sebepten gelmek istemiyorsun zannettim. Yoksa niye gelmek istemeyisin ki?"

***

Asla ve asla, hiç kimse, özellikle bir erkek, benim bir kadını kıskandığımı düşünemez. Ya da kıskansam da anlayamaz. Dolayısıyla düştük yollara. Begüm akıllıysa, ben ondan daha akıllıyım. Özgür de Begüm de aslında onları kıskanmadığımı ve birlikte olduğum erkekle ne kadar mutlu olduğumu görecek.

***

Bir adam kemerini bağlayarak, "İyi uçuşlar," dedikten hemen sonra elindeki kitaba gömülüp inene kadar bir daha kafasını kaldırmaz mı? Yolculuk boyunca resmen şiştim. Hemen önümüzde oturan Begüm ve Özgür, bu arada kıkır kıkır, bir muhabbet bir muhabbet. Yol boyunca susmadılar. Elbette ben de hem onlara sıkılmış görünmemek için hem de *ne kadar uyumlu bir çift* diye düşünsünler diye, yanıma ne olur ne olmaz diye aldığım kitapla meşgulüm.

Şükürler olsun ki sıkıntıdan patlamama az kala uçak inişe geçti. Havaalanında bizi bir araç karşıladı ve hep birlikte, kalacağımız otele gittik. *(Bu arada, size niye burada olduğumuzu anlatmadım. Özgür'ün çalıştığı radyo, Çeşme yelken yarışlarının sponsoru. Özgür de organizasyonun sunucusu. Begüm ise yarışmacılardan biri. (Evet, kız yelkenli kullanıyor. Bense bisiklet kullanamam. Neyse, yine kendime sarmaya başlamayayım.) Biz de –Serdar ve ben yani– kısaca beleş tatil yapıp onları alkışlamak için oradayız.*

Neyse, odalarımıza yerleştik. Serdar'la ilk defa aynı yatakta uyuyacağız. Bakire olduğum yalanını söylediğimden ve yüzme bilmediğimden dolayı, tahmin edersiniz ki regliyim havalarındayım. Valizimi boşaltıp eşyalarımı dolaba yerleştirdikten sonra, koca bir paket, gece ve uzun Orkid'i *(son anda akıl edip havaalanından aldım)* Serdar'ın gözüne sokarcasına banyoya, kozmetik ürünlerimin hemen yanına bıraktım ve yarışları izlemeye gitmek için hazırlanmaya başladım.

***

İkimizin de altında beyaz şort, üstümüzde benim pembe, onun mavi polo yaka tişörtlerimiz ve bez ayakkabılarımızla, çok uyumlu bir çiftiz havalarında tutuştuk el ele, karıştık kalabalığa. Özgür, elinde mikrofonla organizasyonun açılış konuşmasını yapıyor, Begüm de sahnenin arkasında onu izliyor.

Kim bilir nasıl da kibirleniyordur sevgilisini sahnede izlerken, "İşte bu benim erkeğim," diye diye. Ben hiçbir zaman bu duyguyu yaşayamayacağım. Düşünsenize, Serdar doğum yaptırırken daldırmış elini kadının kukusuna bebeği çıkartıyor, ben de gururlanıyorum, "İşte bu benim erkeğim," diye. Iyykkk. Hiç havalı değil.

Özgür'ün açılış konuşmasının ardından MFÖ çıktı sahneye. Serdar'la aynı anda, "Çok severim," dedik ve aynı anda aynı şeyi söylemek sanki çok önemli bir bokmuş gibi birbirimize gülümsedik. Bir insanın sesi bu kadar mı kötü olabilir. Serdar'dan bahsediyorum. "Güllerin içinden canım," şarkısının, Serdar'ın sesiyle resmen canı çıktı. Elbette ben, *Evliliğe Giden Yol* kitabında çözdüğüm testte belirttiğim gibi, sesimin iğrençliğini keşfedeli çok olduğu için, şarkıyı olabildiğince kısık sesle söylüyorum, playback'e yakın kıvamda. Ama o öyle mi? Bildiğiniz, bangır bangır bağırıyor. Önümüzde duran insanların Serdar'ın sesinden rahatsız olup kaçtıklarına şahit oldum, o kadar diyeyim size. Birlikte olduğu adama sahip çıkan bir kadın olarak yapmam gerekeni yaptım ve sonra, "İçecek bir şeyler alalım mı?" diye sorarak, onu konser alanından uzaklaştırdım.

Mojitolarımızı aldık. Serdar'ın, "Hadi yerimize dönelim," ısrarlarına rağmen, "Orası çok kalabalıktı, ben burada daha rahatım," dedim. Şarkı söylemeyi kestiğine göre sanırım bana bozuldu ama niye böyle bir şey dediğimi anlasaydı, eminim bana teşekkür ederdi. *(Öğrenecek zamanla ablası.)*

Bir mojito iki mojito, derken üçte –tüm iredemi harekete geçirerek– tamam, bu kadar yeter dedim. O arada konser bitti, yarış birazdan başlayacak anonsu duyuldu.

Serdar, "Hadi gel, Begüm'e başarılar dileyelim," dedi.

"Bana ne ya, ona niye başarılar dileyim ki. Ayrıca da sonuncu olur inşallah," diyemedim elbette. Onun yerine, "Başı kalabalıktır şimdi," dedim. Hayır yani, ne bu sanki, çok önemli bir şey yapacakmış gibi, "Başarılar dileyelim," falan. Sanki kız astronot ve birazdan aya ayak basmak için fırlatılacak. Altı üstü yelken yarışında. Haksız mıyım ama? Değilim tabii ki.

Kahretsin! İnşallah sonuncu olur diye aklımdan geçirdim ya kesinlikle ve kesinlikle o sebepten birinci oldu. Eminim, "Umarım birinci olur," deseydim, hayat boyu, hiçbir yarışında birinci olamazdı.

Şu an biz dahil *(mecburen, Serdar'a, "Hadi Begüm'ü tebrik edelim," dediğinde de salak saçma bir bahane uydursaydım kıskandığımı düşünebilirdi. Size bölümün başında ne dedim? Asla ve asla, hiç kimse, özellikle bir erkek, benim bir kadını kıskandığımı düşünemez. Ya da kıskansam da anlayamaz)* herkes, Begüm'ün ödül almasını alkışlıyor. Özgür de hemen yanımızda. Kim bilir nasıl da kibirleniyordur, sevgilisinin ödül alışını izlerken, "İşte bu benim kadınım," diye diye.

Zavallım Serdar, hiçbir zaman bu duyguyu yaşayamayacak. *(Bisiklet kullanmayı bile bilmediğimden yola çıkarak, hemen bana hak verdiniz öyle değil mi?)*

Özgür, Begüm'ün çevresindeki kalabalık dağılır dağılmaz onun yanına gitti ve kıza sıkıca sarıldı. Gizli ilişki yaşıyorlar ya güya, o yüzden dudaklarına yapışmak yerine sadece yanaklarından öptü. *(Gece bu birinciliği sabaha kadar kutlarlar artık. Gerçi bana neyse.)*

Begüm sürtüğü *(şu andan itibaren sürtük olduğunu düşünüyorum)* Serdar'la beni görür görmez yanımıza geldi ve sabahtan beri duymaktan en çok korktuğum cümleyi kurdu;

"Hadi, hep birlikte tekneyle açılıp denize girelim."

Hem tekne hem denize girelim; ikisi de aynı cümlede, nasıl korkmam?

("Ne var yani tekneyle açılmakta, niye korkuyorsun ki? Ayrıca da regliyim deyip denize girmezsin, böylelikle yüzme bilmediğini kimse anlamaz," sakın demeyin. Çünkü bu konuyu çok düşündüm. Korkum, boğulup ölmek değil. Öyle olsa, uçmayı bilmediğim için uçaktan da korkardım. Asıl mesele, olur da tekne batarsa, herkes kurtulurken mal gibi sadece benim ölecek olmam ve arkamdan insanların, "Yüzme bilmediğini niye bize söylemedi ki? Eğer söyleseydi şu an hayatta olurdu," demeleri. Yani sonuç olarak, boku bokuna öldü durumuna düşerim. Bunu kendime yapamam. Bu kadar da düşünceliyimdir işte. Ama siz, hiç böyle düşünmemizdiniz değil mi?)

Yanilerim manilerim, "Aslında ben biraz yorgunum," falanım filan demelerim fayda etmedi. Ayrıca da baktım, Serdar tekneye binmeye çok hevesli. Birlikte olduğu adamın her şartta yanında olan bir kadın olarak yapmam gerekeni yaptım ve tekneye bindim. Böylelikle benim için kabus, teknede bulunan diğer herkes için eğlenceli dakikalar başlamış oldu.

Begüm sürtüğü tekne hareket eder etmez üzerindeki kıyafetleri çıkartıp hem ipli hem de kırmızı olan bikinisiyle, elinde bir şişe şampanya, yanımıza geldi. *(Sürtük bir de zayıf, bir de selülitsiz, bir de daha ne olsun!)*

"Sen patlatır mısın Özgür'cüğüm," dedi şampanya şişesini Özgür'e uzatarak. *(Patlatır canım. Şampanyayı da patlatır, seni de patlatır sen hiç merak etme.)*

Pıt! Ufak bir fışkırma sonrası kadehlerimize dolan şampanyayı yudumlamaya başladık. *(Tabii ben bu arada, kıyıdan iyice uzaklaşıyoruz paniğindeyim ve 'eh, bu tekne bir batsın, öbür taraftan kaçıp kaçıp sizi korkutmayan ne olsun' diye içimden saydırıyorum. Elbette bunları düşünürken de çaktırmamak için sürekli sırıtıyorum.)*

Cupp! Begüm sürtüğü balıklama denize atladı ve sırtüstü yüzmeye başladı.

"Su çok güzel, gelsenize!" *(Suratına deniz anası yapışsın da bir süre konuşama e mi!)*

Benim herif denize girmeye dünden hazır, kafamı sağdan sola çevirme süremde bir baktım ki soyunmuş. *(Yok artık! O da ne! Slip mayo satılıyor mu hala! Satılıyorsa da kesinlikle satışı yasaklanmalı. En babasından çiftli cigaralık içsem, sevgilimin slip mayo giydiği gerçeğini öğrendiğim kafaya gelemem.)*

Cup! O da atladı denize. Özgür'e, "Hadi onları bırakıp kaçalım," diyesim gelmediyse, Allah belamı versin. Elbette diyemedim. Birlikte olduğu adamın her şartta yanında bir kadın olarak gerekeni yaptım ve Özgür'e dönerek, "Slip bu sene modaymış" dedim. Gülerek, "Sen niye denize girmiyorsun?" diye sordu. Aslında, "Özel günlerimdeyim" diye yalan söyleyip çok rahat onu inandırabilecekken, "Aramızda kalsın ama ben yüzme bilmiyorum" dedim. *(Niye doğruyu söylediğimi hala bilmiyorum. Ona kendimi çok yakın hissettiğim için mi yoksa olur da tekne batarsa boku bokuna ölmeyeyim diye mi?)*

"Ben sana müsait bir zamanda öğretirim" dedi ve gülümsedi.

Gülümsedim.

***

Tekneden inip sağ salim karaya ayak bastığım ilk an, yeri öpesim geldi. *Şu andan itibaren benden mutlusu yok*, diye düşünürken, Begüm sürtüğü dile geldi ve "Akşama otelde karaoke varmış, çok eğleneceğiz," dedi heyecanla. Bizimkisi de sevinçle, "Harika. Hayatım, biz de katılırız," demez mi! Ne kadar kıskanırsam kıskanayım, o an içimden Özgür'e, "Yalvarırım şunu bir sik de rahatlasın, karı eğlenmeye doyamadı," demek geldi.

Akşam yemeğimi mi yedim, yoksa, *az sonra karaokede herkese rezil olacaksın* düşüncesi yemeğimle bir olup beni mi yedi hiç anlamadım. Sonuçta, beden olarak aç, ama beyin olarak oldukça tok bir halde, daha fazla dayanamayacağıma karar vererek, tuvalete gitme bahanesiyle masadan kalktım. Sevgilisinden şüpheye düşmüş her kadının yaptığı hareketi yapmaya karar verdim ve en yakın arkadaşlarımı, yani önce Fatma'yı daha sonra da Ceren'i aradım.

Fatma " Slip mi! Yok artık, derhal terk et onu" dedi.

Ceren'se, "Saçmalama, ne var yani. O kadar kusur olacak elbette. Yarın ona hediye olarak şort mayo alırsın olur biter," dedi.

"Ama sesi de çok iğrenç," dedim hemen.

"Sanki senin sesin çok güzel. Adamdan soğumak için kendine bahaneler uydurup beni sinirlendirme. Hatırlarsan Soner şort mayo giyiyordu ve sesi de güzeldi. Peki sonra ne oldu?" diye sordu ve cevap vermemi bile beklemeden telefonu kapadı.

Evet, haklıydı. Serdar'da taktığım şeyler, önemsiz ayrıntılardı. Önemli olan, Serdar'ın, hayalimdeki erkeğin 7 özelliğine de uymasıydı. Bunlar neydi hatırlayalım: Karizmatik, zengin, sadık, kültürlü, şefkatli, eğlenceli ve sekste uyumlu.

Onunla şimdiye kadar pek eğlenemezsem de, eğlenceli olmadığı anlamına gelmez. Yatmadığımız için de sekste uyumumuzu bilmiyorum ama sonuç olarak, şimdiye kadar birlikte olduğum tüm erkeklerden, hayalime en yakın olanı. Yani ondan slip bir mayo ve kötü bir ses yüzünden soğuyamam. *(Haklısın. Haklıyım.)*

Ceren her zaman olduğu gibi ayarlarımı düzeltti ve ben mutlu mesut masaya geri döndüm. O da ne! Begüm ve Özgür sahnede. Begüm'ün elinde mikrofon, Özgür'ün elinde gitar ve birlikte, "Aşk" şarkısını söylemeye başladılar. Hani Sertap Erener'le, Demir Demirkan birbirlerinin gözlerine bakıp söylüyorlar ya, işte o şarkı. Şu an beni kahreden, söyledikleri şarkıdan ziyade, onu söyleyebilmeleri. Evet, sesleri de güzel. Herkes hayranlıkla onları izliyor. *(Ben hariç).* Şarkının sonunda, alkıştan ortalık inliyor. "Bir daha, bir daha!" çığlıkları. *(Çatlayacağım şimdi kıskançlıktan.)*

"Canım, içkini tazelemelerini ister misin?" diye sordu Serdar, başımda dikilen garsonu işaret ederek. "Olur," dedim. *(Getirin ne varsa!)*

Garson yanımızdan ayrılır ayrılmaz, Serdar heyecanla, "İsimlerimizi yazdırdım," dedi.

"Ne? İsimlerimizi mi yazdırdın? Saçmalama! Ben şarkı falan söyleyemem," dedim panikle.

"Merak etme, benim sesim de o kadar iyi değil zaten. Eğlencesine." *(Bu nasıl bir özgüvendir diyeceğim de bunun özgüvenle bir alakası olamaz. Bu tamamen şuursuzluk. İkimizin de sesi iğrençken, onca insanın önüne çıkıp şarkı söyleyeceğiz. Hem de Özgür ve Begüm'den sonra. Hayır, rezil olmak bir şey değil, insanlar yuhaladığında kendini görmez, bana bok atar. Kimse kusura bakmasın. Ne onun gözündeki mükemmel kadın imajımı riske atarım, ne de kafama yumurta yemeyi göze alırım.)*

"Tatlım, gerçekten hiç havamda değilim. Başka zaman söyleriz, olmaz mı?" dedim, kendimi olabildiğince kibarlaştırmaya çalışarak.

"Peki tatlım, seni zorlamıyorum. Ben yalnız da söylerim." (*Nasıl ya!)*

Evet, çıktı sahneye ve sanki insanlara bugün o şarkıyla yeteri kadar işkence yaşatmamış gibi, *(şu an aramızda onu duyan kimse yoksa da ben vardım)* başladı *Güllerin İçinden*'i söylemeye. Ben de elbette kendimi bu durum karşısında motive etmek için Ceren'in dediklerini düşünüyorum... Onun, "Soner'in sesi güzeldi, sonra ne oldu," demesini.

Bu arada Serdar'ı dinleyen herkes bağıra bağıra şarkıya eşlik ediyor, muhtemelen kibarlıklarından yuhalayamadıkları için, onun sesini bastırmaya çalışıyorlar. Baktım, Begüm de sanki çok eğleniyormuş gibi şarkıya eşlik ediyor. *(Orospu! Aslında şu an eğlendiği falan yok. Sanki ben onun aklından geçeni anlamıyorum: 'Bir seninkine bak, bir de benimkine. Hadi yandan yandan, oh ohh!' Yolarım ben bu kızı, gerçekten yolarım. Sanırım biraz hava alsam iyi olacak.)*

"İyi misin?" diye sordu Özgür, ben ayağa kalkar kalkmaz.

"Evet evet iyiyim, biraz hava alacağım." *(Bu arada, açık havada oturduğumuzu ayağa kalkınca fark etmem, kafayı sıyırma yolunda olduğumun en belirgin işareti.)*

"Yani deniz havası demek istedim," dedim, hemen durumu toparlamaya çalışarak.

"Seninle gelmemi ister misin?"

Tam, "Olur" diyecektim ki Serdar dibimizde bitiverdi,

diyemedim. Bunun üstüne, tam Serdar'a, "Özgür'le biraz deniz kenarına gideceğiz" diyecektim ki, Özgür, "Serdar geldiğine göre birlikte gidersiniz" dedi.

Serdar'la indik kumsala, uzandık yan yana şezlonglara, yıldızları seyredeceğiz. O anda rüyam geldi aklıma, hemen doğruldum. "Ne oldu?" diye sordu Serdar. Elbette rüyamdan ona bahsedemezdim. Ben de mecburen, "Şezlong ıslakmış" dedim.

"Gel yanıma," dedi Serdar. Yanına oturmamla, beni kollarıyla kavrayıp göğsüne yatırdı. *(Ay canım, aslında tatlı biri. Ona sırf slip mayo giydi ve sesi iğrenç olduğu halde şarkı söyledi diye soğuk davranamam ya.)*

Birbirimize sıkıca sarıldık ve öpüşmeye başladık. Başta son derece yumuşak başlayan öpüşmemiz, bir anda saçma sapan bir hal almaya başladı. Bir ara amacının, dilini boğazıma sokup beni boğmak olduğunu düşünerek dehşete kapıldım, o kadar diyeyim size. Dudaklarımı ısırmasını, ağzımı, yüzümü, gözümü salyalarını bıraka bıraka yalamasını saymıyorum bile. Hele memelerimi okşayış şekline, değinmek bile istemiyorum. Yok yok, değinmem lazım. Bir meme, ucundan çekilip bırakılır mı? Lastik mi bu? Çük mü bu? Uzayınca senin ne işine yarayacak ki, çekip çekip bırakıyorsun. Kendimden uzaklaştırmak için artık nasıl bir mücadele verdiysem, bir anda yere kapaklandım. Evet, şezlongdan düştüm.

"İyi misin?" diye sorarak beni hemen yerden kaldırdı ve yüzümde gözümde yara bere var mı diye kontrol ettikten sonra, kahkahalarla gülmeye başladı.

"Pardon, gülüyorum ama düşmen çok komikti." (*Yavşak! Utanmıyor da gülmeye. Suratına sinirle nasıl baktıysam, gülmesi bir anda kesildi. Sakin ol Banu, sakin ol. Belli ki kafası iyi. Alttan al, uzatma. O düşseydi, belki sen de gülecektin.)*

Biraz olsun rahatladım ve gülümsemeye çalışarak, "Ben iyiyim," dedim.

Donuk bir ifadeyle suratıma bakarak, "Hadi odaya gidelim," dedi.

***

Uyku bana haram bu gece. Serdar bir suratla odaya girdi ve üzerini değiştirir değiştirmez, yatağın bir köşesine kıvrılıp horul horul uyumaya başladı. Bir tarafta, acaba çok mu abarttım, diye içimi kemiren vicdanım, bir tarafta Serdar'ın horultusu ve yan tarafta da, "Ah! Oh, harikasın," sesleri. Begüm'ün sesi bu. Evet, Begüm'ün sesi. Özgür'le sevişiyor. Yani ben, doğru erkeğin yanında mal gibi uyumaya çalışırken, başka bir kadın, yanlış erkekle çatır çatır düzüşüyor öyle mi? Gel de doğruyu yanlışı karıştırma.

Mantıklı olmaya çalışarak, *bugüne kadar yanlış erkeklerle seviştin de ne oldu, ne geçti eline*, diye düşünmek bir nebze beni rahatlatsa da göz yaşlarıma engel olmamı sağlayamadı. "Bu kadar mutsuzsan niye onunla birliktesin ki?" diye sordum kendi kendime ama nedense sonrasında cevabı düşünmedim. Belki gerçeklerle yüzleşmek istemediğim için, bilmiyorum.

18

Nasıl ya!

Serdar'ın omzuma hafifçe dokunarak, "Ben gidiyorum," demesiyle uyandım. *(Nasıl ya! Resmen giyinmiş, valizini hazırlamış.)*

"Hastalarımdan birinin erken doğum riski varmış, az önce aradılar." *("Ohhh!" diye ona çaktırmadan derin bir nefes aldım ve daha birkaç ay önce terk edilen birine, "Ben gidiyorum," diye başlayan bir cümle kurulur mu diye içimden söylendim.)*

Birlikte olduğu adamın her şartta yanında olan bir kadın olarak, ayrıca da, "Acaba mı lan?" diye düşünerek yataktan, "Bekle, ben de seninle geliyorum," diyerek fırladım.

"Gelmene gerek yok, tatilin tadını çıkar. Begümlerle birlikte dönersin." *(Ah canım, ne kadar da anlayışlı. Böyle dedi ya, artık kesinlikle kalamam.)*

"Hayır, asla olmaz. Ben de seninle geliyorum," dedim ve hızla soyunmaya başladım.

"Banu, benimle gelmeni istemiyorum. Lütfen kal," dedi, sesini yükselterek.

Üzerimde don-sütyen, kalakaldım. *(Nasıl ya!)*

"Banu, çok özür dilerim, sen mükemmel bir kadınsın ama…" *(Ama mı? Türkçe'de "ama" kadar, tehlikeli, sinsi bir kelime daha yok. Bağlaç değil ayıraç mübarek. "Ama" dan önce ya da sonra söylenen cümleden kim hayır görmüş ki ben göreceğim. Kesin terk edecek beni. Hem de mükemmelim diye.)*

"Bence birbirimize göre değiliz." *(Nasıl ya! Hani mükemmel bir kadındım.)*

"Birlikte eğlenemiyoruz bile." *(Nasıl ya! Sebep bu mu yani şimdi. Bu ilişki için verdiğim onca emek, seninle sahneye çıkmadığım ya da denize girmeyip kumsalda sevişmediğim için, bir anda yerle bir mi oldu? Nerede kaldı hayallerim uğruna işimi bıraktığım için idealistliğim, cesurluğum? Nerede kaldı harika yemekler yapmam, çok iyi bir anne olacak olmam, nerede kaldı dürüstlüğüm, namusluluğum, akıllı, güzel, özgüven sahibi oluşum. (En azından o öyle zannediyor) Ha? Nerede kaldı? Düne kadar kıçımdan ayrılmayıp "Sen benim diğer yarımsın," demelerin nerede kaldı?*

"Kendine çok iyi bak."

***

Terk edildim, farkındasınız değil mi! Sinirimden çatlamak, patlamak üzereyim. Hayır yani, niye terk etti ki şimdi bu beni? Ben kıl olduğum her şeyi sineye çekeyim, ağzımı açıp tek kelime söylemeyeyim, "Aman düzelir," ya da "Aman, bu da sorun mu" diyeyim, adam çat diye hazırlasın valizini, bir de üstüne üstlük beni aptal yerine koymak için yalan söyleyip *(Allahtan bana sesini yükseltince altında yatan anlamı hemen çözdüm)* benden kaçmaya çalışsın. Yazıklar olsun.

Yaranılmaz bu erkeklere, yaranılmaz. Özgüvenin az olur terk ederler, çok olur terk ederler. Korkak olursun terk ederler, cesur olursun terk ederler. Düzenli olursun terk ederler, dağınık olursun terk ederler. Kibar olursun terk ederler, küfür edersin terk ederler. Verirsin terk ederler, vermezsin terk ederler.

Tüm erkeklerin ağzına sıçayım ben e mi! Slip mayo giyen bir adam beni nasıl terk eder? Niye? Ağzımdan çıkan son cümleden sonra birden bir aydınlanma yaşadım ve "İşte bu!" dedim. Sanki erkeklerin DNA'sını çözmüş, dünyaya barış getirecek formülü bulmuşum havasında. Erkekler, birlikte oldukları kadında, kendilerine uygun olmayan herhangi bir şey bulduklarında ya da hissettiklerinde bir anda soğuyup ilişkiyi bitirebiliyorlarken, biz kadınlar aksine, birlikte olduğumuz erkeğin hatalarını düzeltmeye, onu değiştirmeye, ilişkiyi her şartta –kendimizi mutsuz etme uğruna bile– yürütmeye çalışıyoruz.

Ve bu yüzden de terk ediliyoruz!

Bizi terk eden erkekler, aslında en başından beri bu ilişkinin yürümeyeceğini bildiğimiz adamlar değil mi! *(Vay bei cümlelerime bakın. Resmen ilişki gurusu oldum.)*

***

Terk edilen zavallı her kadının yaptığı gibi, "Bırak o şerefsizi, sen daha iyilerine layıksın" ya da "Aman, sen ona zaten fazlaydın, senin mükemmelliğinin altında ezildi," gibi özgüven arttırıcı cümleler duymak için hemen kızları aradım. O da ne! Fatma da Ceren de telefonlarını açmıyor. Bir daha aradım, bir daha. Son çare olarak, annemi aradım. Hay sıçayım, o da telefonunu açmıyor. Ayrıldığımı hissetmiş ve sabah sabah beyinlerini sikeceğimi bildikleri için cevap vermiyor olabilirler mi? Kızlar belki ama annemin bu sebepten açmaması mümkün değil. Annem sonuçta... Anne yani...

Ee, ne yapacağım ben şimdi? Huyumu biliyorum, kimseye anlatamazsam çatlarım. Nefesimi tutmam, tikimin geri dönmesi bile olası. Hah buldum! Özgür!

Odadan koşarak çıktım ve yan odanın kapısını çaldım. Ses yok, uyuyorlar mı acaba? Kulağımı kapıya dayadım ve içeriyi dinlemeye başladım. Çüş artık ya! Dün gece inleme seslerini duymamak için kafamı yastığın altına gömüp uykuya daldığımda neredeyse sabahtı ve hala devam mı ediyorlar?

"Ne yapıyorsun Banu?" *(Kahretsin, Özgür'e yakalandım.)*

Eee? Peki Özgür şu an yanımdaysa, Begüm içeride kiminle sevişiyor? *(Ahhhhh! Orospuya bakın, Özgür'ü aldatıyor.)*

Hık mık edip saçmaladıktan sonra, Özgür'e acı gerçeği söylemeye karar verdim ve "Begüm şu an içeride bir erkekle birlikte. Odaya girmesen iyi olur," dedim.

"Biliyorum," dedi. *(Nasıl ya! Rahatlığın da bu kadarı. Bu, onun karaktersizliğini mi gösterir yoksa Begüm'ü hiç salamadığını mı? Bence bunlar, kesin fuckbuddy'ler.)*

"Dün gece sevgilisi geldi."

"Sevgilisi mi geldi?"

"Evet, bizim patronla birlikte. İlişkilerini bir tek ben biliyorum, sen de kimseye çaktırma, olur mu," dedi

"Tabii," dedim sırıtarak. "Hiç çaktırır mıyım?" *(Şok, şok, şok! Ben harbi salağım. Begüm'ün gizli ilişkisinin Özgür olduğunu neremle düşünüp zannettiysem?)*

"Serdar'la ayrıldık," dedim, şoktan çıkar çıkmaz.

"Ayrıldınız mı?"

"Evet. İyi ki bu tatile gelmişiz. "İnsan, insanı tatilde tanır," derler ya... Onunla birbirimize uygun olmadığımızı ve birlikte hiç eğlenmediğimizi fark ettim. Elbette başta kabullenmek istemedi, yalvardı yakardı ama..." *(Terk edildiğimi söylememi beklemiyordunuz herhalde.)*

Gülümsedi.

Gülümsedim.

"Biraz motorla dolaşacağım, gelmek ister misin?" diye sordu.

"Çok isterim," dedim.

Bugün ne öğrendim?

- Bir erkeği mükemmel yapan şeyin, aslında ona duyduğunuz aşk olduğunu.

Şimdilik bu kadar...